SIBYLLE NARBERHAUS

Sylterbe

MÖRDERISCHE KUNST Als die Stipendiatin und gefeierte Influencerin Leonie Mahnke spurlos auf Sylt verschwindet, geht die Polizei zunächst von einer werbewirksamen Inszenierung aus. Doch dann erhält sie rätselhafte Hinweise in Versform, die sie entlang des Kampener Kunst- und Kulturpfads führen. Kurze Zeit später entdecken Surfer die Leiche der Stiftungsvorsitzenden Martina Engelhorst am Strand. Stehen beide Taten in Zusammenhang? Welche Rolle spielt dabei ein Stalker, der Leonie seit Langem nachstellt? Währenddessen wird Landschaftsarchitektin Anna Scarren vom charmanten Kunstliebhaber Falk von Bergedorf mit der Umgestaltung seines Grundstücks beauftragt. Nick, Annas Ehemann und Polizist, beobachtet ihre Nähe zu Falk eher argwöhnisch. Während die Ermittlungen von Nick und seinem Team auf Hochtouren laufen, kommen Anna vermehrt Zweifel, ob Falk an der Entführung beteiligt sein könnte, und begibt sich selbst auf Spurensuche. Dabei kommt sie dem Entführer versehentlich bedrohlich nahe und riskiert ihr Leben.

© Ingo Beier

Sibylle Narberhaus wurde in Frankfurt am Main geboren. Nach einigen Jahren in Frankfurt und Stuttgart zog sie schließlich in die Nähe von Hannover. Dort lebt sie seitdem mit ihrem Mann und ihrem Hund. Sie arbeitet bei einem internationalen Versicherungskonzern und widmet sich in ihrer Freizeit dem Schreiben. Schon in ihrer frühen Jugend entwickelte sich ihre Liebe zum Meer und insbesondere zur Insel Sylt. So oft es die Zeit zulässt, stattet sie diesem Fleckchen Erde einen Besuch ab. Dabei entstehen immer wieder neue Ideen für Geschichten rund um die Insel.

SIBYLLE NARBERHAUS

Sylterbe

ROMAN

GMEINER

Bei Fragen zur Produktsicherheit gemäß der Verordnung über die allgemeine Produktsicherheit (GPSR) wenden Sie sich bitte an den Verlag.

Im Ehnried 5, 88605 Meßkirch
Telefon 07575/2095-0
info@gmeiner-verlag.de

1. Auflage 2025

Lektorat: Claudia Senghaas, Kirchardt
Satz: Mirjam Hecht
Umschlaggestaltung: U.O.R.G. Lutz Eberle, Stuttgart
unter Verwendung eines Fotos von: © pkazmierczak / istockphoto.com
Druck: CPI books GmbH, Leck
Printed in Germany
ISBN 978-3-8392-0908-0

Personen und Handlung sind frei erfunden.
Ähnlichkeiten mit lebenden oder toten Personen
sind rein zufällig und nicht beabsichtigt.

PROLOG

Sie fröstelte vor Kälte, während sie den unbeleuchteten Weg von der Bushaltestelle nach Hause lief. Tagsüber hatte die kräftige Märzsonne bereits für angenehme Temperaturen gesorgt. Doch jetzt in der Nacht schien der Winter zurückgekehrt zu sein. Ihr Atem bildete kleine Wölkchen in der eisigen Luft. Sie zog ihre Wollmütze tiefer in die Stirn und vergrub die linke Hand in der Tasche ihres Mantels, während sie in der rechten das Smartphone hielt. Mit dem Schein der Handytaschenlampe leuchtete sie den Weg vor sich aus. Der Mond erhellte die Nacht, doch immer wieder schoben sich Wolken vor die natürliche Lichtquelle. Ausgerechnet heute musste sie den Heimweg nach der Geburtstagsfeier einer Freundin ohne Begleitung bestreiten. Sowohl ihr Freund als auch ihre beste Freundin waren an diesem Abend verhindert gewesen. Zunächst hatte sie den letzten Bus genommen und musste jetzt das letzte Stück zu Fuß gehen. Um nicht länger als nötig durch die einsame Nacht marschieren zu müssen, hatte sie kurz entschlossen die Abkürzung über den Feldweg gewählt. Die Lichter der Ortschaft rückten allmählich in greifbare Nähe, je näher sie kam. In wenigen Minuten würde sie die beleuchteten Straßen erreicht haben. Sie beschleunigte ihre Schritte, als sie plötzlich hinter sich etwas knacken hörte. Abrupt blieb sie stehen und leuchtete mit dem Handydisplay in die Dunkelheit, konnte jedoch nichts erkennen. Bestimmt stammte das Geräusch von einem Tier, das auf der Suche nach Nahrung oder einem Versteck durchs Unterholz kroch. Kein Grund zur Beunruhigung, sprach sie sich Mut zu. Dann setzte sie ihren Weg fort. Hinter der nächsten Biegung würde sie die Weide mit dem Unterstand erreichen, der während der Sommermonate einigen Pferden Schutz vor Regen und Hitze bot. Von dort aus war es nicht mehr weit bis zu dem Haus, in dem sie mit ihrer Mutter wohnte. In diesem Moment flog etwas nahezu lautlos über ihren Kopf hinweg. Sie stieß einen erstickten Schrei aus und hätte beinahe das Smartphone fallen lassen. »Blödes Vieh«, rief sie der majestätisch durch die Nacht gleitenden Eule nach. Nach wenigen Schritten vernahm sie abermals ein Geräusch. Dieses Mal war es lauter und näher. Ihr Puls beschleunigte sich. Ängstlich sah sie sich nach allen Seiten um, konnte aber aufgrund der Dunkelheit nichts erkennen. Ganz in der Nähe war der Ruf eines Käuzchens zu hören.

»Hallo? Ist da jemand?«, kamen die Worte zittrig über ihre Lippen. Sie lauschte angespannt in die Richtung, aus der das Geräusch gekommen war. Nichts. In der Ferne war der Motor eines Autos zu hören, das sich auf der parallel zum Feldweg verlaufenden Landstraße näherte. Für den Bruchteil einer Sekunde überlegte sie, zur Straße zu laufen. Doch die Entfernung bis dorthin wäre zu groß, sollte ihr hier in der Nähe jemand auflauern. Schnell schüttelte sie den Gedanken ab und beschloss, einfach weiterzugehen. Wahrscheinlich spielte ihr ihre Fantasie nur einen Streich. Sie war kein Mensch, der sich schnell gruselte. Zudem wirkten Geräusche in der Dunkelheit stets unheimlicher und bedrohlicher als am helllichten Tag. Trotz allem beschleunigten sich ihre Schritte und ihr Atem mit jedem Meter, den sie zurücklegte. Gleich hatte sie die Weidehütte erreicht, und das undurchdringliche Dickicht neben dem Weg wich einzelnen Bäumen, die unbelaubt ihre kahlen Äste in die dunkle Nacht reckten. Dahinter konnte sich niemand unbemerkt verstecken. Während sie weiterlief, streifte plötzlich etwas ihr Bein und krallte sich in ihrem Hosenbein fest. Sie fiel auf dem unebenen Boden hin, aber rappelte sich schnell auf. Nahezu panisch versuchte sie, ihr Bein zu befreien, bis sie feststellte, dass sie sich bloß in einer wilden Brombeerranke, die in den Weg hineinragte, verfangen hatte. Nachdem sie sich losgemacht hatte, schüttelte sie über sich selbst den Kopf. Als sie ihren Weg fortsetzen wollte, tauchte unvermittelt eine dunkle Gestalt vor ihr auf. Geschockt blieb sie einen Moment wie angewurzelt stehen, unfähig, einen Laut von sich zu geben. Dann siegte ihr Fluchtinstinkt und sie rannte los. Weit kam sie nicht.

KAPITEL 1

Er stellte seinen Wagen auf dem Parkplatz am Roten Kliff in Kampen ab. Nach der langen Fahrt schmerzte sein Rücken, daher beschloss er, zunächst einen kleinen Strandspaziergang zu unternehmen, bevor er im Hotel eincheckte. Er griff nach der leichten Sommerjacke auf dem Beifahrersitz und stieg aus. Der Parkplatz war um diese Zeit stark frequentiert, denn die meisten Menschen zog es bei diesem sonnigen Wetter an den Strand. Er streckte den Rücken durch, hielt das Gesicht der Sonne entgegen und sog gleichzeitig die salzige Nordseeluft tief in seine Lungen. Wie sehr hatte er dieses Gefühl vermisst. Dann marschierte er quer über den Parkplatz zu der kleinen Aussichtsplattform, von der aus man einen grandiosen Blick über das Meer und den darunter gelegenen Sandstrand hatte. Die weißen Strandkörbe leuchteten in der Sonne, die Handtücher und Strandmuscheln der Badegäste wirkten von hier oben wie bunte Farbtupfer im Sand. Auf das hölzerne Geländer gestützt, sah er zum Horizont und spürte die leichte Brise, die vom Meer her wehte und den gesamten Stress der letzten Zeit davonzutragen schien. Das Dünengras wiegte sich sanft im Wind. Augenblicklich durchflutete ihn ein Gefühl von Freiheit. Hatte er zunächst Zweifel an dieser Reise gehegt, gehörten diese spätestens jetzt der Vergangenheit an. Zu seinen Füßen ging es 30 Meter steil nach unten. Das berühmte Rote Kliff, das seine Farbe dem Limonit-Sandstein zu verdanken hatte, zog sich auf einer Länge von knapp vier Kilometern von Kampen nach Wenningstedt. Besonders in den Abendstunden ließ die untergehende Sonne das Kliff intensiv leuchten. Kein Wunder, überlegte er, dass dieses Fleckchen Erde bereits unzählige Künstler fasziniert und inspiriert hatte. Er freute sich darauf, nach langer Zeit endlich seinen alten Freund Falk wiederzusehen. Plötzlich wurde er durch laute Stimmen aus seinen Gedanken gerissen. Interessiert drehte er sich um und erblickte ein junges Pärchen, das die Aussichtsplattform in diesem Augenblick betrat.

»Los, Lennard«, sagte die Frau und streckte ihrem Begleiter ihr Smartphone entgegen. »Das kann ich gleich posten. Okay so?« Sie hatte sich mit dem Rücken zum Geländer positioniert, warf ihr Haar lässig nach hinten und lächelte in die Kamera.

»Ja, so ist es perfekt«, bestätigte der junge Mann und richtete das Smartphone auf sie.

Eine weitere Gruppe Urlauber strebte der Aussichtsplattform entgegen, daher beschloss er, das gute Wetter auszunutzen, um eine Kleinigkeit auf der nahegelegenen Restaurantterrasse der *Sturmhaube* zu essen, bevor er sein Hotelzimmer bezog.

KAPITEL 2

Das Telefon klingelte zum wiederholten Mal, doch sie machte keine Anstalten, den Anruf entgegenzunehmen. Stattdessen richtete sie ihren Blick hoch konzentriert vor sich auf den Bildschirm, während ihre Finger über die Tastatur jagten.

»Jetzt nicht«, murmelte sie.

Das Dauerklingeln verstummte, und Ruhe kehrte bis auf das Klappern der Tasten auf der Tastatur ein.

»Das wäre erledigt«, sagte sie zu sich selbst und klappte mit einem zufriedenen Gesichtsausdruck den Laptop zu.

Sie wollte sich gerade von ihrem Stuhl erheben, als es an die Bürotür klopfte. »Ja!«, rief sie.

»Moin, Martina, du bist ja noch da«, stellte der Mann beim Betreten des Büros fest.

»Wo sollte ich deiner Meinung nach denn sonst um diese Zeit sein?« Sie wirkte gereizt.

»Ich dachte, du wärst vielleicht schon zur Mittagspause.«

»Dafür fehlt mir heute definitiv die Zeit. Ein Termin jagt den nächsten. Ich komme kaum zum Luftholen.« Sie fuhr sich mit der Hand über die Stirn. »Also? Was kann ich für dich tun, Thorsten?« Erwartungsvoll sah sie ihn an.

»Heute kommen die neuen Stipendiatinnen«, begann er zögerlich und strich sich fahrig durch das Haar.

»Ja, und?«

»Frau Tottmann kommt mit der Bahn. Der ICE soll pünktlich um 14 Uhr in Westerland ankommen, wenn man der Bahn-App Glauben schenken darf. Ich werde sie vom Bahnhof abholen und zu ihrer Unterkunft bringen«, erklärte er und ließ das Handy in der Gesäßtasche seiner Hose verschwinden.

»Das ist mir bekannt. Wo liegt das Problem?«

»Es gibt kein Problem. Ich dachte, du wüsstest vielleicht, wann Frau Mahnke ankommt. Dann bräuchte ich nur einmal zu fahren und könnte sie gleich mitnehmen.«

»Tut mir leid, Thorsten, das entzieht sich meiner Kenntnis. Ich hätte angenommen, du wärst diesbezüglich besser informiert als ich.« Sie zuckte die Schultern, stand auf und griff nach ihrer Tasche, die neben ihr auf dem Boden stand.

»Nee, eben nicht.« Der Kollege stand ein wenig ratlos im Raum.

»Ich muss mich beeilen. Mach dir keine Gedanken, Frau Mahnke ist alt genug, sie wird den Weg auch allein zu uns finden.« Mit diesen Worten begab sie sich zur Tür. Er folgte ihr. Nachdem sie das Büro abgeschlossen hatte, begleitete er sie ein Stück den Flur entlang zur Treppe. Kurz davor blieb er stehen.

»Dann treffen wir uns wie besprochen nachher und morgen früh um 9 Uhr im großen Besprechungsraum.«

»So ist es. Wenn es wider Erwarten Probleme geben sollte, welcher Art auch immer, ruf mich einfach an!« Sie hob im Weitergehen die Hand und eilte die Wendeltreppe nach unten.

Mit einem stummen Nicken sah er ihr nach. Dann warf er einen Blick auf seine Armbanduhr. Wenn er nicht zu spät kommen wollte, sollte er sich langsam auf den Weg machen. Der Westerländer Bahnhof lag ungefähr zehn

Autominuten von seinem Büro entfernt. Erfahrungsgemäß musste er etwas mehr Zeit einplanen, je nach Verkehrsdichte rund um Westerland, von der Parkplatzsuche einmal abgesehen. Die wenigen Parkplätze direkt am Bahnhofsgebäude waren in der Regel belegt, aber vielleicht hatte er heute Glück und konnte einen von ihnen ergattern. Sonst müsste er versuchen, in einer der Seitenstraßen zu parken und ein Stück zu Fuß gehen. Auf diese Weise bot sich die Gelegenheit für eine kurze Zigarettenpause.

Eine halbe Stunde später stand er am Gleis und wartete auf den in Kürze eintreffenden Zug, als er von hinten unvermittelt einen Stoß bekam.

»Oh, entschuldigen Sie, junger Mann! Das wollte ich nicht!« Eine ältere Dame bugsierte ihren Gepäckwagen ungelenk durch die Menge wartender Fahrgäste und war ihm unsanft in die Hacken gefahren. »Der Wagen lässt sich nicht vernünftig steuern.«

»Schon gut«, murmelte er mit einem gequälten Gesichtsausdruck und rieb sich das schmerzende Fußgelenk.

Jetzt ertönte eine Lautsprecherdurchsage, und gleich darauf konnte er den einfahrenden Zug erblicken. Die Bremsen quietschten, die Türen öffneten sich mit einem Zischen, und sofort drängten sich vor den Ein- und Ausstiegen dichte Menschentrauben. Im Gedränge fiel es schwer, eine bestimmte Person ausfindig zu machen. Es dauerte jedoch nicht lange, da konnte er die junge Frau anhand ihres Cellokastens schnell ausfindig machen.

»Alina Tottmann?«, fragte er, als er ihr direkt gegenüberstand.

»Ja, ich bin …«, wollte sie antworten, als sie von einem Mann, der einen überdimensionalen Rucksack auf dem

Rücken trug, unsanft angerempelt wurde. Sie geriet ins Straucheln und wäre um ein Haar samt Gepäck und Cellokasten auf den Bahnsteig gestürzt.

»Hoppla! Warten Sie, ich helfe Ihnen mit dem Gepäck.« Thorsten Block nahm ihr den Koffer ab.

»Das Cello nehme ich lieber selbst«, wehrte sie ab, als er auch nach dem Instrumentenkasten greifen wollte.

»Wie Sie möchten. Folgen Sie mir bitte, mein Wagen steht vor dem Bahnhofsgebäude.«

Beide bahnten sich ihren Weg zum Bahnhofsvorplatz.

»Die sehen ja lustig aus«, bemerkte Alina, als sie die knallgrünen Figuren, die sich schräg gegen den Wind zu stemmen schienen, auf dem Bahnhofsvorplatz erblickte.

»Hm, das ist Geschmacksache«, gab Thorsten Block wenig überzeugt von sich.

»Haben die einen Namen?«

»Das sind die *Reisenden Riesen im Wind*. Ein eher umstrittenes Kunstprojekt, aber nicht mehr wegzudenken.« Thorsten Block zuckte die Achseln.

»Besonders schön finde ich sie auch nicht, aber auf jeden Fall ziemlich originell.« Alina folgte ihrem Begleiter, der bereits im Gehen den Autoschlüssel aus seiner Hosentasche kramte. Die Heckklappe öffnete sich wie von Geisterhand, und er wuchtete den Koffer hinein. »Das Cello legen Sie am besten auf die Rücksitzbank«, schlug er vor und öffnete die hintere Wagentür.

»Sind Sie nur meinetwegen gekommen? Ich dachte, außer mir kommt noch jemand?«, fragte Alina, nachdem sie auf dem Beifahrersitz Platz genommen und sich angeschnallt hatte.

Thorsten Block hatte den Motor gestartet und fädelte sich nunmehr in den fließenden Verkehr ein.

»Nein. Wir treffen uns nachher alle zu einem allgemeinen Kennenlernen. Jetzt bringe ich Sie erst mal zu Ihrer Unterkunft, damit Sie das Gepäck wegbringen und sich ein wenig frisch machen können nach der Reise.«

»Ich muss gestehen, ich bin vorher noch nie auf Sylt gewesen«, bemerkte sie mit einem verlegenen Lächeln und sah aus dem Fenster.

»Da sind Sie bestimmt nicht die Einzige.« Er lachte, was in einem kurzen Hustenanfall endete. Er sollte endlich mit dem Rauchen aufhören. »'tschuldigung.« Hektisch angelte er in der Mittelkonsole nach einer kleinen Metalldose mit Pfefferminzbonbons. »Fangen Sie bloß nie an zu rauchen«, sagte er und steckte sich einen Bonbon in den Mund.

»Das tue ich ganz bestimmt nicht. Mein Opa war Kettenraucher und ist an Lungenkrebs gestorben«, gab Alina zurück.

Block unterdrückte einen neuerlichen Huster. Mittlerweile hatten sie Westerland hinter sich gelassen und fuhren in nördliche Richtung. Bald erschien rechter Hand der Leuchtturm von Kampen, auch »Langer Christian« genannt, und die ersten Reetdachhäuser.

»Willkommen in Kampen«, erklärte Thorsten Block, als sie das Ortsschild passierten.

»Hübsche Häuser stehen hier«, stellte Alina fest, als sie neugierig aus dem Fenster sah.

»Ja, vor allem hübsch teuer.«

»Dann wohnen Sie nicht in Kampen?«, fragte Alina.

Im ersten Augenblick war er unsicher, ob die Frage wirklich ernst gemeint war. »Nein. Die Häuser hier sind für die allermeisten Menschen unerschwinglich«, erwiderte er und wechselte das Thema. »Gibt es etwas, was Sie nicht essen? Ich frage, weil wir heute Abend einen Tisch in einem Restaurant bestellt haben.«

»Ich esse weder Fleisch noch Fisch, und am liebsten ernähre ich mich vegan. Wenn das keine Umstände macht?« Sie lächelte ihn freundlich an.

»Natürlich nicht.« Sein Lächeln dagegen wirkte gequält.

»Ich kann es gar nicht erwarten, mich drei Monate nur der Musik und der Kunst zu widmen. Dazu in dieser einzigartigen Umgebung«, geriet sie nahezu ins Schwärmen. Dabei begannen ihre Wangen rosig zu leuchten. »Dauert es noch lange?«

»Was?«

»Bis wir die Unterkunft erreicht haben«, präzisierte sie.

»Wir sind gleich da. Nur noch das Stück die Hauptstraße entlang, und dann ist es gleich auf der linken Seite in den Dünen.«

KAPITEL 3

Die Tür zum Café stand offen. Beim Betreten des Gastraumes stieg mir der Geruch von Gebackenem und frisch gemahlenem Kaffee in die Nase. Sofort knurrte mein Magen. Hinter dem Tresen stand meine Freundin Britta, die gerade dabei war, ein Dutzend frisch hergestellte Florentiner auf einer Tortenplatte dekorativ anzurichten. In ihren Ohren steckten kleine Kopfhörer, daher bemerkte sie mich nicht sofort. Als sie mich erblickte, nahm sie sie heraus und kam freudestrahlend auf mich zu.

»Anna! Wie schön, dich zu sehen! Willkommen zurück auf Sylt!« Meine Freundin drückte mich fest an sich, als hätten wir uns vor etlichen Jahren zuletzt gesehen und nicht vor vier Wochen.

»Danke! Ich wollte kurz vorbeischauen und mich offiziell zurückmelden. Ich störe dich hoffentlich nicht?«, erwiderte ich und sah mich in dem Café um. Der lange Tisch am Fenster war mit Blumenschmuck dekoriert und hübsch eingedeckt.

»Du störst nie! Wenn es dich nicht stört, dass ich nebenbei ein bisschen arbeiten muss? In einer Dreiviertelstunde hat sich eine Gruppe zum Geburtstagskaffee angemeldet.« Sie deutete auf den Tisch am Fenster.

»Dachte ich mir beinahe, dass gleich Gäste kommen. Sieht super aus!«

»Danke. Seit wann seid ihr zurück?«

»Seit gestern Nachmittag. Die Rückreise war ein echter

Höllenritt, sage ich dir. Aber das erzähl ich dir ein anderes Mal ausführlicher. Jedenfalls bin ich froh, wieder zu Hause zu sein.«

»War es so schlimm?«, fragte sie mit gerunzelter Stirn.

»Nein, überhaupt nicht, ganz im Gegenteil. Die Zeit in Kanada war großartig, wir haben unheimlich viel gesehen und erlebt. Nicks Eltern haben sich rührend um Christopher gekümmert, sodass Nick und ich auch mal allein unterwegs sein konnten. Wir haben ein paar seiner alten Freunde getroffen. Es war richtig schön. Trotz allem habe ich Sylt vermisst. Meine Eltern, die Hunde und euch natürlich.« Ich zwinkerte ihr zu.

»Das wollte ich hören.« Sie grinste breit, und ihre blauen Augen funkelten. Britta hantierte hinter dem Tresen herum und stellte anschließend ein Glas Limonade vor mir ab. »Hier, probier mal!«

»Hast du die selbst gemacht?«

Sie nickte. »Meine neueste Kreation. Bin gespannt, wie sie dir schmeckt.«

Unter Brittas kritischem Blick trank ich einen Schluck. »Lecker! Wirklich! Nicht zu süß und sehr erfrischend«, fällte ich schließlich mein Urteil.

»Danke. Ich hoffe, meine Gäste werden es genauso sehen.«

»Ganz bestimmt! Das wird der Renner diese Saison! Du wirst sehen«, versicherte ich und setzte das Glas erneut an meine Lippen, um den Rest auszutrinken.

»Das wäre schön.«

»Und sonst? Habe ich in der Zwischenzeit irgendetwas verpasst?«

Britta überlegte kurz, dann schüttelte sie den Kopf. »Nein, der ganz normale Wahnsinn wie immer!«

Ich wollte gerade etwas erwidern, als mein Handy klingelte. »Entschuldige, Britta, da muss ich rangehen.«

Während ich telefonierte, verschwand Britta in der Küche.

»Alles okay?«, fragte sie, als sie mit einer Himbeertorte in den Händen zurückkam und sie in die Kühlvitrine neben weitere Torten stellte.

»Ja. Kaum bin ich zurück, ruft auch schon die Arbeit«, antwortete ich, während meine Augen auf die Himbeerköstlichkeit gerichtet waren. »Die sieht richtig gut aus.«

»Soll ich dir etwas davon einpacken?«

»Danke, das ist sehr lieb von dir, aber ich muss mich in der nächsten Zeit in puncto Essen unbedingt zurückhalten. Ich glaube, so viel, wie ich in den letzten Wochen in mich hineingeschaufelt habe, esse ich sonst das gesamte Jahr nicht.« Ich lachte und deutete auf meine Körpermitte.

»Du übertreibst maßlos!«, hielt Britta entgegen. »Habt ihr oft im Restaurant von Nicks Eltern gegessen?«, wollte sie noch wissen.

»Britta!« Eine Stimme aus der Küche unterbrach unsere Unterhaltung. Unmittelbar darauf erschien eine kleine resolute Frau im Türrahmen. Sie hatte eine Schürze umgebunden, die Hände steckten in schwarzen Gummihandschuhen. »Oh, ich wusste nicht, dass du Besuch hast. Ich bräuchte deine Hilfe. Geht auch schnell.«

»Ich komme sofort, Johanna!«, erklärte Britta, worauf die Frau in der Küche verschwand.

»Lass dich nicht aufhalten, ich muss sowieso weiter. Meine Eltern kommen nachher zum Grillen, und im Kühlschrank herrscht gähnende Leere. Ich muss dringend einkaufen.«

Dann verabschiedete ich mich von meiner Freundin und machte mich auf den Weg.

KAPITEL 4

Immer wieder wanderte Martina Engelhorsts nervöser Blick auf ihr Smartphone.

»Hat sie sich zwischenzeitlich gemeldet?«, erkundigte sich Thorsten Block, der ihr gegenüber auf einem Sessel saß und an einem Stück Nagelhaut zupfte. Er hatte die Beine übereinandergeschlagen, sein linker Fuß wippte nervös auf und ab.

»Bislang nicht. Sie reagiert auch auf keinerlei Nachrichten. Ich verstehe das nicht.«

»Glaubst du, ihr ist etwas zugestoßen?«

»Mal den Teufel nicht an die Wand. Das wäre die ultimative Katastrophe. Das kann uns den Kopf kosten.« Sie stieß lautstark die Luft aus. Dann sah sie zu der Wanduhr. »Na, 20 Minuten bleiben uns noch. Hoffen wir auf ein Wunder. Vielleicht taucht die Dame noch rechtzeitig auf. Wie ich Unpünktlichkeit hasse! Ich habe etwas im Büro vergessen, bin gleich wieder da. Sag mir bitte umgehend Bescheid, sollte sie auftauchen.«

»Mache ich. Ach, Martina …«, begann er, beendete den Satz jedoch nicht.

»Ja?«

»Schon gut. Das hat Zeit bis später«, versicherte er mit einem aufgesetzten Lächeln.

Daraufhin drehte sie sich um und stolzierte los. Das Stakkato ihrer Absätze auf dem Parkettfußboden hallte durch den Raum, als sie sich mit forschen Schritten Richtung Ausgang bewegte.

Thorsten Block stand am Fenster und sah hinaus, als ein Fahrzeug schwungvoll auf den Parkplatz gefahren kam. Aus dem weißen Mini-Cabriolet stieg eine junge Frau, deren Augenpartie von einer modischen Sonnenbrille verdeckt wurde. Sie sah sich um und steuerte dann, gefolgt von einem jungen Mann, auf den Haupteingang des Gebäudes zu. Das wurde auch Zeit, überlegte Block, bevor er sich auf den Weg machte, das Paar in Empfang zu nehmen.

»Hi, ich bin Leonie!« Sie hatte sich die Sonnenbrille ins Haar gesteckt und sah sich neugierig in dem Raum um.

»Im Namen der Stiftung heiße ich Sie herzlich willkommen!«, eröffnete Martina Engelhorst die Begrüßungsrunde. »Schön, dass Sie mittlerweile ebenfalls den Weg zu uns gefunden haben, Frau Mahnke.«

»Klar, aber nennen Sie mich Leonie. Sonst fühl ich mich gleich so uralt.« Sie kicherte und strich sich eine Strähne aus dem Gesicht. Ihre langen, grell lackierten Fingernägel waren an den Spitzen mit kleinen Strasssteinchen verziert.

Martina Engelhorst schenkte ihr ein aufgesetztes Lächeln und fuhr dann fort: »Zunächst müssen wir ein paar Formalitäten erledigen. Auch vor uns macht die Bürokratie nicht halt.« Abermals lächelte sie gequält. »Im Anschluss widmen wir uns dem angenehmen Teil. Wir würden Sie gern zu einem gemeinsamen Abendessen mit einigen Stiftungsmitgliedern einladen.«

»Cool, das passt. Für abends haben wir sowieso noch nichts geplant.« Leonie lachte fröhlich in die Runde. »In welchem Hotel sind wir untergebracht? Ich würde vorher gerne meine Sachen abliefern.«

»Ich gebe Ihnen nachher die genaue Adresse«, bot Thorsten Block an.

»Es ist herrlich ruhig dort. Mitten in den Dünen gelegen. Das gefällt dir bestimmt«, meldete sich Alina zu Wort.

»Hauptsache, das WLAN ist stabil«, erwiderte Leonie.

KAPITEL 5

Nachdem ich die prall gefüllten Einkaufstaschen in den Wagen geladen hatte, machte ich mich auf den Rückweg nach Morsum. Nach wenigen Fahrminuten leuchtete die Tankanzeige auf.

»Ja, ja«, murmelte ich und beschloss, an der nächsten Tankstelle zu halten. Als ich nach dem Bezahlen zurück zu meinem Wagen ging, fiel mir ein Mann auf.

»Entschuldigen Sie bitte. Ich fürchte, mir ist ein kleines Missgeschick passiert«, sagte er und deutete auf das Heck meines Fahrzeuges.

»Ein Missgeschick?«, wiederholte ich.

»Ich habe mich verschätzt und habe beim Ausparken den Radkasten Ihres Fahrzeuges gestreift. Sehen Sie?« Er zeigte auf die Stelle. Auf den ersten Blick waren einige parallel verlaufende Kratzer zu erkennen. »Selbstverständlich komme ich für den Schaden auf beziehungsweise meine Versicherung. Eine polizeiliche Aufnahme erübrigt sich damit meines Erachtens, es sei denn, Sie bestehen darauf.«

Bevor ich etwas erwidern konnte, zog er eine Visitenkarte aus seiner Geldbörse und reichte sie mir. »Hier, bitte. Unter der angegebenen Telefonnummer können Sie mich erreichen. Warten Sie, im Handschuhfach habe ich auch die Nummer meiner Versicherung.«

Während er um sein Fahrzeug herum zur Beifahrerseite ging, betrachtete ich die Visitenkarte in meiner Hand. »Falk von Bergedorf« stach mir in geschwungenen Lettern ins Auge. Daneben war ein Wappen abgebildet. Vermutlich handelte es sich um ein Familienwappen, kam es mir in den Sinn.

»Danke, ich würde gerne ein paar Fotos von dem Schaden an beiden Fahrzeugen machen, wenn Sie nichts dagegen haben.« Mein Blick huschte kurz zu seinem Fahrzeug, dessen Kotflügel ebenfalls deutliche Beschädigungen aufwies.

»Wie Sie wünschen«, erwiderte er mit ausladender Geste.

Ich machte schnell einige Aufnahmen mit meinem Handy, gab ihm ebenfalls eine Visitenkarte von mir und begab mich anschließend auf direktem Weg nach Hause.

»Hey, Anna, warte, ich helfe dir beim Tragen.« Nick kam mir entgegen, als ich den Wagen in der Einfahrt abgestellt hatte. »Was ist los?« Er musterte mich prüfend.

»Jemand ist gegen mein Auto gefahren, eine ordentliche Schramme hinten am Radkasten.«

»Und hat sich unerkannt aus dem Staub gemacht?«, nahm Nick an.

»Nein. Es gibt doch noch ehrliche Menschen auf dieser Welt. Der Mann hat sogar auf mich gewartet und mir seine Adresse gegeben. Zudem ist es an der Tankstelle passiert. Da gibt es Kameras. Er hätte also nicht so ohne Weiteres unerkannt verschwinden können. Vielleicht kann man die Kratzer einfach wegpolieren?«

»Hm«, brummte Nick und bückte sich, um den Schaden aus nächster Nähe begutachten zu können. »Ich fürchte, mit Wegpolieren ist das nicht getan. Das geht richtig tief in den Lack.« Er wischte mit den Fingern über die beschädigte Stelle. »Ich bin kein Fachmann, aber soweit ich das beurteilen kann, muss der Wagen in die Werkstatt.«

»Am besten rufe ich gleich Montagmorgen dort an und mache einen Termin.«

»Mach das. War der Mann ein Einheimischer oder ein Tourist?«, wollte Nick wissen.

»Sein Wagen ist zwar in Nordfriesland zugelassen, aber auf seiner Visitenkarte ist eine Hamburger Adresse angegeben.«

»Dann handelt es sich bestimmt um einen Zweitwohnungsbesitzer, der das Wochenende auf der Insel verbringt.«

Ich zuckte die Schultern. »Wahrscheinlich. Er sah äußerst betucht aus, obwohl man sich diesbezüglich auch täuschen kann.«

»Deine Eltern haben vorhin angerufen«, wechselte Nick das Thema, als wir die Einkäufe in der Küche abstellten.

»Haben sie für heute Abend etwa abgesagt?«

»Nein, deine Mutter wollte nur wissen, ob sie irgendetwas mitbringen sollen.«

»Und was hast du ihr gesagt?« Ich goss mir ein Glas Mineralwasser ein und trank einen Schluck.

»Eine große Schüssel Mousse au Chocolat wäre schön.« Nick grinste breit.

Um ein Haar hätte ich mich verschluckt. »Das hast du nicht wirklich gesagt!«

Er sah mich an, und seine Mundwinkel zuckten amüsiert. »War bloß Spaß! Obwohl …«

»Du kennst meine Mutter. Ein Wort genügt, und sie stürzt sich umgehend in die Zubereitung.«

»Das weiß ich doch. Ich habe ihr gesagt, dass sie nichts mitbringen müssen. Schließlich soll die Einladung ein Dankeschön dafür sein, dass sie sich um die Hunde und das Haus gekümmert haben, während wir weg waren.«

In diesem Moment kam Christopher in die Küche gerannt. Er war völlig außer Atem vom Fußballspielen mit seinem Freund Jonas.

»Hey, Mum! Können wir Pancakes haben?«, fragte er und steckte seine Nase neugierig in eine der Einkaufstaschen.

»Mitten am Tag?«, fragte ich und begann, die Einkaufstaschen auszupacken. Pepper und Chili hatten sich ebenfalls in der Küche eingefunden, in der Hoffnung, etwas würde auch für sie dabei sein.

»Jonas hat aber noch nie welche gegessen. Kannst du welche machen? Bitte! So wie bei Grandma, mit ganz viel Ahornsirup!«

Mit bettelnden Mienen standen die beiden Jungen vor mir.

»Jetzt passt es wirklich nicht. Ihr könnt ein Eis haben, wenn ihr mögt. Hier! Ich habe deine Lieblingssorte mitgebracht.« Ich zog die Packung hervor und wedelte damit. Doch die Begeisterung der beiden hinsichtlich meines Angebotes hielt sich in Grenzen.

»Na gut«, murmelte Christopher enttäuscht.

»Morgen können wir welche machen. Jonas kann bei uns übernachten, und zum Frühstück gibt es dann Pancakes. Wäre das ein Deal?«

Die beiden Jungen tauschten Blicke und nickten dann einstimmig. »Deal!« Sie hoben jeweils die rechte Hand, und ich schlug ein.

»Cool, meine Mutter hat bestimmt nichts dagegen, dass ich hier schlafe«, sagte Jonas und folgte seinem Freund, der bereits wieder auf dem Weg in den Garten war.

Ich sah den beiden mit einem Schmunzeln nach. Erinnerungen an meine eigene Kindheit tauchten vor meinem inneren Auge auf. Früher hatte oft meine Freundin Britta bei uns übernachtet. Wir erzählten uns bis tief in die Nacht Geschichten, kicherten und lachten dabei derart, dass meine Eltern kaum in den Schlaf fanden. Wie unbeschwert wir damals als Kinder waren, überlegte ich, während sich automatisch ein Lächeln in mein Gesicht stahl.

»Worüber freust du dich so?« Nick war unbemerkt an mich herangetreten.

»Nichts Besonderes. Ich musste nur gerade an meine eigene Kindheit denken. Das ist lange her. Ich wünsche mir manchmal diese Unbekümmertheit zurück. Du nicht auch?«

Nick betrachtete mich eingehend. »Inwiefern?«

»Na, dass man sich nicht immer so viele Gedanken um alles macht. Und …«

»Und?«

»Ach, ich weiß auch nicht.«

»Du kannst nicht alles beeinflussen und planen, Anna. Manchmal muss man einfach spontan sein.«

»Das sagt sich so leicht«, protestierte ich.

»Resilienz heißt das Zauberwort«, fuhr Nick fort.

»Resilienz? Hast du das in einem deiner Fortbildungsseminare gelernt?« Ich hob skeptisch die Augenbrauen.

»Unter anderem, ja. Das kann man lernen. Außerdem: nobody is perfect!«

Ich stieß einen Seufzer aus, dann sah ich zur Uhr. »Für Resilienz habe ich leider gerade gar keine Zeit. Wenn ich mich nicht ein bisschen spute, stehen meine Eltern vor der Tür, und ich habe noch nicht einmal mit der Vorbereitung angefangen. Sieh dir das Chaos hier an!« Ich sah mich demonstrativ in der Küche um. »Außerdem muss ich noch Jonas' Mutter anrufen. Er will bei uns übernachten. Die Jungs wollen unbedingt Pancakes zum Frühstück.«

Nick kam ein Schritt auf mich zu und umfasste meine Hüften. Dann gab er mir einen Kuss. »Siehst du? Genau das meine ich. Weißt du was?« Ich schüttelte den Kopf. »Die Küche bleibt heute kalt.«

Entgeistert sah ich ihn an. »Aber meine Eltern ...«, setzte ich an.

»... können genauso gut mit uns in einem Restaurant essen«, beendete Nick den Satz.

»Was machen wir jetzt mit den ganzen Lebensmitteln, die ich extra eingekauft habe? Außerdem glaube ich nicht, dass wir mitten in der Saison spontan irgendwo einen Platz bekommen.«

»Das lass mal meine Sorgen sein.« Er zwinkerte mir zu und verließ die Küche.

»Ah, du lässt deine Beziehungen spielen. Da bin ich gespannt«, neckte ich ihn und verstaute nebenbei die restlichen Einkäufe.

KAPITEL 6

»Eigentlich hatte ich mich heute auf eine ruhige Schicht eingestellt, aber bislang sieht das nicht danach aus. Ich könnte dringend einen Kaffee vertragen.«

»Dann lass uns zurück aufs Revier fahren. Irgendjemand hat bestimmt welchen gekocht.«

»Gute Idee. Ach nö, bitte nicht schon wieder!«, stöhnte Oliver Mirske, als sich die Einsatzzentrale meldete.

Ansgar Kreutzer nahm den Funkspruch entgegen. »Tja, aus dem Kaffee wird wohl nichts. Einbruch in Keitum bei einer Familie Habemann-Schotter.«

»Gut, dass Sie da sind!« Eine Frau, Mitte 60, kam aufgeregt auf die Polizisten zu, kaum waren sie ausgestiegen.

»Moin, haben Sie uns verständigt?«

Sie nickte heftig. »Ja, bei uns wurde eingebrochen. Schnell, mein Mann ist verletzt!«

»Haben Sie die Täter noch gesehen?«, erkundigte sich der Beamte, während sie der Frau ins Haus folgten.

»Nein, ich nicht. Die sind längst über alle Berge. Ich bin gerade eben von einer Feier nach Hause gekommen, da habe ich meinen Mann bewusstlos aufgefunden. Wahrscheinlich hat er die Einbrecher überrascht, und sie haben ihn niedergeschlagen«, erklärte die besorgte Frau.

Oliver beugte sich über den Verletzten und fühlte dessen Puls. »Haben Sie einen Rettungswagen verständigt?«

»Ja, das habe ich gleich als Erstes gemacht, anschließend habe ich die Polizei angerufen. Die Sanitäter müssten jeden Augenblick eintreffen.«

»Gut.«

»So, die Spusi ist informiert.« Ansgar gesellte sich wieder zu ihnen.

In diesem Augenblick kam der niedergeschlagene Gatte zu Bewusstsein und wollte sich aufrichten.

»Vorsichtig! Sie sollten besser liegen bleiben, bis die Kollegen der Rettung kommen«, betonte Ansgar, doch der Mann lehnte ab.

»Danke, geht schon wieder.« Er verzog schmerzvoll das Gesicht.

Die beiden Polizeibeamten halfen dem Mann auf und legten ihn anschließend behutsam auf das helle Ledersofa.

»Wie geht es dir, Liebling? Tut es sehr weh?« Frau Habemann-Schotter reichte ihrem Mann ein Glas Wasser. »Trink einen Schluck.«

»Mein Schädel brummt.«

»Konnten Sie die Einbrecher erkennen? Und vielleicht beschreiben? Waren es mehrere Personen?«, fragte Ansgar nach, ohne den Mann allzu sehr stressen zu wollen.

»Nein, weder noch. Ich war oben in meinem Arbeitszimmer, als ich unten im Haus seltsame Geräusche gehört habe. Erst dachte ich, du bist es, Schatz.« Er stöhnte bei dem Versuch, den Kopf zu drehen, um seine Frau anzusehen. »Ich bin runter, um nachzusehen, und plötzlich traf mich ein Schlag. Dann wurde mir schwarz vor Augen. An mehr kann ich mich beim besten Willen nicht erinnern.«

»Können Sie auf den ersten Blick sagen, ob etwas gestohlen wurde?« Oliver Mirske sah zu Frau Habemann-Schotter.

»Ich wüsste nicht, was. Wir bewohnen das Haus vorrangig in den Sommermonaten Juli und August. Daher bewahren wir weder wertvollen Schmuck noch größere Summen Bargeld während unserer Abwesenheit hier auf«, gab sie zurück.

»Bis auf einige Gemälde«, fügte der Hausherr hinzu. »Wenn wir nicht da sind, ist das Haus durch eine Alarmanlage gesichert, die rund um die Uhr von einer Sicherheitsfirma überwacht wird.«

»War die Anlage heute Abend auch eingeschaltet?«, wollte Oliver wissen.

Herr Habemann-Schotter verzog abermals bei dem Versuch, den Kopf zu schütteln, schmerzhaft das Gesicht. »Nein, da war ich ja zu Hause. Wir aktivieren sie nur, wenn niemand da ist.«

»Könnten Sie bitte kurz nachsehen, ob die Gemälde noch alle da sind?«, bat Ansgar die Ehefrau.

»Gerne. Ich bin gleich wieder da.«

Nach wenigen Minuten stand sie mit bleicher Miene im Wohnzimmer. »Der Nolde ist weg!«

Zeitgleich klingelte es an der Tür. Der Rettungswagen sowie die Kollegen der Spurensicherung waren eingetroffen.

KAPITEL 7

Er zog die Tür hinter sich zu, steckte den Schlüssel ein und steuerte auf die Hauptstraße zu. Im Laufe des Tages hatte der Wind nachgelassen, was die abendliche Temperatur angenehmer erscheinen ließ. In Kürze würde die Sonne im Meer versinken. Ein magischer Moment, dem er persönlich wenig abgewinnen konnte. Nein, er war keiner dieser oberflächlichen Romantiker. Angeblich wurden auf Sylt jährlich nahezu mehr als 450.000 Schnappschüsse von Sonnenuntergängen geknipst, hatte er in einem Reisemagazin gelesen. In seinen Augen ein völliger Unsinn. Romantik und wahre Liebe bedeuteten viel mehr als kitschige Sonnenuntergänge. Er lief in Richtung Westen zum Meer, vorbei an der Uwe-Düne, die mit ihren 52 Metern Höhe die höchste Erhebung der Insel bildete. Als er den Strand erreicht hatte, tummelten sich bereits überall verstreut Menschen. Teilweise waren es Paare, teilweise sogar größere Gruppen, die dem Spektakel entgegenfieberten. Er ging ein paar Meter durch den Sand und ließ sich schließlich in einigem Abstand zu einer Gruppe Jugendlicher nieder. Seine Schuhe und Strümpfe waren voller Sand. Schnell zog er die Schuhe aus und klopfte den Sand heraus. Wenn er eines hasste, war es, Sand zwischen den Zehen zu spüren. Barfuß im Sand zu laufen, war für ihn der reinste Horror. Es war ihm ein Rätsel, wie Leute dieses Gefühl als befreiend empfinden konnten. Die Sonne stand wie ein roter Feuerball kurz davor, im Meer zu versinken. Weit am Horizont konnte man die Silhouette eines Containerschiffes erkennen. Sein Blick wanderte zurück zum Flutsaum, wo zwei kleine Jungen Ball spielten. Sie lachten. Die Eltern und Großeltern saßen in nächster Nähe und sahen den beiden zu. Er meinte, den Namen Christopher verstanden zu haben. Die restlichen Worte gingen im Rauschen der Wellen unter. Zwei Hunde gehörten ebenfalls zu der Familie. Einer von ihnen bellte aufgeregt und jagte zur Belustigung der Kinder dem Ball hinterher. Lachen wehte zu ihm herüber. Eine Familie, dachte er versonnen. Nicht mehr lange, und dieses Glück würde ihn ebenfalls ereilen. Plötzlich wurde seine Aufmerksamkeit auf ein Pärchen gelenkt, das dicht an ihm vorbeiging. Er erkannte sie an ihrer Stimme. Rasch zog er den Schirm seiner Mütze tiefer ins Gesicht. Sein Herz begann, aufgeregt zu schlagen. Dass er sie so bald sehen würde, hatte er nicht zu träumen gewagt. Für einen kurzen Augenblick sah sie in seine Richtung. Schnell senkte er den Blick. Auch wenn sie keine Notiz von ihm nahm, er konnte nicht vorsichtig genug sein. Plötzlich schwebte dicht über ihm eine Möwe vorbei. Gefolgt von einer zweiten. Sie vermittelten den Anschein, als würden sie im leichten Wind einfach ziellos dahingleiten. In Wahrheit waren sie auf Nahrungssuche. Ihren scharfen Augen entging nichts. Nicht selten landete ein gerade ausgepacktes Fischbrötchen oder eine Eiswaffel nicht im Mund eines Menschen, sondern im Schnabel eines dieser Räuber. Beobachten und das Überraschungsmoment ausnutzen. Exakt diese Taktik führte zum Erfolg. Zufrieden grinste er in sich hinein und schirmte mit der Hand die Augen vor der tiefstehenden Sonne ab, als er auf das Meer blickte. Das nächste Mal musste er unbedingt an seine Sonnenbrille denken.

KAPITEL 8

»Axel! Ich freue mich, dich zu sehen. Komm rein!« Falk von Bergedorf machte einen Schritt zur Seite, um seinen Besucher eintreten zu lassen.

»Ich bin ein bisschen vor der Zeit. Ich hoffe, ich störe dich nicht?«

»Du störst nie, das weißt du doch. Außerdem bleibt uns noch genügend Zeit für einen Kaffee, bis wir losmüssen. Du nimmst doch einen, oder hast du zwischenzeitlich deine Gewohnheiten geändert und bist gänzlich auf Tee umgestiegen?«

»Nein. Zu einem Kaffee sage ich nicht Nein«, erwiderte Axel Windling mit einem Lachen und folgte seinem Freund in die Küche.

»Wie lange bist du schon auf der Insel?«, erkundigte sich Falk, während er zwei Kaffeebecher aus dem Hängeschrank nahm und sie unter den Kaffeevollautomaten stellte. Ein Tastendruck genügte, und das Mahlwerk der Maschine nahm mit einem Surren seine Arbeit auf.

»Erst seit gestern. Ich wollte schon früher kommen, aber mir ist ein wichtiger Termin dazwischengekommen. Du weißt ja, wie das ist. Der Plan erfährt eine Änderung, um es mit Loriots Worten zu sagen.«

»Stimmt, treffender kann man es kaum formulieren.« Von Bergedorf lachte. »Milch?«

»Gern, aber nur einen kleinen Schluck.« Dankbar griff er nach der Tasse mit dem duftenden Getränk. »Seit wann bist du ein Freund solcher Apparate? Ich dachte immer, handgefilterter Kaffee ist das Nonplusultra, und alles andere käme dir niemals ins Haus?«, fragte er mit einem belustigten Blick auf den ausladenden Kaffeevollautomaten auf der Arbeitsplatte.

Falk von Bergedorf winkte ab. »Du redest schon wie meine Haushälterin. Die hat für diese Dinger auch nicht viel übrig. Aber manchmal ist es eben praktisch. Besonders wenn man es eilig hat. Ein Knopfdruck genügt – fertig. Und geschmacklich ist der Kaffee gar nicht mal so übel. Vorausgesetzt man verwendet hochwertige Bohnen.«

Axel Windling schnupperte an dem Kaffee, um ihn anschließend zu probieren. »Hm, stimmt. Nicht übel. Könnte ich mich dran gewöhnen.«

»Siehst du, ich habe nicht zu viel versprochen. Komm, lass uns nach draußen gehen.«

Die beiden Männer gingen auf die Terrasse und nahmen an dem Tisch mit Blick auf das Wattenmeer Platz, das spiegelglatt vor ihnen lag. Vereinzelt waren Rufe von Seevögeln zu hören.

»Diese Ruhe und dieser fantastische Blick sind immer wieder ein Hochgenuss.« Versonnen ließ er den Blick über die Szenerie schweifen.

Für einen Moment sagte keiner der beiden Männer ein Wort. Schweigend sahen sie aufs Meer und tranken ihren Kaffee. Dann durchbrach Falk als Erster das Schweigen zwischen ihnen.

»Wo wohnst du? Wieder in derselben Pension wie in den vergangenen Jahren auch?«, erkundigte sich Falk und stellte den leeren Becher neben sich auf den Tisch.

»Nein, was ich sehr bedauere. Das Haus wurde vergangenes Jahr verkauft. Die alte Dame war gesundheitlich nicht mehr in der Lage, die Pension allein weiterzuführen, und einen Nachfolger hat sie nicht finden können. Das Haus wurde verkauft und zu einem Ferienhaus umgebaut, was ich gehört habe.«

»Das ist schade.«

»Aber nicht zu ändern.« Er zuckte bedauernd die Achseln. »Um jedoch auf deine eigentliche Frage zurückzukommen, ich habe mir für die Dauer meines Aufenthalts ein Zimmer in der *Sturmhaube* genommen.« Er setzte die Tasse an seine Lippen und trank die letzte Pfütze seines Kaffees aus.

»Da gönnst du dir etwas! Richtig gemacht«, pflichtete von Bergedorf ihm bei.

»Es hat eben nicht jeder das Glück, solch ein Anwesen wie dieses sein Eigen nennen zu dürfen. Du kannst dich glücklich schätzen, mein Lieber. Herrlich, dies alles.«

»Das ist mir nicht zugeflogen, dafür habe ich hart gearbeitet.«

»Das sollte kein Vorwurf sein«, beeilte sich Axel Windling um Klarstellung.

»Als solchen habe ich es auch nicht aufgefasst. Solch ein Anwesen zu besitzen, bedeutet auch viel Arbeit, von den Kosten ganz zu schweigen. Der Garten beispielsweise muss dringend generalüberholt werden. In den letzten Jahren habe ich ihn sträflich vernachlässigt. Da fällt mir ein, ich muss mich unbedingt in den nächsten Tagen um einen Termin mit der Gartenbaufirma kümmern, damit das dieses Jahr noch etwas wird.«

»Ist es so schwierig, einen Termin zu bekommen? Gefühlt wimmelt es auf der Insel von Firmen, die nichts anderes machen, als Gärten und Grundstücke anzulegen und zu pflegen.«

»Täusch dich nicht. Mein Nachbar zwei Häuser weiter musste jedenfalls ein Dreivierteljahr auf einen Termin warten.«

»Scheint ein lukratives Geschäft zu sein. Wenn ich es mir recht überlege, sollte ich vielleicht in diese Branche wechseln«, überlegte Axel in gespielter Nachdenklichkeit, worauf Falk lauthals lachte.

»Ich möchte dir nicht zu nahe treten, Axel, aber das wäre definitiv keine Arbeit für dich. Bei Wind und Wetter draußen arbeiten, willst du das? Nein, dafür muss man gemacht sein. Da bist du mit deinem Wissen und Fähigkeiten in deiner Galerie viel besser aufgehoben.«

Axel Windling wollte etwas erwidern, machte jedoch im letzten Moment einen Rückzieher und lächelte stattdessen gequält.

»So, mein Lieber, ich denke, wir sollten uns langsam auf den Weg machen. Ich bin sehr auf die beiden Talente gespannt, die Martina ausgesucht hat.« Falk von Bergedorf erhob sich. Sein Gast tat es ihm gleich und griff nach den Kaffeetassen, um sie wegzuräumen. »Das Geschirr kannst du stehen lassen, darum kümmert sich gleich Frau Nielsen.«

Wie auf Kommando konnte man von drinnen eine weibliche Stimme hören. »Herr von Bergedorf! Ich bin da!«

KAPITEL 9

»Ich frage mich, wo Leonie Mahnke steckt. Ich habe mich doch klar und deutlich ausgedrückt, dass wir uns um 10.30 Uhr treffen.« Martina Engelhorst lief nervös auf ihren hohen Schuhen hin und her. Zum wiederholten Male spähte sie aus dem Bürofenster nach draußen auf den Parkplatz vor dem Haus.

»Sie taucht bestimmt jeden Augenblick auf«, versuchte Thorsten Block, sie zu beruhigen, als die Tür aufging und eine zierliche Frau im Türrahmen erschien.

»Sorry für die Störung, Martina.«

»Was gibt's denn, Birte?« Martina Engelhorsts Reaktion fiel schärfer als beabsichtigt aus.

»Ich will gar nicht lange stören. Frau Mahnke lässt ausrichten, dass sie sich um circa 20 Minuten verspätet.« Mit diesen Worten zog sie den Kopf zurück und schloss die Tür schnell wieder.

»Das fängt ja gut an! Was glaubt sie, wer sie ist?«

»Reg dich nicht auf, Martina! Dadurch ist sie auch nicht schneller hier.«

»Deine Nerven möchte ich haben, Thorsten! Was macht das für einen Eindruck, wenn Herr von Bergedorf und die anderen Stiftungsmitglieder ankommen und die Hauptpersonen fehlen? Wenn man vom Teufel spricht. Na endlich, da kommt Leonie Mahnke.« Sie sah aus dem Fenster. »Ist Frau Tottmann da?«

»Wartet unten.«

»Auf sie scheint mehr Verlass zu sein. Dann wollen wir die Herrschaften mal persönlich in Empfang nehmen.« Sie kontrollierte den Sitz ihres Rockes, straffte die Schultern und stöckelte auf ihren hohen Absätzen vor ihrem Kollegen her die Treppe nach unten in den Eingangsbereich, in dem sich bereits etliche Gäste eingefunden hatten.

»Falk, mein Lieber! Ich freue mich sehr, dich zu sehen.« Martina Engelhorst trat mit ausgebreiteten Armen und einem strahlenden Lächeln auf ihn zu.

»Die Freude ist ganz auf meiner Seite. Du siehst wieder bezaubernd aus. Schön wie eh und je!« Er umarmte sie freundschaftlich.

»Du bist ein schlechter Lügner, Falk«, bemerkte sie amüsiert.

»Das meine ich durchaus ernst, meine liebe Martina.«

»Heb dir deine Komplimente lieber für die Künste unserer jungen Stipendiatinnen auf.«

»Ich bin schon sehr gespannt, wen du uns gleich vorstellen wirst.«

»Du wirst staunen«, versicherte sie und versuchte, sich ihre Nervosität nicht anmerken zu lassen. »Bitte entschuldige mich jetzt, ich möchte ein paar weitere Gäste begrüßen, bevor wir mit der offiziellen Vorstellung beginnen.« Schnell warf sie einen Blick auf ihre Armbanduhr.

»Selbstverständlich. Lass dich von mir nicht aufhalten. Wir sprechen später ohnehin noch einmal ausführlicher.«

Mit jeder Minute, in der sich der Raum mit weiteren Gästen füllte, stieg auch der Lärmpegel. Die Vorsitzende, Martina Engelhorst, ergriff das Mikrofon und wollte soeben mit der allgemeinen Begrüßung beginnen, als sich die Tür abermals öffnete und eine junge Frau hereinspazierte.

Selbstsicher schaute sie um sich und schien die erwartungsvollen Blicke zu genießen, die auf ihr ruhten. Thorsten Block eilte umgehend auf sie zu und nahm sie zur Seite. Ihr Freund Lennard wich ihr nicht von der Seite. Martina Engelhorst bedachte sie mit einem verärgerten Seitenblick, bevor sie sich mit einem professionellen Lächeln wieder den Gästen zuwandte.

»Nun will ich Sie aber nicht länger auf die Folter spannen. Da wir nun vollzählig sind«, fuhr sie fort, »möchte ich Ihnen unsere diesjährigen Stipendiatinnen vorstellen.« Sie deutete in die Richtung der beiden Frauen. »Alina Tottmann und Leonie Mahnke.« Unter dem Applaus der Menge traten die namentlich Genannten vor. »Ich freue mich sehr, dass wir dieses Jahr in der Lage sind, sogar zwei vielversprechende Talente zu fördern, die der Stiftungsrat ausgewählt hat. Frau Tottmann ist eine außerordentlich begabte Cellistin und hat gute Chancen, einen Studienplatz in Wien oder New York zu bekommen.« Die Anwesenden applaudierten eifrig, während der jungen Musikerin die Röte in die Wangen schoss. »Danke. Natürlich ist das nicht selbstverständlich, daher möchte ich an dieser Stelle die Gelegenheit nutzen und mich im Namen der Stiftung bei Ihnen allen für Ihre Unterstützung bedanken. Ohne Ihr großartiges Engagement wäre eine Förderung herausragender Talente nicht möglich.« Erneut erfüllte Beifall den Raum. »Vielen Dank. Jetzt übergebe ich das Wort an Falk von Bergedorf, ohne dessen Leidenschaft und Einsatzbereitschaft unsere *Stiftung für Kunst und Kultur* wohl nie das Licht der Welt erblickt hätte.« Sie überreichte ihm das Mikrofon.

»Wie lange geht das Gesülze denn noch?«, raunte Leonie ihrem Freund zu. Eine Dame vor ihr drehte sich daraufhin zu ihr um, musterte sie von Kopf bis Fuß geringschätzig und wandte sich wieder ab.

»Danke, Martina!«, ertönte von Bergedorfs sonore Stimme aus den Lautsprechern. »Der Dank gebührt natürlich nur zu einem geringen Teil meiner Familie und mir. Sie stimmen mir sicherlich zu, wenn ich sage, dass jeder der hier Anwesenden seinen Teil dazu beigetragen hat, dass Projekte wie die Nachwuchsförderung überhaupt umsetzbar sind. Daher danke ich jedem Einzelnen für seine Unterstützung. Nun übergebe ich das Wort an unsere Hauptpersonen. Frau Tottmann, möchten Sie den Anfang machen und sich selbst kurz vorstellen?«

Augenblicklich schoss der jungen Frau erneut die Röte in die Wangen, als sie das Mikrofon entgegennahm und einige Sätze an das Publikum richtete. Dann reichte sie es an ihre Mitstreiterin, Leonie Mahnke, weiter.

»Hey, ich bin Leonie«, begann diese. »Musik ist eher nicht mein Ding, ich kann nicht mal Noten lesen.« Sie kicherte. »Aber dafür bin ich eine erfolgreiche Influencerin und Malerin. Ehrlich gesagt, habe ich es generell nicht so mit Kunst und dem ganzen Drumherum, aber meine Bilder sind echt gut. Sie drücken komplett meine Gefühle aus. Verstehen Sie? Na ja, meine Community findet sie mega. Auf jeden Fall ist es cool, dass ich die nächsten Wochen in so einer krassen Location verbringen darf. Echt nice. Danke dafür.« Mit diesen Worten drückte sie Thorsten Block das Mikro in die Hand und nahm wieder ihren Platz zwischen ihrem Freund und Alina ein.

Nachdem der offizielle Teil beendet war und sich bereits einige Gäste verabschiedet hatten, wandte sich Falk von Bergedorf an die Vorsitzende der Stiftung, Martina Engelhorst.

»Du hast eine interessante Wahl getroffen«, sagte er und ließ eine dunkellila Weintraube in seinem Mund verschwinden.

»Ich? Das war die Entscheidung des Stiftungsrates. Aber ich gebe dir recht, sie ist eine beeindruckende Persönlichkeit«, erwiderte sie mit leicht krächzender Stimme, während ihr Blick nervös durch den Raum wanderte.

»Allerdings. Wie sind wir noch mal auf Leonie Mahnke aufmerksam geworden?«, hakte von Bergedorf nach. Sein Tonfall verriet seinen offensichtlichen Unmut über diese Entscheidung.

»Hast du etwas gegen sie?«, konterte Martina Engelhorst prompt.

»Nein, das wollte ich damit nicht andeuten. Ich frage lediglich interessehalber.«

»Nun, sie mag auf den ersten Blick vielleicht etwas speziell wirken, aber sie besitzt durchaus Talent, was ihre Bilder betrifft. Doch, doch«, fügte sie hinzu, als wolle sie ihren eigenen Worten mehr Nachdruck verleihen. »Darauf kommt es doch am Ende an, nicht wahr? Letztendlich haben sich ihre Werke gegen etliche ihrer Konkurrenten durchgesetzt. Dabei kommt es nicht so stark auf die Person als solche an, sondern mehr auf ihr Schaffen.«

»Du musst dich mir gegenüber nicht rechtfertigen. Du weißt, ich würde deine Expertise niemals infrage stellen. Allerdings …«, wollte Falk von Bergedorf fortfahren, als sich ihnen ein älteres Paar wie eine aufziehende Gewitterfront näherte. »Oh, oh, Ärger im Anmarsch.«

»Frau Engelhorst«, polterte der Mann los, »ich schätze Ihre Arbeit sehr, aber würden Sie uns bitte erklären, was Sie sich dabei gedacht haben?« Er deutete in Leonies Richtung, die sich mit einigen Besuchern am anderen Ende des

Raumes ausgelassen unterhielt. »Diese Person schadet dem Ruf der Stiftung in erheblichem Maße. Ich verlange, dass sie umgehend von dem Projekt ausgeschlossen wird. Das siehst du doch sicher genauso, Falk, oder?«

»Bitte beruhigen Sie sich, Herr Ostholt!«, versuchte Martina Engelhorst, das aufgewühlte Gemüt des Mannes zu besänftigen. »Jeder sollte eine Chance erhalten, sich entwickeln zu können. Man darf die Menschen nicht sofort verurteilen oder vorschnell in eine Schublade stecken. Bei näherem Hinsehen werden Sie merken, dass …«

»Uns reicht das, was wir gesehen und gehört haben. Da lässt sich nichts beschönigen«, beharrte Bernhard Ostholt auf seiner Meinung. »Darin sind Josepha und ich uns einig.« Er schenkte seiner Frau einen Seitenblick, die zustimmend nickte, ohne sich näher zu äußern.

»Martina hat recht, Bernhard«, beeilte sich von Bergedorf zu sagen, als er die verzweifelte Miene der Vorsitzenden sah. »Jeder sollte die Chance erhalten, sich zu entwickeln. Frau Mahnke ist noch sehr jung, und ihre Arbeiten haben Potenzial. Wir wollen uns am Ende doch nicht vorwerfen lassen, wir hätten es nicht erkannt.«

Für einen kurzen Moment schien es, als würden von Bergedorfs Worte den Mann besänftigen, doch gleich darauf kehrte er zu seiner ablehnenden Haltung zurück. »Das ist alles schön und gut. Trotz allem sind wir eine seriöse Stiftung und kein Sammelbecken irgendwelcher Pseudokünstler! Eines sage ich euch: Sollte dieses Fräulein weiterhin Fördermittel erhalten, wird es von mir und meiner Frau zukünftig keinen einzigen Cent mehr geben. Ich hoffe, ich habe mich klar ausgedrückt. Das Mädchen besitzt keinerlei Stil und hat darüber hinaus nicht die geringste Ahnung von Kunst! Wahrscheinlich kann sie nicht einmal einen

Picasso von einem Van Gogh unterscheiden, von Munch ganz zu schweigen.« Vor sich hin schimpfend drehte er seinen Gesprächspartnern den Rücken zu und steuerte nebst Gattin dem Ausgang entgegen.

»Puh, derart in Rage habe ich den ja noch nie erlebt! Glaubst du, er meinte das ernst und stellt die finanziellen Zuwendungen ein? Die Ostholts gehören zu unseren größten Unterstützern.« Eine tiefe Sorgenfalte zeichnete sich zwischen ihren Augenbrauen ab, als sie dem Ehepaar nachsah.

»Das lässt sich schwer einschätzen, auch wenn Bernhard äußerst entschlossen klang. Vielleicht beruhigt er sich auch wieder.«

»Dann bleibt nur zu hoffen, dass die anderen seinem Beispiel nicht folgen. Das würde einen desaströsen finanziellen Einbruch bedeuten. Momentan stehen wir leider nicht besonders gut da, was das Finanzielle betrifft.«

»Über dieses Thema wollte ich ohnehin mit dir sprechen«, erwiderte Falk mit ernster Miene.

»Dachte ich mir, aber lass uns das bitte auf einen späteren Zeitpunkt verschieben. Jetzt würde ich mich lieber den Gästen und den Künstlern zuwenden. Bleibst du dieses Mal etwas länger auf Sylt?« Sie sah ihn forschend an.

»Ja, das habe ich zumindest geplant.«

»Schön, dann sehen wir uns öfter. Es gibt eine Menge zu besprechen. Oh, da kommt Robert. Bitte entschuldige mich, ich will ihn kurz begrüßen. Robert!« Sie hob den Arm und steuerte dem Mann entgegen, der soeben das Foyer betreten hatte.

»Mir scheint, ich habe etwas verpasst. Draußen sind mir Bernhard und Josepha Ostholt begegnet. Er ist vor Wut schäumend an mir vorbeigerauscht. Was war los? Gab es

Streit?« Axel Windling positionierte sich an der Seite seines Freundes.

»Der beruhigt sich schon wieder.« Von Bergedorf winkte ab.

»Ich hoffe, du behältst recht. Ich habe eben mit Frau Habemann-Schotter gesprochen. Hast du gewusst, dass kürzlich bei ihnen eingebrochen und ein Nolde gestohlen wurde? Herr Habemann-Schotter war zu Hause und wurde von den Einbrechern niedergeschlagen. Es soll ihm jedoch gut gehen. Schrecklich. Offenbar haben die Täter geglaubt, es sei niemand zu Hause.«

»Ja, Martina hat mir davon erzählt. Keine angenehme Vorstellung. Ich wollte gerade ein paar Worte mit Frau Tottmann wechseln. Kommst du mit?«

»Sehr gern. Anschließend brauche ich dringend etwas zu essen. Und zwar etwas Richtiges und nicht nur Häppchen.« Axel Windling deutete zu einem Teller mit Fingerfood auf dem Stehtisch vor ihnen, auf dem sich neben einigen Canapés ein paar einsame Weintrauben befanden. »Wie sieht's aus? Wenn du nichts anderes vorhast, würde ich dich zum Essen einladen. Du kennst dich bestens aus, was gute Restaurants betrifft.«

»Danke, da kann ich nicht Nein sagen. Ich habe auch schon eine Idee, wo wir hingehen können.«

KAPITEL 10

Er war ihr näher gekommen, als er es hätte tun dürfen. Obwohl seine Maskerade, die er eigens für diesen Anlass ausgewählt hatte, seinen Zweck offenbar erfüllt hatte, durfte er ein solches Risiko kein zweites Mal eingehen. Er konnte sich nicht sicher sein, ob sie ihn womöglich erkannt hatte. Dennoch zog sie ihn an wie ein Magnet, dazu dieser betörende Duft ihres Parfüms, der ihm im Vorbeigehen in die Nase gestiegen war. Er hatte für einige Sekunden die Augen geschlossen, um sich vollends auf sie zu konzentrieren, doch dann besann er sich und ging schnell weiter. Es fiel ihm schwer, den Impuls zu unterdrücken, sie zu berühren. Nur eine falsche Entscheidung und alles, was er sich in mühevoller Arbeit ausgedacht hatte, würde wie ein Kartenhaus in sich zusammenfallen. Er musste seinen Verstand einschalten und durfte sich nicht von seinen Gefühlen leiten lassen. Immer wieder wanderte sein Blick zu ihrem Begleiter, der ihr wie ein kleines Hündchen auf Schritt und Tritt folgte. Überrascht konnte er feststellen, dass er nicht den geringsten Anflug von Eifersucht verspürte. Das Gegenteil war der Fall. Obwohl der Kerl im Grunde sein Nebenbuhler war, den es galt loszuwerden, empfand er nicht mehr als Mitleid mit ihm. Nahezu unbeachtet fristete dieser Wicht ein armseliges Schattendasein neben seiner Freundin. Lange würde er diese Rolle allerdings nicht mehr spielen müssen, aber woher sollte er das auch wissen.

KAPITEL 11

»Moin!«, begrüßte Uwe den Kollegen, als er das gemeinsame Büro betrat. »Bestimmt konntest du es kaum erwarten, zurück ins Büro zu kommen.«

»Willst du eine ehrliche Antwort?«

»Auf keinen Fall!« Uwe lachte aus vollem Hals. »Immerhin hast du den Weg hierher gefunden. Kaffee?«

»Unbedingt!«, erwiderte Nick und nahm hinter seinem Schreibtisch Platz, auf dem sich während seiner Abwesenheit diverse Post angesammelt hatte. »Und? Habe ich viel verpasst in den letzten Wochen?«

»Lass mich mal nachdenken. Da gab es mehrere Geiselnahmen, zwei Banküberfälle, einen Bandenkrieg …« Uwe umfasste sein Kinn mit Daumen und Zeigefinger und war bemüht, bei seiner Aufzählung ernst zu bleiben.

»Meine Güte, da ist man einmal weg!«

»Nein, du hast nichts versäumt. Klara und ihr Team haben momentan mächtig zu tun, der normale Wahnsinn, wie immer in der Hochsaison.« Uwe reichte dem Kollegen einen dampfenden Becher Kaffee.

»Personelle Veränderungen?«

»Du meinst, ob Reimers noch da ist? Da kann ich dich beruhigen, der bleibt uns weiterhin erhalten.«

»Na, dann ist ja alles wie gehabt«, gab Nick zurück und nahm einen Schluck Kaffee. »Lecker! Neue Sorte?«

»Ein Geschenk von Maurizios Onkel aus Italien. Der

war neulich zu Besuch und hat Unmengen von Espresso mitgebracht. Das reicht vermutlich bis Weihnachten.«

»Dieser Onkel darf gern öfter zu Besuch kommen.«

»Ich weiß nicht, ob Maurizio das genauso sieht. Ich glaube, er war erleichtert, als die Verwandtschaft wieder abgereist war.«

Jemand klopfte an der Bürotür.

»Ja!«, rief Uwe.

»Morgen zusammen.« Polizeihauptkommissarin Klara Böel betrat den Raum. »Wie ich sehe, ist der Urlauber wieder da! Schön, dich zu sehen«, begrüßte sie Nick. »Ich hoffe, ihr hattet eine gute Zeit.«

»Ja, danke. Und du? Bist du wieder fit?«

»Ja, wir beide haben Glück gehabt. Mein Bruder ist zwar ein erfahrener Motorradfahrer, aber das nützt alles nichts, wenn du von einem anderen Verkehrsteilnehmer schlichtweg übersehen wirst. Mein Bruder hat sich das Bein gebrochen, ist aber auf dem Weg der Besserung. Mein Arm schmerzt noch ab und zu, aber ansonsten bin ich wieder wie neu. Die Maschine ist allerdings Schrott.«

»Hauptsache, ihr seid glimpflich davongekommen. Ein Motorrad kann man ersetzen«, bemerkte Uwe. »Magst du auch einen echten italienischen Kaffee?«

»Nein, danke. Ich muss meinen Kaffeekonsum ein wenig einschränken in nächster Zeit. Der Blutdruck. Außerdem habe ich sowieso nicht viel Zeit.«

»Viel los?«, erkundigte sich Uwe.

»Kann man wohl sagen. Heute Nacht hat es einen Einbruchdiebstahl gegeben. Das ist bereits der dritte in kürzester Zeit. Dabei handelt es sich nicht um Kleinkram.«

»Wie meinst du das? Ist jemand zu Schaden gekommen?« Nick sah die Kollegin fragend an.

»In allen drei Fällen wurden Kunstgegenstände gestohlen. Gestern war es ein Gemälde von Emil Nolde. Zwar kein sehr bekanntes, aber trotzdem nicht weniger wertvoll«, konkretisierte sie. »Zudem wurde der Hausbesitzer niedergeschlagen, als er die Diebe überrascht hat.«

»Ich hoffe, er wurde nicht schwer verletzt?«

»Nein, Uwe. Ihm geht es den Umständen entsprechend gut. Ich glaube, das waren gezielte Aktionen.«

»Du meinst, jemand hatte es bewusst auf einzelne Kunstwerke abgesehen?«

»Das vermute ich jedenfalls. Aber deswegen bin ich nicht gekommen. Ich wollte euch um Hilfe bitten.«

»Nur zu! Wir sind ganz Ohr.« Uwe forderte sie auf weiterzusprechen.

»Heute morgen wurde eine junge Frau auf offener Straße angegriffen«, begann Klara Böel.

»Aber das …«, wollte Uwe intervenieren, doch sie unterbrach ihn.

»Mir ist klar, dass das nicht in euren Zuständigkeitsbereich fällt, aber zum einen sind wir chronisch unterbesetzt …« Sie stockte kurz.

»… und zum anderen?« Uwe ahnte, was als Nächstes kam.

»Zum anderen hat mich Reimers höchstpersönlich gebeten, euch die Sache zu übergeben.« Sie verzog entschuldigend das Gesicht.

»Dachte ich es mir doch«, brummte Uwe und fühlte sich in seiner Annahme bestätigt. »Warum kommt er nicht direkt zu uns?«

»Da musst du ihn selbst fragen.« Die Kollegin zuckte die Schultern.

Es war nicht das erste Mal, dass sich der Dienststellenleiter des Westerländer Polizeireviers mit Sonderaufträgen in den täglichen Ablauf einmischte.

»Wer ist das Opfer?«

»Es handelt sich um eine ziemlich angesagte Influencerin.« Auf Nicks fragenden Blick hin ergänzte sie: »Follower im sechsstelligen Bereich.«

Nick pfiff durch die Zähne, während Uwe fragend die Augenbrauen zusammenzog.

»Ihr Name ist Leonie Mahnke. Sie hält sich momentan im Rahmen eines Stipendiums auf der Insel auf.«

»Stipendium? Mir ist neu, dass Influencer ein anerkannter Studiengang ist. Aber wahrscheinlich bin ich nicht mehr auf dem neuesten Stand, was das angeht.«

»Das ist er auch nicht, Nick!« Klara lachte lustlos auf. »Das Stipendium wurde von einer Sylter *Stiftung für Kunst und Kultur* in Kampen vergeben. Mehr kann ich euch dazu auch nicht sagen.«

»Das mag ja alles sein, aber was haben wir damit zu tun?«, schaltete sich Uwe erneut ein.

»Reimers möchte, dass ihr euch der Sache annehmt, weil er von einem geplanten Attentat ausgeht.«

Uwe verschluckte sich an seinem Kaffee und bekam einen Hustenanfall. »Attentat?«, brachte er krächzend hervor und wischte sich über die tränenden Augen. »Das wird ja immer besser. Wahrscheinlich wollte ihr bloß jemand die Handtasche stehlen, und Reimers macht einen Staatsakt daraus. Wurde die Frau verletzt?«

Die Kollegin schüttelte den Kopf. »Nur leicht am Handgelenk, als sie ihre Tasche festgehalten hat, nichts Ernstes. Wie gesagt, ich soll das an euch weitergeben. Hier steht alles drin.« Sie legte eine Mappe auf den Tisch. »Bei Rückfragen wendet euch bitte direkt an Reimers. Entschuldigt, ich muss los.« Mit diesen Worten verabschiedete sie sich und verließ das Büro.

»Der Tag hätte kaum schöner beginnen können.« Uwe lehnte sich missmutig auf seinen Stuhl zurück, dessen Lehne bedrohlich unter seinem Gewicht ächzte. »Was machst du da?« Er sah zu seinem Kollegen, der den Blick auf sein Smartphone gerichtet hielt.

»Ich sehe mir an, was diese Leonie auf *Instagram* postet.«

»Aha. Und?«

»Ziemlich viel. Ach, das ist allerdings interessant.«

KAPITEL 12

Nachdem ich Christopher zu meinen Eltern gebracht hatte, fuhr ich in unsere Firma nach Braderup. Noch waren die Straßen vergleichsweise leer, was der frühen Uhrzeit geschuldet war, sodass ich mein Ziel ohne Verzögerungen erreichte. Pepper und Chili saßen hinten im Wagen und hielten ihre Nasen in den morgendlichen Fahrtwind, der durch die geöffneten Seitenscheiben ins Wageninnere drang. Auf dem Firmenparkplatz beluden unsere Angestellten gerade die Autos, um anschließend zu unseren Auftraggebern auszuschwärmen.

»Moin, Anna! Schön, dass du wieder da bist. Wie war Kanada?« Hagen, einer unserer langjährigen Mitarbeiter, hatte eben die Ladefläche seines Transporters verriegelt.

»Super! Ich verarbeite noch immer die vielen Eindrücke. Und bei dir? Alles okay?«

»Yep, viel zu tun, aber das ist ganz in unserem Sinne.« Er lachte, und seine schneeweißen Zähne strahlten in dem sonnengebräunten Gesicht.

»Auf jeden Fall!«

»Piet hat ein paar lukrative Aufträge an Land gezogen, während du dich auf einem anderen Kontinent vergnügt hast. Das wird er dir bestimmt gleich erzählen, er ist im Büro.«

»Klingt gut, ich bin gespannt. Hab' einen schönen Tag!«, wünschte ich ihm, bevor ich nach drinnen ging.

»Anna!« Piet stand auf und kam mit ausgebreiteten Armen hinter seinem Schreibtisch auf mich zu. »Blendend siehst du aus! Richtig erholt. Der Urlaub hat dir gut getan. Jetzt kann ich es ja sagen, aber wir haben uns wirklich Sorgen um dich gemacht.«

»Um mich? Und wer ist wir?«, fragte ich verwundert.

»Na, in erster Linie Inka, Hagen und ich.« Er musterte mich eingehend.

»Hagen habe ich gerade draußen getroffen. Er hat erzählt, du hättest einige Aufträge an Land gezogen?«

»So ist es. Momentan sind unsere Auftragsbücher prall gefüllt. Über Arbeitsmangel können wir uns nicht beklagen.«

»Prima. Was habe ich sonst verpasst?« Aufmerksam musterte ich sein Mienenspiel.

»Während deiner Abwesenheit habe ich mir erlaubt, zwei weitere Stellen zu besetzen. Die Zeit drängte. Du weißt selbst, wie schwer es ist, Mitarbeiter zu bekommen.«

»Du brauchst dich nicht zu rechtfertigen. Das ist vollkommen in Ordnung. Zudem verfügst du über eine langjährige Erfahrung, was die Auswahl des Personals betrifft«, pflichtete ich ihm bei.

»Danke für dein Vertrauen. Mareike und Vladimir werden nächste Woche bei uns anfangen. Sie verfügen über viel Erfahrung und passen meines Erachtens hervorragend ins Team.«

»Klingt vielversprechend! Ich bin überzeugt, du hast dich richtig entschieden.«

»Danke, Anna.«

Ich mochte mich täuschen, aber ich hatte das Gefühl, dass dies nicht die einzige Nachricht war, die es zu verkünden galt. Daher hakte ich nach. »Und sonst?«

»Das wäre momentan alles«, bestätigte er.

»Gut.«

»Eine Sache wäre da doch noch.«

Ehe ich jedoch nachfragen konnte, klingelte mein Handy. Die Nummer auf dem Display war mir unbekannt. Während ich telefonierte, wandte sich Piet wieder dem Papierstapel auf seinem Schreibtisch zu.

»Gute Nachrichten?«

»Wie kommst du darauf?«

»Weiß nicht, du hast mehrmals hintereinander gelächelt.«

»Echt? Das war mein Unfallgegner«, erklärte ich, um gleich darauf seine unausgesprochene Frage zu beantworten: »Er ist mir neulich auf der Tankstelle beim Ausparken gegen meinen Wagen gefahren. Er hat sich erkundigt, ob wegen der Reparatur alles klar ist. Außerdem hat er mich eingeladen, seinen Garten zu besichtigen.«

»Aha. Ist das üblich, dass man jemandem ins Auto fährt und ihm anschließend seinen Garten zeigt?« Piet grinste schelmisch.

»Unsinn! Ich hatte ihm eine Visitenkarte mit dem Firmenlogo gegeben. Er möchte uns engagieren und hat mich zu diesem Zweck gebeten, sich sein Grundstück anzusehen. Das ist alles.«

»Okay. Du musst dich mir gegenüber nicht rechtfertigen, Anna.« Amüsiert verzog er das Gesicht.

Eine Stunde später betrat ich ein weitläufiges Grundstück durch ein hohes Gartentor, das von außen vor neugierigen Blicken schützte. Ich ging den gepflasterten Weg auf den Hauseingang zu, wobei ich über einen losen Stein stolperte. Im letzten Moment behielt ich das Gleichgewicht und konnte einen Sturz vermeiden.

»Ich hoffe, Sie haben sich nicht wehgetan?«

Falk von Bergedorf kam mit sorgenvoller Miene und raumgreifenden Schritten auf mich zu. Er reichte mir die Hand.

»Danke, ich bin bloß gestolpert«, erwiderte ich und drehte mich zu dem Corpus delicti um.

»Da sehen Sie, was ich meinte, als ich am Telefon sagte, dass das Grundstück in die Jahre gekommen ist. Der Weg muss unbedingt erneuert werden. Aber bitte, kommen Sie erst mal herein. Darf ich Ihnen einen Kaffee oder ein Wasser anbieten?«

»Ich würde gerne einen Tee nehmen, wenn es keine Umstände macht. Schwarz.«

»Macht es nicht. Frau Nielsen?«, rief er, worauf eine schlanke Frau mittleren Alters erschien und mir freundlich zunickte. »Können Sie uns bitte Tee machen.«

»Selbstverständlich, Herr von Bergedorf.« Zielstrebig steuerte sie auf die Küche zu.

Ich folgte ihm ins Innere des alten Friesenhauses, das im Gegensatz zum Garten vor nicht allzu langer Zeit eine Grundsanierung erfahren haben musste. Das Reet des Daches sah noch hell und neu aus, ebenso die Wände und Fliesen im Inneren des Gebäudes. Durch die große Panoramascheibe im Wohnbereich konnte man direkt auf das Wattenmeer blicken. Es lag spiegelglatt da, das reflektierte Sonnenlicht glitzerte darauf wie Tausende Diamanten. Mitten im Raum stand ein schwarz lackierter Flügel.

»Sie spielen Klavier?«, erkundigte ich mich und deutete auf das Instrument.

»Mehr schlecht als recht. Ich denke, wir sollten den Tee auf der Terrasse einnehmen.«

»Ja, gerne«, beeilte ich mich zu sagen und folgte ihm nach draußen. »Ein herrlicher Ausblick, und diese Stille.«

»Ja, aber ruhig ist es in Morsum doch sicher auch«, erwiderte er.

»Das ist richtig. Nur das Meer versteckt sich hinter dem Deich. Aber das ist wohl eher ein Luxusproblem.« Ich lachte.

»Allerdings.«

Die Haushälterin kam mit einem Tablett auf die Terrasse und servierte Tee und Gebäck.

»Danke, Frau Nielsen.«

»Sehr gern.« Dann verschwand sie wieder im Haus.

»Wenn ich Sie richtig verstanden habe, leben Sie nicht das ganze Jahr über auf Sylt?«, fragte ich und nippte an der heißen Flüssigkeit.

»Das ist korrekt.«

Mehr sagte er nicht. Ich wunderte mich ein bisschen, weshalb man eine Haushälterin beschäftigte, wenn man nur selten da war. Ich hakte aber nicht weiter nach. Stattdessen kam ich zum eigentlichen Grund meines Besuches. »Sie sagten am Telefon, dass Sie Ihren Garten auf Vordermann bringen möchten. Haben Sie bereits genaue Vorstellungen, wie er einmal aussehen soll? Bevorzugen Sie eventuell einen besonderen Stil? Neulich haben wir auf ausdrücklichen Wunsch einer Kundin einen japanischen Garten angelegt.«

Seine Augen fixierten mich, ohne dass er ein Wort sprach. Aus unerklärlichem Grund verspürte ich plötzlich eine leichte Hitze in mir aufsteigen. Schnell wandte ich den Blick ab und richtete ihn auf das weitläufige Grundstück. Dann sprach ich einfach weiter.

»Die große Kiefer dort hinten würde ich auf keinen Fall fällen. Soll der Pool in seiner jetzigen Form bestehen bleiben?«

»Nein, der Pool kann komplett weg. Der war ursprünglich für … egal. Das Meer liegt schließlich direkt vor der Haustür, da braucht man kein eigenes Schwimmbad im Garten.«

»Okay. Anstelle des Pools könnte ich mir einen großzügigen Sitzplatz mit einem Ensemble Gartenmöbel aus wetterfestem Holz vorstellen. Ich habe im Wagen Prospektmaterial, das kann ich Ihnen gern dalassen, damit Sie sich in Ruhe inspirieren lassen und entscheiden können.«

Ein amüsiertes Grinsen umspielte seine Mundwinkel. Er hatte ein markant geschnittenes Gesicht mit wachsamen Augen. »Ich sehe schon, ich habe die richtige Wahl getroffen.«

Abermals wurde mir warm. »Dann darf ich das als Auftragsbestätigung deuten?«, versuchte ich, so professionell wie möglich zu reagieren.

Er nickte. »Sie genießen mein volles Vertrauen, Frau Scarren.«

»Schön. Dann werde ich einen Vorschlag zur Umgestaltung erstellen und Ihnen in den nächsten Tagen per Mail zukommen lassen. Etwaige Änderungswünsche können wir im Anschluss besprechen, nachdem Sie sich alles in Ruhe angesehen haben. Was Erdarbeiten wie beispielsweise Friesenwälle oder Pflasterungen betrifft, besprechen Sie am besten mit meinem Partner, Piet Sanders.«

Frau Nielsen tauchte in der geöffneten Tür auf, bevor Falk von Bergedorf etwas erwidern konnte.

»Entschuldigen Sie bitte, Herr von Bergedorf, aber Frau Engelhorst ist jetzt da.«

»Ist es schon so spät?« Stirnrunzelnd warf er einen Blick auf den Chronografen am linken Handgelenk. »Sagen Sie ihr bitte, ich bin in ein paar Minuten bei ihr.« Dann galt seine Aufmerksamkeit wieder mir. »Wo waren wir stehen geblieben?«

»Ich denke, wir haben das Wesentliche geklärt. Wenn Sie nichts dagegen haben, würde ich gerne noch einige Fotos vom Garten machen. Haben Sie die Pläne zufällig bereitgelegt wie telefonisch besprochen?«, erinnerte ich.

»Selbstverständlich. Sehen Sie sich in Ruhe um. Die Pläne liegen drinnen. Ich werde Frau Nielsen bitten, sie Ihnen auszuhändigen. Ich muss mich jetzt leider entschuldigen. Heute jagt ein Termin den nächsten.«

»Kein Problem. Ich melde mich, sobald der Kostenvoranschlag fertig ist.«

»Ich bin schon sehr gespannt.« Er nahm meine Hand und deutete eine leichte Verbeugung an, bevor er zurück zum Haus ging. Dort konnte ich hören, wie er seine Besucherin freundlich in Empfang nahm. Ich packte meine Kamera und den elektronischen Entfernungsmesser aus und machte mich an die Arbeit.

KAPITEL 13

Uwe marschierte vor Nick den Flur entlang zum Hotelzimmer von Leonie Mahnke. Der dicke Teppich verschluckte jeden ihrer Schritte.

»Jetzt können wir der Dame auch noch hinterherlaufen«, grummelte Uwe übellaunig, während sie nach der richtigen Zimmernummer Ausschau hielten.

»Das nächste Zimmer muss es sein.« Nick klopfte an die Tür, doch nichts rührte sich.

»Klasse, dann kommen wir auch noch umsonst.« Uwe stieß geräuschvoll die Luft aus.

Nach einem erneuten Klopfen wurde die Tür geöffnet, und ein junger Mann stand ihnen gegenüber.

»Falls Sie von der Presse sind, wir beantworten keine Fragen«, reagierte er abweisend.

Die beiden verneinten und hielten ihm ihre Ausweise vor die Nase.

»Einige Fragen hätten wir trotzdem. Wir würden gern mit Leonie Mahnke sprechen. Ist sie da?«, erkundigte sich Uwe und schielte an dem jungen Mann vorbei in das Zimmer.

»Worum geht es?« Er hatte sich breitbeinig in die offene Tür gestellt.

»Das würden wir gern mit ihr persönlich besprechen. Und Sie sind?«

»Lennard Schacht, Leonies Freund.«

»Gut. Wir würden das Gespräch ungern auf dem Flur weiterführen, dürfen wir reinkommen?«

Eher unwillig machte Lennard einen Schritt zur Seite, um die Polizisten eintreten zu lassen. Er vergewisserte sich mit einem Blick auf den Flur, dass niemand sie gesehen hatte, und schloss sogleich die Tür hinter ihnen.

»Leonie ist im Bad. Einen Moment, ich sage ihr Bescheid.« Er verschwand hinter einer der Türen.

»Ganz schön luxuriös, wenn du mich fragst. Verdient man mit diesem Internetkrams so viel Geld, dass man sich das hier leisten kann?« Uwe betrachtete die gehobene Einrichtung des Zimmers.

»Offensichtlich.«

»Unfassbar! In welcher Welt leben wir? Als ich in dem Alter war, konnte ich mir mit Müh und Not ein Zelt auf einem Campingplatz leisten, wenn überhaupt. Und heute?«

»Es steht dir frei. Wenn du genügend Leute für ein Thema begeistern kannst, musst du dich zukünftig nicht länger mit Reimers rumärgern.«

»Grandioser Vorschlag, Nick.« Uwe verzog spöttisch das Gesicht.

In diesem Moment ging die Badezimmertür auf. Eine junge Frau steuerte auf sie zu. »Hallo! Sie wollen zu mir?« Mit wachem Blick musterte sie die beiden Beamten.

»Moin, Frau Mahnke! Mein Name ist Wilmsen, Kripo Westerland, mein Kollege Scarren.« Er deutete zu Nick. »Wir …«, wollte Uwe fortfahren, doch sie fiel ihm ins Wort.

»Beschützen Sie mich ab sofort?« Sie zwinkerte Nick zu.

»Nein, deswegen sind wir nicht gekommen. Wir hätten einige Fragen zu dem tätlichen Angriff auf Sie«, erklärte Nick.

»Ja, das war krass, ich hatte total Schiss. Ich dachte echt, der zieht ein Messer und sticht zu oder so!« Sie führte eine Hand zum Hals.

»Hatte er denn ein Messer?«, hakte Nick nach, doch sie schüttelte den Kopf.

»Beschreiben Sie den Angreifer«, forderte Uwe sie auf.

»Hm, er war ungefähr so groß wie Lennard.« Sie zeigte auf ihren Freund, der auf einem der mit Samt bezogenen Sessel saß und auf sein Handy schaute. Bei der Erwähnung seines Namens blickte er kurz auf. »Der Typ war schlank. An viel mehr kann ich mich leider nicht erinnern. Das Gesicht konnte ich jedenfalls nicht erkennen.«

»Weil er eine Maske trug?«

Irritiert sah sie Uwe an. »Nee, wieso?«

»Sie sagten gerade, Sie konnten sein Gesicht nicht erkennen. Daher nehme ich an, dass er es in irgendeiner Weise verdeckt hatte.«

Sie überlegte einen Moment, wobei ihr Blick kurz zu ihrem Freund wanderte. Dieser war weiterhin mit seinem Handy beschäftigt, als beträfe ihn die Angelegenheit in keiner Weise.

»Wo waren Sie eigentlich, als der Angriff erfolgte, Herr Schacht?«, wandte sich Nick an den jungen Mann.

»Lennard war gar nicht dabei, als es passiert ist«, übernahm Leonie die Beantwortung der Frage.

»Stimmt. Ich habe nichts mitbekommen. Zu der Zeit war ich gerade in einem Laden, während Leonie draußen gewartet hat«, bestätigte er die Aussage seiner Freundin.

»War der Angreifer also nicht bewaffnet?«, setzte Uwe die Befragung fort.

»Jedenfalls habe ich keine Waffe gesehen.«

»Hat er Sie angesprochen, bevor er handgreiflich geworden ist?«, erkundigte sich Nick.

»Er hat mich als Schlampe bezeichnet und mich gleich darauf am Handgelenk gepackt. Oh Gott, das war so surreal! Ich weiß nicht, ob ich mich jemals wieder sicher fühlen kann.« Sie verbarg für einen Augenblick das Gesicht in den Händen. Dann hob sie den Kopf und sah die beiden Polizisten direkt an. »Bekomme ich jetzt Polizeischutz? Ich bin schließlich eine Person des öffentlichen Lebens und bin bedroht worden.« Ihre anfängliche Verzweiflung hatte sich in Luft aufgelöst.

Die Beamten tauschten vielsagende Blicke. Dann räusperte sich Uwe, bevor er auf die Forderung einging. »Ich fürchte, an dieser Stelle sind wir die falschen Ansprechpartner.«

»Ach so.« Leonie musterte die beiden Beamten abschätzig.

»Aber Leonie ist angegriffen worden, sie braucht Schutz!«, schaltete sich Lennard nunmehr ein. »Dieser Irre läuft weiterhin frei herum! Was ist, wenn Leonie beim nächsten Mal nicht so viel Glück hat? Übernehmen Sie dann die Verantwortung? Die Polizei hat die Pflicht, Menschen zu beschützen! Wofür bezahlen wir Sie schließlich?«

Uwe wollte gerade dagegenhalten, als Nick ihm zuvorkam. »Herr Schacht, ich kann verstehen, dass Sie sich Sorgen um Ihre Freundin machen. Doch bislang deutet nichts darauf hin, dass der Angriff Frau Mahnke speziell gegolten hat. Sie könnte zufällig Opfer geworden sein. Selbstverständlich steht es Ihnen frei, sich einen privaten Personenschützer zu organisieren.«

»Wie großzügig!«, ätzte er. »Wissen Sie was, ich werde mich über Sie beschweren!« Er stand nun direkt vor Nick, der ihn trotz allem in Größe und Statur überragte.

»Das steht Ihnen ebenso frei.«

»Lennard!« Leonie zog ihren Freund am Ärmel. »Nun

spiel dich nicht so auf!« Dann an Nick gewandt: »Ich muss mich für Lennard entschuldigen. Die Sache geht eben auch nicht spurlos an ihm vorbei. Er macht sich Vorwürfe, dass er ausgerechnet in dem Moment nicht bei mir war.« Sie schenkte ihrem Freund einen mitfühlenden Blick.

»Gibt es Zeugen, die die Tat gesehen haben und den Täter eventuell näher beschreiben können?«, kehrte Uwe zum Thema zurück.

»Bestimmt, schließlich waren viele Menschen unterwegs.«

»Und niemand hat Ihnen geholfen?« Nick zog fragend die Augenbrauen hoch.

»Sorry! Aber wie gesagt, das ging alles so schnell.«

Lennard hatte schützend einen Arm um seine Freundin gelegt. »War's das jetzt? Sie sehen ja, wie sehr Leonie das alles mitnimmt. Sie hat gleich noch einen Termin und muss sich bis dahin etwas ausruhen.«

»Natürlich«, brummte Uwe. »Falls Ihnen doch noch etwas einfallen sollte, melden Sie sich bei uns.« Er streckte ihr eine Visitenkarte entgegen. Als keiner der beiden jungen Leute Anstalten machte, sie ihm abzunehmen, legte er sie auf den Couchtisch.

Als die beiden Beamten bereits die Tür erreicht hatten, kam Leonie ihnen hinterher. »Warten Sie!« Unvermittelt stellte sie sich direkt neben Nick und richtete am ausgestreckten Arm ihr Smartphone auf sie beide.

»Daraus wird leider nichts.« Nick drehte sein Gesicht abrupt aus dem Fokus.

»Ach, bitte! Nur dieses eine Bild. Das Foto würde super bei meinen Followern ankommen«, bettelte sie und klimperte mit den künstlichen Wimpern.

»Mag sein, daraus wird trotzdem nichts.«

»Es hätte Ihre Chance werden können.« Sie setzte einen Schmollmund auf und wackelte beleidigt zum Sofa zurück.

»Was war das denn bitte für ein Auftritt?«, staunte Uwe auf dem Weg zu ihrem Wagen. »Polizeischutz! Das kann der Typ unmöglich ernst gemeint haben.«

»Ich fürchte schon«, erwiderte Nick und nahm hinter dem Lenkrad Platz.

»Und dann die Sache mit dem Foto! Wenn du mich fragst, die Leute werden immer bekloppter. Bin ich froh, dass ich mit diesem ganzen Social Media Irrsinn nichts zu tun habe.« Uwe schüttelte verständnislos den Kopf.

»Viel interessanter fand ich, dass Leonie den Täter weder beschreiben kann, noch erinnert sie sich an irgendetwas. Ihr Freund soll ebenfalls nichts mitbekommen haben, weil er sich in einem Geschäft befand. Zeugen will sie auch keine bemerkt haben. Schon komisch.«

»Vielleicht stand sie unter Schock, was in solch einer Situation durchaus nachvollziehbar wäre«, zog Uwe in Erwägung.

»Mag sein, für meinen Geschmack klingt das alles äußerst unglaubwürdig.«

»Meinst du, sie hat uns nicht die Wahrheit gesagt?«

»Ich würde sogar so weit gehen zu behaupten, dass die ganze Geschichte inszeniert war. Eine reißerische Story, um möglichst viele Klicks im Netz zu generieren. Sie muss ihre Fans und Sponsoren bei Laune halten.«

»Also Fake«, resümierte Uwe nachdenklich, während Nick sein Handy aus der Hosentasche zog. »Wen rufst du an?«

»Hubsy. Sie soll etwas für uns überprüfen.«

KAPITEL 14

Zu gern hätte er gewusst, was die Polizei bei Leonie wollte. Hatte sie ihn trotz aller Vorsichtsmaßnahmen erkannt? Oder ihr Freund, dieser Schmarotzer? Das war eher unwahrscheinlich. Dem Typen ging es sowieso nicht um Leonie als echte Partnerin, er wollte lediglich von ihrem Erfolg profitieren und im Ruhm an ihrer Seite baden. Für einen kurzen Moment spürte er, wie ihm das Adrenalin durch den Körper schoss. Sollte er erkannt worden sein, so müsste er sich schnell eine andere Unterkunft besorgen. Vielleicht würde es ausreichen, sich einige Tage komplett zurückzuziehen und gänzlich ihre Nähe zu meiden? Oder doch besser, die Insel ganz zu verlassen, bis sich die Unruhe gelegt hatte? Diese und weitere Fragen schossen ziellos durch seinen Kopf. Um die aufsteigende Panik in den Griff zu bekommen, verspürte er den Drang, sich zu bewegen. So würde es ihm leichter fallen, seine Gedanken zu sortieren und eine Entscheidung zu treffen. Er ging los. Wurde immer schneller, bis er rannte. Er überquerte die Wenningstedter Hauptstraße in Richtung Strand, lief den Strönwai entlang, an dessen Straßenrand mehrere Luxuswagen parkten. Im Vorbeilaufen rempelte er eine Frau an, die daraufhin ins Straucheln geriet. Ihr Begleiter konnte sie im letzten Moment vor einem Sturz bewahren und brüllte ihm eine Schimpftirade hinterher. Doch das kümmerte ihn nicht, er rannte einfach weiter. Am Ende der Straße wollte er nach rechts abbiegen, als er einen Streifenwagen erblickte. Suchten sie bereits nach ihm? Er atmete schwer, sein Hals fühlte sich trocken an, die Lunge brannte. Noch einmal sah er zu dem Streifenwagen, der nach wie vor am Seitenstreifen stand. Dann lief er weiter in entgegengesetzter Richtung. Dabei achtete er nicht auf sein Umfeld und lief einem Radfahrer beinahe direkt vor das Fahrrad. Dieser konnte in letzter Sekunde ausweichen, die Bremsen kreischten schrill. Der Mann schrie ihm wütend hinterher. Doch er beachtete ihn nicht und lief unbeirrt weiter. Immer weiter. Schließlich erhob sich linker Hand eine Düne, zu deren Spitze eine hölzerne Treppe führte. Das musste die Uwe-Düne sein. Er hatte davon gelesen, als er sich auf die Reise vorbereitet hatte. Sie war mit ihren 52,5 Metern die höchste Erhebung der Insel und trug ihren Namen im Gedenken an den Freiheitskämpfer und Landvogt Uwe Jens Lornsen. Am Fuß der Treppe blieb er stehen, um zu verschnaufen. Von Seitenstichen geplagt drehte er sich noch einmal zum Ortskern von Kampen um. Dann erkannte er den Streifenwagen, der gemächlich den Westerweg entlangfuhr. Sogleich beschleunigte sich sein Puls. Kurzerhand erklomm er im Eiltempo die 109 Stufen nach oben auf die Aussichtsplattform.

»Hoppla, junger Mann!«, hörte er eine Frauenstimme sagen, die ihm entgegenkam. Und: »Da hat es aber jemand eilig!«, ertönte gleich darauf. Dieses Mal handelte es sich um eine Männerstimme. Oben angekommen brannten seine Oberschenkel wie Feuer, zudem quälten ihn schmerzhafte Seitenstiche. Der Schweiß rann ihm in Strömen den Rücken hinab. Sein Fitnesslevel ließ zu wünschen übrig. Zu seiner Erleichterung konnte er feststellen, dass sich der Streifenwagen in Richtung Stadtmitte entfernte. Die Unterarme auf das Geländer gestützt, konzentrierte er sich auf seine Atmung und sah dabei auf das Meer. Die Wellen rollten in regelmäßigen Abständen auf den Strand, zogen sich gleich darauf wieder zurück und begannen von Neuem. Ein stetig wiederkehrendes Spiel.

KAPITEL 15

Ich hatte gerade die Haustür aufgeschlossen, als im Inneren das Telefon zu klingeln begann. Christopher schob sich an mir vorbei ins Haus und rannte in den Wohnbereich. Gleich darauf kam er zurück und streckte mir das Telefon entgegen. »Für dich: Oma!«

»Hallo, Mama«, sagte ich, während ich meine Tasche neben der Anrichte abstellte.

»Wieso gehst du denn nicht ans Telefon? Ich habe mehrfach versucht, dich zu erreichen. Du klingst so gehetzt«, erklang ihre vorwurfsvolle Stimme am anderen Ende der Leitung.

»Ich war unterwegs. Erst in der Firma, dann bei einem Kunden und anschließend habe ich Christopher bei einem Freund abgeholt.« Ich erwischte mich gerade wieder dabei, wie ich mich vor meiner Mutter rechtfertigte. »Warum hast du es nicht auf dem Handy probiert?«

»Glaubst du, auf die Idee wäre ich nicht gekommen?«, erwiderte sie entrüstet, um anschließend milder zu sagen: »Vielleicht hast du es einfach überhört.«

»Das kann gut sein.« Ich klemmte das Telefon zwischen Schulter und Gesicht und durchsuchte meine Tasche nach meinem Handy.

»Weswegen ich dich sprechen wollte ...« Sie brach mitten im Satz ab. »Anna? Bist du noch da?«

»Ja, sicher!« Ich konnte mein Handy nicht finden. Wahrscheinlich lag es noch im Auto.

»Hast du mittlerweile nach einem Termin gesucht, wann wir uns treffen können?«

»Treffen?« Ich kramte in den Schubladen meines Gedächtnisses.

»Wir wollen doch gemeinsam einen Schulranzen für Christopher aussuchen! Hast du das vergessen?« Abermals schwang etwas Vorwurfsvolles in ihrer Stimme.

»Das habe ich nicht vergessen, ich hatte bloß bislang noch keine Zeit gehabt.«

»Keine Zeit? Anna, ich bitte dich! Dein Sohn steht wohl an erster Stelle! Da müssen andere Termine eben warten. Bis zur Einschulung sind es nur noch wenige Wochen. Wenn wir uns nicht beeilen, müssen wir uns mit den kläglichen Resten begnügen. Möchtest du das? Ich dachte, während der Zeit in Kanada wärst du ein bisschen zur Ruhe gekommen. Aber kaum bist du zu Hause, geht der Stress wieder von vorne los.«

»Ich werde gleich nachsehen, wann es passt. Versprochen.«

»Mir würde es in dieser Woche am besten am Donnerstagnachmittag passen. Schließlich habe ich auch meine Verpflichtungen und sitze nicht tatenlos den lieben langen Tag herum und drehe Däumchen«, gab sie zurück.

»Das weiß ich doch, Mama. Ich melde mich heute Abend.«

»Gut.«

»Und Grüße an Papa!«, schob ich hinterher, aber sie hatte bereits aufgelegt.

Jetzt musste ich mich unbedingt auf die Suche nach meinem Handy machen. Im Auto lag es nicht. Kurzerhand rief ich in der Firma an. Vielleicht hatte ich es dort liegenlassen. Unsere Bürokraft, Nora, die seit ein paar Wochen bei uns arbeitete, versprach, danach zu suchen und mir umgehend Bescheid zu geben. Es dauerte nicht lange und sie meldete sich, leider ohne es gefunden zu haben. Vermutlich war es mir irgendwo unbemerkt aus der Tasche gefallen. Angestrengt versuchte ich zu rekonstruieren, wann ich es zuletzt gesehen hatte, als es plötzlich an der Tür klingelte. Die Hunde waren aufgesprungen und liefen bellend vor mir her. Als ich öffnete, staunte ich nicht schlecht.

KAPITEL 16

Uwe verbrachte die Mittagspause im Büro, während Nick einen Termin beim Friseur hatte. In der Fußgängerzone von Westerland, der Friedrichstraße, drängten sich die Urlauber dicht an dicht. Der strahlend blaue Himmel des Vormittags war dunklen Wolken gewichen, die sich vom Meer her zusammenballten und rasch näherkamen. Sie führten zweifelsfrei Regen im Gepäck. Der Wind hatte zudem aufgefrischt und die Temperaturen merklich sinken lassen. Eine mit Taschen und Kinderspielzeug bepackte Mutter schob mit einer Hand einen Kinderwagen, an der anderen Hand führte sie ihr älteres Kind durch die Menschenmenge. Der kleine Junge nörgelte lautstark, blieb alle paar Meter bockig stehen und begann schließlich zu weinen.

»Wir können nicht länger am Strand bleiben, Leon. Es fängt gleich an zu regnen. Morgen gehen wir wieder an den Strand. Versprochen. Nun komm bitte, bevor wir nass werden!«, redete die Mutter auf ihren Sprössling geduldig ein.

Nick konnte sich ein Lächeln nicht verkneifen. Erinnerte ihn die Szene doch an die Zeit, als Christopher in dem Alter des kleinen Jungen war und ebenso schwer vom Strand wegzubekommen war. Dabei war es völlig unerheblich, ob es stürmte oder regnete. Als Nick zurück auf dem Weg in sein Büro war, kam ihm seine Kollegin, Hubsy Westermann, entgegen.

»Hey, Nick! So ein Zufall, dass ich dich treffe. Ich wollte gerade zu euch«, begrüßte sie ihn und schloss sich ihm an.

»Hi, Hubsy. Konntest du etwas herausfinden?«

»Allerdings. Eine ganze Menge sogar.« Sie grinste zufrieden.

»Da bin ich gespannt. Bitte, Ladies first!« Er ließ ihr den Vortritt und schloss die Bürotür hinter ihnen.

»Hey, Uwe!«

»Moin, Hubsy! Ah, ihr kommt gleich im Doppelpack. Mensch, Nick, ich hätte dich mit dem neuen Putz fast nicht erkannt.« Er lachte.

Nick honorierte die Bemerkung seines Kollegen mit einem Brummen und fuhr sich mit der Hand über den Kopf. »Zu kurz?«

»Ich find's richtig cool«, befand Hubsy und musterte den neuen Look des Kollegen mit schief gelegtem Kopf.

»Können wir uns bitte lieber um die fachlichen Themen kümmern als um meine Frisur? Was hast du herausgefunden?«

»Also, Leonie Mahnke ist derzeit eine der angesagtesten Influencerinnen mit einer riesigen Fangemeinde. Die Zahl ihrer Follower liegt im sechsstelligen Bereich«, berichtete die junge Kollegin.

»Ist das viel?«

»Oh ja, Uwe, das ist sogar sehr viel«, bestätigte Hubsy mit einem Nicken.

»Hm, und weiter? Weiß man, warum sie auf Sylt ist?«, hakte Uwe nach, während er eine Flasche Cola öffnete. Es zischte, und die braune klebrige Flüssigkeit sprudelte im hohen Bogen über seinen Schreibtisch. »Was für eine Sauerei!«, schimpfte er und griff eilig nach einer Serviette, um den Schaden zu begrenzen. »Wahrscheinlich war sie abgelaufen.«

»Du hättest sie vorher nicht schütteln dürfen.« Nick grinste.

»Habe ich gar nicht!«, widersprach Uwe.

»Uh! Hat die Tastatur was abbekommen? Die wäre nämlich ansonsten Schrott«, bemerkte Hubsy.

»Danke für die aufmunternden Worte!«, gab Uwe grimmig zurück, während sein Blick zu seiner Hose wanderte, auf der die Brause ebenfalls ihre Spuren hinterlassen hatte. »Nicht das auch noch!«, stöhnte er und schickte einen verhaltenen Fluch hinterher.

»Was ich sagen wollte …«, fuhr Hubsy fort. »Wenn du einen derart hohen Bekanntheitsgrad hast, musst du deinen Followern regelmäßig etwas bieten, und zwar möglichst Dinge, die dich von anderen abheben. Die Konkurrenz im Netz ist groß, und ehe du dich versiehst, haben dich andere überholt, weil sie spannendere Themen haben.«

»Aber was ist denn so spannend, dass das so viele Leute sehen wollen?«, wollte Uwe wissen und zwirbelte ein Bonbonpapier zwischen den Fingern.

»Das kann alles Mögliche sein, wie beispielsweise angesagte Locations, waghalsige Aktionen, Kosmetik- oder Kleidungstipps. Der Fantasie sind dabei keine Grenzen gesetzt. Je aufsehenerregender und individueller desto besser. Momentan hält sie sich auf Sylt auf, weil sie ein Kunststipendium einer Sylter Kunst- und Kulturstiftung in Kampen erhalten hat. Sie malt.«

»Was du nicht sagst! Ein wahres Multitalent.« Uwe verzog plötzlich schmerzlich das Gesicht.

»Was ist?«, fragte Nick.

»Ah!« Uwe kniff die Augen zusammen und presste eine Handfläche gegen die linke Wange.

»Uwe? Alles in Ordnung mit dir?«, erkundigte sich jetzt auch Hubsy.

»Mist, ich glaube, ich habe mir eben eine Füllung rausgeholt«, jammerte er und besah das undefinierbare dunkle Klümpchen in seiner Hand.

»Ist mir auch schon passiert. Seitdem esse ich keine Karamellbonbons mehr«, erklärte Hubsy und zeigte zu der Bonbontüte auf Uwes Schreibtisch.

»Zu spät. Aber nun weiter im Text.« Uwe gab sich tapfer.

»Willst du nicht besser erst beim Zahnarzt anrufen?«, schlug Nick vor.

»Da bekomme ich heute sowieso keinen Termin mehr. Das kann unter Umständen Wochen dauern, bis man einen …«

»Schon klar!«, unterbrach Nick ihn. »Aber das ist deine Sache, wenn du die nächsten Wochen mit einem Loch im Zahn herumlaufen willst.«

»Nick hat recht. Ich hatte mal eine Freundin, bei der …«, holte Hubsy aus.

»Ist ja gut, ich habe es verstanden. Gleich im Anschluss an unser Gespräch rufe ich beim Zahnarzt an. Also, Leonie hat ein Stipendium erhalten, und weiter?«

»Ich wollte sagen, Leonie malt abstrakte Kunst. Ich habe mir ein paar ihrer Bilder im Netz angesehen. Für meinen Geschmack sind sie ein wenig zu schrill und ausdruckslos, aber ich bin keine Kunstexpertin.«

»So schlecht werden die Bilder nicht sein, sonst hätte sie kaum ein Stipendium erhalten«, gab Nick zu bedenken. »Wie kommt ihr Ausflug in die Kunstszene bei ihren Fans an?«

»Bislang mit mäßigem Erfolg, soweit ich die Reaktionen in den Kommentaren verfolgen konnte. Was allerdings sehr oft gelikt und kommentiert wurde, ist das hier! Schaut mal!« Sie wischte über das Display ihres Handys und hielt es den beiden Kollegen vor die Nase.

»Das ist in der Tat äußerst interessant«, bemerkte Uwe und vergaß für einen Moment seine Zahnschmerzen.

»Habe ich es doch geahnt! Das Video beweist eindeutig, dass es sehr wohl Zeugen für den angeblichen Angriff gegeben haben muss. Da! Kannst du das an der Stelle bitte anhalten?«

Auf Nicks Wunsch hin stoppte Hubsy die Aufnahme. »Seht ihr? Hier sieht sie direkt in die Kamera. Ich bezweifele stark, dass man in dieser Situation überhaupt in der Lage ist zu filmen. Normalerweise versucht man, sich zu verteidigen oder zu flüchten. Wenn ihr mich fragt, ist das inszeniert und dient einzig dem Zweck, mediale Aufmerksamkeit zu erlangen.«

»Das ist ihr jedenfalls gelungen, wenn ich mir die massenhaften Likes und Kommentare ansehe, die hier im Sekundentakt eingehen. Unfassbar!« Kopfschüttelnd scrollte sie über das Display.

»Ich bin gespannt, welche Erklärung sie für uns parat hat«, bemerkte Uwe.

»Das war aber längst nicht alles«, erklärte die junge Kollegin zum Erstaunen ihrer Kollegen.

»Jetzt machst du mich neugierig.« Nick schraubte den Verschluss einer Mineralwasserflasche ab und trank einige Schlucke.

»Vor einem knappen Jahr wurde Leonie nachts auf dem Weg nach Hause überfallen. Damals war es kein Fake. Ich habe mir den Bericht der Kollegen angesehen.«

»Ach was. Weiß man, wer der Angreifer war?«, wollte Nick wissen.

»Nein. Allerdings wurde sie in diesem Zeitraum gestalkt. Ein Unbekannter hat ihr Briefe, Geschenke und so weiter zukommen lassen. Außerdem erhielt sie Anrufe. Alles anonym natürlich«, wusste Hubsy zu berichten.

»Gute Arbeit, Kollegin! In der Kürze der Zeit hast du viel herausgefunden. Danke!« Nick warf ihr einen anerkennenden Blick zu. Auch Uwe nickte zustimmend, während seine Zunge ein ums andere Mal das Loch in seinem Zahn umkreiste.

»Das ist mein Job!« Sie warf einen Blick auf die Uhr. »Oh, ich muss los, sonst bekomme ich Ärger mit Maurizio. Der wartet bestimmt schon auf mich.« Schnell steckte sie das Smartphone ein und eilte davon.

»Cleveres Mädel«, befand Uwe, als sie wieder unter sich waren. »Wenn sie meine Tochter wäre, wüsste ich, woher sie das hat.«

»Wo wir gerade beim Thema sind: Über das Gespräch mit Hubsys Mutter hast du mir noch gar nichts erzählt. Wie war es, seiner ehemaligen großen Liebe plötzlich gegenüberzustehen nach all den Jahren?«

»Ein komisches Gefühl. Wir haben uns seit damals weder gesprochen noch gesehen.«

»Wie hat sie auf Hubsys Vermutung reagiert? Wusste sie, warum sich ihre Tochter hatte nach Sylt versetzen lassen?«

»Sie hatte keine Ahnung. Zunächst war sie wohl stinksauer auf Hubsy, aber nachdem sich die beiden ausgesprochen hatten, haben sich die Gemüter beruhigt.« Uwe wirkte nachdenklich.

»Bedauerst du am Ende, dass Hubsy nicht deine leibliche Tochter ist?«

»Vielleicht ein bisschen.«

»Und Tina? Wie hat sie reagiert?«

»Im Großen und Ganzen verständnisvoll, obwohl es anfangs ein Schock für sie war. Für mich ja auch. Aber ich habe ihr versichert, dass sie für mich immer das Wichtigste auf der Welt sein würde, ganz egal, was der Gentest am Ende ergeben hätte.« Er machte eine Pause. »Aber nun zu dir. Wie war dein Ausflug in die Vergangenheit? Bleibst du hier oder zieht es dich zurück nach Kanada?«

»Willst du mich etwa loswerden?«

»Bloß das nicht!«

»Ich mache dir einen Vorschlag: Wie wäre es, wenn wir später ein Feierabendbier zusammen trinken?«

»Hervorragende Idee!«

»Aber vorher rufst du noch den Zahnarzt an.«

Uwe stöhnte genervt auf. »Wusstest du, dass du ganz schön hartnäckig sein kannst?«

»Das Wohlbefinden meines Kollegen liegt mir eben sehr am Herzen«, erwiderte Nick theatralisch.

»Zu gütig!«

KAPITEL 17

»Herr von Bergedorf! Was verschafft mir die Ehre?«

»Bitte entschuldigen Sie den überfallartigen Besuch, Frau Scarren, aber ich glaube, das gehört Ihnen.« Falk von Bergedorf hielt mein Smartphone in der Hand.

»Mein Handy! Ich habe schon überall danach gesucht.« Dankbar nahm ich das Telefon entgegen. »Es muss mir unbemerkt aus der Tasche gefallen sein. Vielen Dank! Aber bitte, kommen Sie doch herein!« Ich trat einen Schritt beiseite, um den Besucher hereinzulassen.

»Ich möchte Sie wirklich nicht stören«, erwiderte er, folgte meiner Aufforderung jedoch.

»Das tun Sie nicht. Darf ich Ihnen etwas anbieten? Wasser, Kaffee, Tee?«

»Gerne einen Kaffee, wenn es keine Umstände macht.«

Christopher kam aus dem Garten gerannt und stoppte abrupt, als er unseren Gast erblickte.

»Guten Tag, junger Mann!« Falk von Bergedorf lächelte ihm freundlich zu.

»Hallo!«, kam die zögerliche Antwort, begleitet von einem skeptischen Blick.

»Stell dir vor, Christopher, Herr von Bergedorf hat mein Handy gefunden. Wir müssen nicht mehr länger danach suchen«, erklärte ich.

»Okay. Mum, kann ich ein Eis haben?«

»Nein, heute nicht mehr, es gibt bald Abendessen.«

Er streckte die Unterlippe nach vorn, ließ den Kopf hängen und trottete die Treppe nach oben in sein Zimmer.

»Keine Diskussion? Alle Achtung, das habe ich schon anders erlebt.« Falk von Bergedorf zog überrascht die Augenbrauen hoch.

»Das ist nicht die Regel. Normalerweise gibt er nicht so schnell auf. Haben Sie auch Kinder?«

»Nein, ich selbst nicht, aber meine Schwester hat welche, die ich allerdings nicht sehr oft zu Gesicht bekomme.«

»Das klingt, als würden Sie es bedauern?«, fragte ich behutsam, um nicht geradewegs in ein Fettnäpfchen zu treten.

»Das Gegenteil ist der Fall.« Er ging nicht näher auf die Bemerkung ein, sondern ließ seinen Blick in den Wohnbereich zu dem Flügel wandern. »Darf ich ihn mir ansehen?«

»Bitte, nur zu! Ich kümmere mich derweil um den Kaffee.«

»Ein wunderschönes Instrument. Spielen Sie ihn auch, oder dient er ausschließlich zu Dekorationszwecken?«, erkundigte er sich, während er sanft mit den Fingern über das lackierte Holz strich.

»Sofern es meine Zeit zulässt, spiele ich. Was ist mit Ihnen?« Ich reichte ihm eine Tasse.

»Danke. Als Kind hatte ich Unterricht, bin allerdings nicht sonderlich begabt. Irgendwann habe ich entschieden, gänzlich auf die Seite des Zuhörers zu wechseln und das Spielen denjenigen zu überlassen, die davon etwas verstehen. Ich nehme an, bei Ihnen war das anders.« Er schenkte mir einen forschenden Blick.

»Ursprünglich wollte ich nach dem Abitur Musik studieren«, begann ich und merkte, dass ich im Begriff war, mein Leben einem Menschen gegenüber auszubreiten, den ich kaum kannte und den es vermutlich überhaupt nicht interessierte.

»Warum haben Sie es nicht getan? Warten Sie! Lassen Sie mich raten.« Er hob die Hand, bevor ich zu einer Antwort ansetzen konnte. »Ihre Eltern waren der Ansicht, Sie sollten etwas Solides machen, von dem man später leben kann. Habe ich recht?«

»Woher wissen Sie das?«

»Sie glauben nicht, wie oft ich das in der Vergangenheit gehört habe.« Ein Lächeln umspielte seine Mundwinkel, während er mit den Fingern sanft über den Flügel strich. Dann wurde seine Miene schlagartig ernst. »Wiederum bleibt uns somit einiges erspart.« Ich verstand nicht, worauf er anspielte, und sah ihn entsprechend fragend an. »Im Rahmen meiner Stiftungsarbeit bin ich mit vielen Menschen in Kontakt gekommen, die von ihrem Können überzeugt waren und anschließend zutiefst enttäuscht oder gekränkt, wenn sie abgewiesen wurden. Echte Talente gibt es nur wenige. Aber ich möchte Sie ungern mit diesem Thema langweilen.« Er winkte ab.

»Das tun Sie nicht«, versicherte ich.

»Mich würde viel mehr interessieren, woher Sie dieses Prachtstück haben?«, wandte er sich erneut dem Musikinstrument zu.

»Das ist eine lange und verrückte Geschichte.« Erwartungsvoll sah er mich an, worauf ich weitersprach. »Dieser Flügel gehörte einmal einem sehr erfolgreichen Komponisten, John Woodbrook. Ich weiß nicht, ob Ihnen der Name etwas sagt.«

»Aber natürlich! Kannten Sie ihn etwa persönlich?«

KAPITEL 18

Alina hatte es sich am Strand bequem gemacht. Mit geschlossenen Augen saß sie auf ihrem Handtuch und lauschte der Brandung, während sie ihre Zehen im warmen Sand vergrub. Die Sonnenstrahlen wärmten ihren Körper, den sie zuvor mit hohem Lichtschutzfaktor eingecremt hatte. Nachdem sie heute Vormittag einen Termin mit Martina Engelhorst wahrgenommen hatte, absolvierte sie im Anschluss eine zweistündige Übungseinheit mit ihrem Cello. Diese kleine Auszeit am Meer hatte sie sich jetzt redlich verdient. Plötzlich nahm sie eine Person wahr. Sie öffnete die Augen und blinzelte gegen das grelle Licht. Ein Mann, etwa in ihrem Alter, stand vor ihr und lächelte ihr freundlich entgegen.

»Herrlich hier, nicht wahr?«, sagte er.

»Das stimmt. Am Meer kann man gut abschalten«, erwiderte sie.

»Dann kommst du öfter hierher?«, hakte er nach und kam näher. »Darf ich?«

Bevor Alina reagieren konnte, hatte der Fremde sich bereits neben sie in den Sand gesetzt. Er streckte die Beine lang aus und stützte sich auf die Unterarme. Sein Gesicht hielt er mit geschlossenen Augen der Sonne entgegen. »Wirklich herrlich«, murmelte er.

Alina betrachtete ihn von der Seite und war unschlüssig, was sie tun sollte. In der Regel mochte sie es nicht, wenn ihr Fremde ungefragt dermaßen auf die Pelle rückten. Sie öffnete den Mund, um etwas zu sagen, als der Mann die Augen aufschlug und sie ansah.

»Das klingt wahrscheinlich jetzt wie eine plumpe Anmache, aber du kommst mir irgendwie bekannt vor. Ich könnte schwören, dass ich dein Gesicht vor Kurzem irgendwo gesehen habe.« Er überlegte.

»Vielleicht haben Sie …«, begann sie zögerlich, als er ihr ins Wort fiel.

»Ha, in der Zeitung! Klar!« Er schlug sich mit der flachen Hand vor die Stirn. »Du bist Alina Tottmann, richtig? Die außergewöhnlich begabte Cellistin!«

Alina errötete augenblicklich. »Na ja, so würde ich das nicht formulieren.«

»Doch, doch. Aber sorry, dass ich dich nicht gleich erkannt habe. Live sehen die Leute immer anders aus. Ich bin ein absoluter Fan von dir und deiner Musik. Es freut mich total, dass du dieses Stipendium bekommen hast.«

»Tatsächlich?«, fragte sie und merkte, wie ihr abermals die Röte in die Wangen schoss. Verlegen steckte sie eine Haarsträhne hinters Ohr.

»Das meine ich ehrlich. Ich habe dich neulich bei den *OpenAir Musiktagen* in Flensburg gesehen. Du warst grandios!« Er hatte sich auf die Seite gedreht und betrachtete sie mit einem freundlichen Lächeln.

»Danke. Was hat dir am besten gefallen?«, erkundigte sie sich und war zum Du übergegangen.

»Deine Interpretationen der Stücke. Diese Tiefe. Und wie du mit deinem Instrument umgehst, als wärt ihr eine Einheit.« Er machte eine Pause. »Wie lange bleibst du auf Sylt, und wird es hier auch Konzerte mit dir geben?«

Sein drängender Blick löste schlagartig Unbehagen in ihr aus. Sie griff nach ihrem Strandkleid und zog es schnell über. Bekleidet fühlte sie sich deutlich geschützter.

»Ist dir kalt?«, wollte er wissen.

»Nein, ich hole mir schnell einen Sonnenbrand«, erwiderte sie, was nicht einmal gelogen war.

»Und?«

»Was und?«

»Du hast meine Frage nicht beantwortet«, insistierte er und lächelte dabei derart charmant, dass sie lachen musste.

»Du bist ganz schön hartnäckig. Ich werde eine Zeit lang auf der Insel bleiben. Geplant sind vier Auftritte während dieser Zeit. Wenn du magst, kann ich eine Karte für dich zurücklegen lassen.«

»Das wäre großartig!«

Ehe sie sich versah, hatte er ihr einen Kuss auf die Wange gehaucht. Sie wich instinktiv zurück. Ein bisschen seltsam kam ihr der Typ schon vor.

»Sorry, da ist wohl gerade mein Temperament mit mir durchgegangen«, entschuldigte er sich mit einem schiefen Grinsen.

»Schon okay.«

»Sag mal, abgesehen von dir gibt es doch noch eine Stipendiatin, wenn ich das richtig gelesen habe. Diese Influencerin … mir ist der Name gerade entfallen.« Angestrengt zog er die Stirn kraus.

»Du meinst sicher Leonie Mahnke«, kam ihm Alina zu Hilfe.

»Genau, Leonie. Habt ihr euch schon angefreundet?«

»Anfreunden wäre vielleicht zu viel gesagt. Wir haben uns bei der Begrüßungsveranstaltung kennengelernt.«

»Oh klar, das hatte ich vergessen, ihr seid Konkurrentinnen. Sicher macht ihr einen großen Bogen umeinander.« Er lachte.

»So ist das nicht. Wir reden völlig normal miteinander. Schließlich handelt es sich nicht um einen Wettkampf. Außerdem sind wir künstlerisch in unterschiedlichen Genres unterwegs, da kann man nicht von Konkurrenz sprechen. Leonie malt und schreibt Gedichte, ich spiele Cello.« Sie zuckte die Schultern.

»Wenn das so ist, unternehmt ihr bestimmt viel gemeinsam. Auf Sylt ist immer etwas los.«

Alina zögerte einen Moment. »Bislang hat sich noch nichts ergeben.«

»Klingt beinahe so, als wenn du sie nicht mögen würdest. Ich könnte mir vorstellen, dass sie etwas arrogant ist. Auf den Fotos im Netz erweckt sie jedenfalls den Anschein. Ich kann mich auch irren.«

»Du irrst dich nicht. Sie ist meistens ziemlich arrogant.«

»Wahrscheinlich ist ihr der Erfolg zu Kopf gestiegen, wie man so schön sagt.«

»Vermutlich.« Alina überlegte kurz und redete dann weiter. »Bei jeder Gelegenheit muss ihr Freund sie fotografieren oder filmen, damit sie das umgehend posten kann. In meinen Augen ist das völlig übertrieben.«

»Aber ihre Fans lieben sie dafür«, hielt der junge Mann mit einem Grinsen dagegen.

»Das kann schon sein. Dann sind die eben genauso oberflächlich wie Leonie. Ich glaube, ihr geht es in erster Linie nicht um die Kunst, sondern einzig um sie selbst. Im Übrigen finde ich ihre Bilder schrecklich. Jedes Kleinkind kann das malen. Hast du mal eines ihrer Bilder gesehen?« Er schüttelte den Kopf. »Furchtbar! Außerdem wohnt sie auch nicht im *Klappholtal*, wo die Stipendiaten üblicherweise untergebracht sind, sondern im Hotel. Für alles andere ist sich die Dame eben zu fein.« Alina unterbrach ihren Redeschwall, als sie merkte, wie sie sich mehr und mehr in Rage redete. »Sorry, das ist normalerweise nicht meine Art, so über andere herzuziehen. Vergiss am besten alles, was ich gerade über Leonie gesagt habe«, schob sie schnell hinterher.

»Ist schon okay. Manchmal ist es besser, sich den Frust von der Seele zu reden, als alles in sich hineinzufressen. Ich glaube, dass …« Er beendete den Satz nicht, da plötzlich ein gefaltetes Stück Papier durch eine heftige Bö von Alinas Handtuch davonflatterte. Der Wind trieb es ein paar Meter über den Strand.

»Oh nein!« Alina sprang auf, doch er bekam es vor ihr zu fassen.

»Danke!«, sagte Alina, als er ihr das Stück Papier zurückgab. »Jetzt habe ich dir so viel erzählt und kenne nicht einmal deinen Namen.«

»Sag einfach Lubo zu mir, so nennen mich alle meine Freunde.«

»Okay, Lubo.«

»Was ist das?« Er deutete auf das Druckstück in ihrer Hand.

»Das ist der Plan des *Kampener Kunst- und Kulturpfads*. Darin sind alle Orte mit Nummern gekennzeichnet, an denen bekannten Persönlichkeiten des öffentlichen Lebens eine Art Denkmal gesetzt wurde«, erklärte sie und faltete den Plan auseinander.

»Ich wusste nicht, dass es so etwas gibt. Da sieht man wieder, was Sylt alles zu bieten hat.« Interessiert betrachtete er die ausgebreitete Karte.

»Die Insel war schon immer ein Ort der Inspiration. Viele berühmte Persönlichkeiten, darunter Schriftsteller,

Maler, Bildhauer, die unser Leben bis heute prägen, haben zumindest zeitweise auf der Insel gearbeitet und gelebt. Ihre Spuren kann man heute noch entdecken«, erläuterte sie mit wachsender Begeisterung.

»Und? Bist du den Spuren gefolgt?«

»Bislang bin ich nicht dazu gekommen«, erwiderte sie und sah auf die Uhr.

»Musst du weg?«, fragte er.

»Nein, aber ich darf die Zeit nicht vergessen.«

»Hast du heute ein Konzert?«

Sie schüttelte den Kopf. »Nein, nur ein offizielles Essen mit einigen Leuten von der Stiftung und der Gemeinde.«

»Klingt wichtig.«

»Ich weiß nicht, allzu viel verspreche ich mir nicht davon. Vorwiegend wird geredet. Das kann sich unter Umständen in die Länge ziehen«, gestand sie mit einem schiefen Grinsen.

»Du Arme! Wo und wann trefft ihr euch? Sylt hat hinsichtlich erstklassiger Küche einiges zu bieten.«

»Ja, Restaurants gibt es hier tatsächlich wie Sand am Meer!«, erwiderte sie, worauf er lauthals lachte. Der Anblick seiner ebenmäßigen schneeweißen Zähne stach ihr ins Auge. Automatisch suchte ihre Zunge nach der Zahnlücke zwischen ihren eigenen Schneidezähnen. Dann nannte sie ihm Uhrzeit und Lokalität.

»Ah, das habe ich schon einmal gehört. Klingt nobel. Vielleicht kannst du dich im Anschluss mit Leonie irgendwann absetzen und das Partyleben von Sylt genießen. Gerade in Kampen soll es großartige Klubs geben.«

»Partys sind nicht unbedingt mein Ding, außerdem muss ich morgen sehr früh raus.« Kaum hatte sie den Satz zu Ende gesprochen, bereute sie ihre Worte. Lubo musste annehmen, sie wäre eine Spaßbremse oder Langweilerin. In ihrem Alter war es üblich, Freunde zu treffen und bis tief in die Nacht zu feiern und zu tanzen.

»Verstehe. Meins ist das auch nicht. Ich gehe viel lieber ins Theater oder in ein Konzert.« Lubo schenkte ihr ein verständnisvolles Lächeln. »Nichtsdestotrotz macht es Spaß hin und wieder mal ordentlich abzurocken.«

»Da hast du recht.« Sie nickte zustimmend.

»Da du noch eine Weile auf der Insel bleibst, wird sich bestimmt eine Gelegenheit ergeben, ins Kampener Nachtleben einzutauchen.« Er erhob sich und klopfte sich den Sand von den Beinen.

»War nett, dich kennenzulernen, Alina. Bestimmt laufen wir uns bald mal wieder über den Weg.«

»Lubo?«

»Ja?«, fragte er und hielt in der Bewegung inne.

Alina nahm allen Mut zusammen. »Falls du noch nichts vorhast ...« Sie stockte. »Ich meine, würdest du mich heute Abend begleiten?«

Im ersten Augenblick wirkte er überrascht, dann huschte ein erfreuter Gesichtsausdruck über sein Gesicht. »Geht das denn so einfach? Die Plätze sind sicherlich begrenzt.«

»Wir dürfen in Begleitung kommen«, versicherte sie und spürte, wie sich ihr Herzschlag beschleunigte.

»Wenn das so ist, warum nicht? Klar, ich begleite dich gerne und werde pünktlich da sein. Bis später!«

Alina blickte ihm eine Weile nach, bis er auf dem Weg zwischen den Dünen verschwunden war. Das beklemmende Gefühl, heute Abend ganz allein zu diesem Essen gehen zu müssen, war einer lebendigen Vorfreude gewichen. Sie, Alina Tottmann, würde an der Seite eines charmanten Begleiters erscheinen, der die Kunst ebenso liebte wie sie. Zufrieden blickte sie auf das Meer und spürte den Wind, der mit ihrem Haar spielte. Das Leben konnte wundervoll sein.

KAPITEL 19

»Hallo!« Plötzlich stand Nick in der geöffneten Terrassentür.

»Nick! Ich habe dich gar nicht kommen hören.«

»Ich besitze einen Schlüssel«, bemerkte er tonlos und warf mir hinsichtlich unseres Gastes einen fragenden Blick zu.

»Nick, darf ich dir Falk von Bergedorf vorstellen? Er hat mir mein Handy vorbeigebracht, das ich bei ihm vergessen hatte. Dabei sind wir ins Plaudern geraten.«

»Guten Abend, Herr Scarren!« Von Bergedorf reichte Nick zur Begrüßung die Hand.

»'n Abend«, gab Nick knapp zurück. Dann sagte er an mich gewandt: »Es ist ein bisschen später geworden. Schläft Christopher schon?«

»Nein, er ist oben in seinem Zimmer.«

»Okay.«

»Willst du dich nicht zu uns gesellen?«, fragte ich, als er keine Anstalten machte, Platz zu nehmen.

»Sorry, aber ich bin todmüde.« Damit verschwand er im Haus.

»Für mich ist längst Zeit zu gehen, auch wenn ich es sehr bedauere, unser Gespräch an dieser Stelle beenden zu müssen«, betonte Falk von Bergedorf und erhob sich. »Das nächste Mal müssen Sie unbedingt etwas spielen.« Er deutete in Richtung des Flügels, als ich ihn zur Tür begleitete.

»Oh, erwarten Sie nicht zu viel. Ich fürchte, ich bin ziemlich aus der Übung.«

»Das kann ich mir nicht vorstellen.«

Später, nachdem Falk von Bergedorf längst gegangen war, folgte ich Nick nach oben ins Schlafzimmer. Er lag bereits im Bett, als ich das Zimmer betrat. Schnell machte ich mich im Bad fertig und schlüpfte dann unter die Decke.

»Nick? Alles okay mit dir?«, flüsterte ich, da ich nicht wusste, ob er schlief.

»Warum fragst du?«

»Du verhältst dich komisch.«

»Ich bin wie immer«, erwiderte er und drehte sich zu mir.

»Normalerweise bist du nicht so abweisend zu unseren Gästen.« Er antwortete nicht. »Nick?«

»Ich hatte einen anstrengenden Tag und bin einfach groggy. Außerdem hatte ich keine Ahnung, dass Besuch da ist.«

»Das war auch nicht geplant. Ich hatte bei meinem Termin mein Handy in seinem Garten verloren, und Herr von Bergedorf hat es freundlicherweise vorbeigebracht. Da kann ich ihn doch nicht gleich wieder wegschicken.«

»Deshalb muss er sich aber nicht gleich bis spät abends bei uns einnisten«, konterte Nick mürrisch und boxte sein Kopfkissen zurecht.

»Jetzt übertreibst du aber! Wenn Britta vorbeikommt, sagst du ja auch nichts.«

»Das ist auch etwas anderes.«

»Wieso ist das etwas anderes?«, insistierte ich.

»Ach Anna, lass gut sein, okay?«

»Wie du meinst. Wie war's mit Uwe? Irgendwelche Neuigkeiten?«

»Alles im grünen Bereich.«

»Ich merke schon, du willst nicht mit mir reden.« Ich zog die Decke bis ans Kinn und drehte mich demonstrativ auf die andere Seite.

»Sei doch nicht gleich eingeschnappt, Anna.« Nick rutschte näher an mich heran. Sein Atem kitzelte in meinem Nacken, während seine Hand sanft über meine Schulter strich.

»Bin ich nicht. Schlaf gut.«

Mit einem Seufzer ließ sich Nick zurück ins Kissen fallen. Kurze Zeit später konnte ich ihn gleichmäßig atmen hören.

KAPITEL 20

Wie leichtgläubig und naiv Menschen sein konnten. Diese Alina hatte ihm ihr Herz ausgeschüttet, obwohl sie sich nicht kannten. Ja, sie hatte ihn sogar gebeten, sie zu einem offiziellen Termin zu begleiten. Das war mehr, als er zu hoffen gewagt hatte. Ihr Verhältnis zu Leonie, mochte es auch nicht das Beste sein, würde sich als in jeglicher Beziehung nützlich erweisen. Alinas Abneigung gegenüber ihrer Mitstreiterin überraschte ihn nicht. Waren sie nicht nur rein optisch grundverschieden. Leonie, die Extrovertierte, die vor Selbstbewusstsein und Geltungsdrang nur so strotzte, wogegen sich Alina eher im Hintergrund hielt und nicht sonderlich auffiel. Sie schien ihr Licht gerne unter den Scheffel zu stellen. Dass Alina die intelligentere von beiden Frauen war, stand außer Frage. Die beiden hätten unterschiedlicher nicht sein können. Er überlegte das weitere Vorgehen, das mit Alinas Kennenlernen eine überraschende Wendung genommen hatte, die hilfreich sein könnte. Sie hatte ihn unbeabsichtigt auf eine Idee gebracht. Nun galt es, strategisch vorzugehen und einen kühlen Kopf zu behalten. Darüber hinaus musste er sich beeilen, denn die Zeit saß ihm im Nacken.

KAPITEL 21

Am nächsten Morgen war Uwe gerade im Begriff, das Büro aufzuschließen, als der Dienststellenleiter, Peter Reimers, plötzlich hinter ihm stand.

»Guten Morgen, Herr Wilmsen. Ich benötige Ihre Unterstützung.« Erschrocken drehte sich Uwe zu ihm um.

»Habe ich Sie erschreckt? Das war nicht meine Absicht.«

»Moin, Herr Reimers. So früh habe ich nicht mit Ihnen gerechnet. Nur hereinspaziert. Der Kaffee dauert allerdings noch ein paar Minuten.«

»Ich bin nicht zum Kaffeetrinken gekommen.« Reimers stellte sich leicht breitbeinig mit dem Rücken zum Fenster und rieb die Handflächen gegeneinander, als suche er nach den passenden Worten für sein Anliegen.

Uwe ließ sich nicht aus der Ruhe bringen. Er stellte seine Tasche ab, schaltete zunächst seinen Rechner und anschließend den Kaffeevollautomaten ein. Schließlich nahm er auf seinem Schreibtischstuhl Platz.

»Herr Wilmsen, die Sache ist die … Wie soll ich es formulieren? Die Angelegenheit ist ein wenig heikel.« Entgegen seinem üblichen Auftreten begann Reimers ungewöhnlich zaghaft.

»Setzen Sie sich doch!«, forderte Uwe ihn auf.

»Danke, ich stehe lieber. Sagen Sie, ist Ihr Kollege Scarren noch im Urlaub?« Reimers deutete auf Nicks verwaisten Platz.

»Nein, er kommt sicher jeden Moment.«

»Das ist gut. Frau Böel müsste auch jeden Augenblick eintreffen. Ich habe mir erlaubt, sie hinzuzuziehen.«

Wie auf Kommando öffnete sich die Bürotür, und sowohl die Polizeihauptkommissarin Klara Böel als auch Nick betraten das Büro.

»Gut, dass Sie da sind. Somit wären wir komplett und können gleich anfangen. Ich will Sie auch gar nicht lange auf die Folter spannen und direkt auf den Punkt kommen. Es geht um eine vermisste Person.«

»Hier auf Sylt?«, erkundigte sich Uwe.

»Natürlich auf Sylt, Herr Wilmsen. Sonst würde ich Sie wohl kaum um Unterstützung bitten. Um genau zu sein, handelt es sich um eine Person des öffentlichen Lebens. Wir müssen daher äußerst sensibel agieren. Vorerst keine Presse!«

»Um wen geht es denn?«, wollte Nick wissen, während er frischen Kaffee in einen Becher laufen ließ.

»Bei der vermissten Person handelt es sich um eine Frau, Leonie Mahnke …«

»Och nö, nicht die schon wieder!«, stöhnte Uwe unwillkürlich auf.

»Wie darf ich das verstehen?« Reimers zog irritiert die Augenbrauen zusammen.

»Wir haben Frau Mahnke gestern zu einem vermeintlichen Überfall in der Westerländer Fußgängerzone befragt«, erklärte Uwe daraufhin.

»Vermeintlich?«

»Wie sich im Nachhinein herausgestellt hat, handelte es sich um eine medienwirksame Inszenierung«, bestätigte Nick und sah in die Runde.

»Vermutlich ein Spaß unter jungen Leuten«, spielte Reimers die Angelegenheit herunter.

»Na, als Spaß würde ich das nicht bezeichnen«, schaltete sich Klara Böel ein.

»Frau Böel, wollen Sie mir etwa weismachen, Sie hätten in Ihrer Jugend nie eine Dummheit begangen?«

»Um mich geht es aber an dieser Stelle nicht«, stellte sie unmissverständlich klar.

»Langsam habe ich das Gefühl, als seien Sie persönlich in den Fall involviert. Ist das so?«

Reimers quittierte Nicks Frage zunächst mit einem feindseligen Blick. Dann räusperte er sich und erklärte: »Na schön, Leonie Mahnke ist die Tochter einer guten Bekannten von mir.«

»Da kommen wir der Sache schon näher«, konnte man Uwe murmeln hören.

»Könnte sich die Tochter Ihrer Bekannten eventuell nur eine Auszeit genommen haben? Vielleicht ist ihr der ganze Trubel um ihre Person zu viel geworden«, zog Klara Böel in Erwägung.

»Frau Böel könnte recht haben. Die junge Frau könnte freiwillig für einige Zeit untergetaucht sein. Bislang liegen keine Hinweise auf ein Verbrechen vor, sehe ich das richtig?«, bemerkte Uwe.

»Diesbezüglich muss ich Ihnen widersprechen.« Peter Reimers schüttelte entschieden den Kopf. »Wenn Leonie sich freiwillig zurückgezogen hätte, hätten wir nicht das hier erhalten.« Er zog sein Handy hervor und hielt den Beamten ein Foto vor die Nase. Sie steckten die Köpfe zusammen und lasen.

Watt
vor Sonnenaufgang
die Feder geführt

von Ungeziefer und Tuchmachern
Irrtum

»Hm, äußerst ungewöhnlich in einem Vermisstenfall. Habt ihr eine Idee, was das bedeuten soll?«, fragte Klara Böel und blickte in die ratlosen Gesichter der Kollegen.

»Damit kann ich ad hoc nichts anfangen.« Uwe zuckte die Schultern. »Wissen Sie, was damit gemeint sein könnte?«

»Glauben Sie, ich würde Sie um Hilfe bitten, wenn ich wüsste, was das bedeutet?«, blaffte Reimers scharf zurück.

Nick zog wortlos die Augenbrauen hoch. »Woher haben Sie das? Und woher wollen Sie wissen, dass die Zeilen etwas mit Leonies Verschwinden zu tun haben?«

»Absolut sicher. Die Nachricht lag im Briefkasten der Stiftung, von der Leonie das Stipendium erhalten hat. Die Vorsitzende, Frau Engelhorst, hat mich gleich heute Morgen informiert. Außerdem lag dem Schreiben ein Bild von Leonie bei. Kein aktuelles, sondern eines aus dem Internet.«

»Wann hat Frau Engelhorst Leonie zuletzt gesehen?«, wollte Klara Böel wissen.

»Sie glauben doch wohl nicht, dass Frau Engelhorst etwas mit Leonies Verschwinden zu tun hat?« Reimers blickte die Kollegin fassungslos an.

»Tue ich nicht, aber irgendwo müssen wir schließlich ansetzen«, konterte die Kommissarin.

»Zuletzt wurde Leonie am Abend im Rahmen einer gemeinsamen Veranstaltung gesehen, an der sie und etliche Stiftungsmitglieder teilgenommen haben.«

»Gut. Dann sollten wir dringend mit Frau Engelhorst sprechen und uns eine Teilnehmerliste geben lassen«, schlug Uwe vor. »Wo befindet sich das Original?« Er deutete auf Reimers Handy.

»Den Zettel habe ich selbstverständlich umgehend in die KTU bringen lassen. Vielleicht finden sich darauf Spuren, die zum Absender führen.«

»Ich würde mir den Text gern genauer ansehen. Können Sie uns das Foto auf unsere Handys schicken? Vielleicht findet sich darin ein Hinweis auf Leonies momentanen Aufenthaltsort«, mutmaßte Klara Böel und rieb sich nachdenklich das Kinn.

»Selbstverständlich. Ich habe Ihnen ohnehin einen Ausdruck mitgebracht.« Er holte ein Stück Papier hervor, entfaltete es und legte es vor sie auf den Tisch. »Ich möchte, dass Sie höchstpersönlich die Suche nach Leonie in die Hand zu nehmen. Und zwar so geräuscharm wie möglich, wenn Sie verstehen, was ich meine. Staatsanwalt Achtermann wurde bereits von mir unterrichtet. Er wird in Kürze auf die Insel kommen.«

»Herr Reimers, Ihr Vertrauen in allen Ehren, aber ich denke nicht, dass wir in diesem Fall die richtige Stelle sind. Unsere Aufgabe besteht darin …«

»Herr Wilmsen!«, wurde Uwe von dem Dienststellenleiter unterbrochen. »Bitte. Geben Sie mir jederzeit Rückmeldung, sofern Sie etwas benötigen. Sie bekommen es.« Ein Anflug von Verzweiflung spiegelte sich in seinem Gesicht wider.

»Was sagen Leonies Eltern zu ihrem Verschwinden? Haben sie eventuell eine Idee, wo ihre Tochter stecken könnte?«, wollte Nick wissen.

»Glauben Sie etwa immer noch, dass es sich nur um eine Inszenierung handelt?« Reimers reagierte gereizt.

»Nein, aber wenn Sie wollen, dass wir die junge Frau finden, müssen wir ihr Umfeld miteinbeziehen. Mit wem hatte sie Kontakt? Gab es Ärger, Probleme, Drohungen? Das alles kann von Bedeutung sein.«

»Wie Sie meinen. Leonies Mutter ist gerade auf dem Weg nach Sylt. Zu dem leiblichen Vater besteht meines Wissens seit Jahren kein Kontakt mehr«, lenkte Reimers widerwillig ein.

»Gut möglich, dass er mit Leonies Verschwinden in Verbindung steht. Immerhin steht seine Tochter in der Öffentlichkeit. Vielleicht erhofft er sich einen finanziellen Vorteil?«, zog Uwe in Erwägung.

»Das halte ich für eher unwahrscheinlich, da es bislang keine Lösegeldforderung gegeben hat«, machte Reimers deutlich.

»Was nicht ist, kann ja noch kommen«, brummte Uwe leise vor sich hin.

»Was wollten Sie sagen, Herr Wilmsen?«

»Nichts, schon gut. Ich denke, wir sollten zuallererst mit Lennard Schacht sprechen und statten dann dieser Frau Engelhorst einen Besuch ab.«

»Gute Idee. Ich will Sie auch nicht länger von der Arbeit abhalten. Melden Sie sich, sobald neue Erkenntnisse vorliegen. Sie können mich zu jeder Tages- und Nachtzeit erreichen. Finden Sie das Mädchen! Je schneller desto besser.« Dann schloss er die Tür hinter sich.

»Puh! Da haben wir jetzt schön was an der Backe.« Uwe stieß hörbar die Luft aus und fuhr sich mit der Hand über den Vollbart.

»Reimers scheint ehrlich betroffen zu sein. So emotional kennt man ihn sonst gar nicht.«

»Wenn er nicht persönlich involviert wäre, würde er sich nicht so ins Zeug legen. Darauf kannst du wetten!«, widersprach Uwe der Kollegin Böel.

»Wahrscheinlich hast du recht.« Sie stieß einen Seufzer aus. »Und jetzt?«

»Wie gesagt, Nick und ich suchen zunächst Leonies Freund auf, diesen Lennard Schacht, und fahren anschließend zu der Stiftung. Mal hören, ob die uns weitere Infos geben können.«

»Ich hoffe bloß, dass wir nicht wieder einem Marketing-Gag von Leonie aufsitzen.« Uwe verzog den Mund.

»Eher unwahrscheinlich.«

»Warum?«, fragte Klara.

»So dumm ist sie nicht und zieht so ein Ding innerhalb kürzester Zeit nach. Außerdem klingt die Nachricht für mich, als hätte sich jemand richtig Mühe gegeben. Da steckt mehr dahinter.«

»Du meinst, der Text ist zu anspruchsvoll?« Uwe blickte abermals auf die Kopie mit der Botschaft.

»Das hast du gesagt«, betonte Nick.

»Na, ich wünsche euch jedenfalls viel Glück bei der Suche.« Klara Böel lehnte sich mit vor dem Körper verschränkten Armen gegen den halbhohen Aktenschrank.

»*Euch*? Ich denke, du bist mit im Boot, so wie ich Reimers verstanden habe«, stellte Uwe fest.

»Ich unterstütze euch natürlich, wo ich kann, aber wir haben Hochsaison, da brummt der Laden. Gerade habe ich zwei weitere Kollegen vom Festland zur Verstärkung bekommen, die wir dringend benötigen. Auch wenn es sich bei den Einsätzen meistens nur um Bagatellen handelt, die Arbeit muss trotzdem gemacht werden. Ich darf dabei gar nicht an den ganzen Papierkram denken, der noch obendrauf kommt. In der letzten Woche hatten wir ungewöhnlich viele Einbruchdiebstähle. Offenbar ist wieder einmal eine Bande unterwegs. Zuletzt der Einbruch in Kampen, bei dem der Hauseigentümer niedergeschlagen und ein wertvolles Gemälde gestohlen wurde.«

»Der Nolde, ich erinnere mich. Habt ihr schon eine heiße Spur?«, wollte Uwe wissen.

»Nein. Sicher ist nur, dass der oder die Täter es offenbar nur auf das Bild abgesehen hatten, denn alles andere haben sie stehen lassen.«

»Wahrscheinlich wurden sie gestört«, nahm Nick an.

»Ich vermute vielmehr, dass dahinter System steckt.«

»Inwiefern?«

»Das ist nicht das erste Mal, dass lediglich Gemälde entwendet und beispielsweise Schmuck liegen gelassen wurde.«

»Das ist allerdings auffällig.« Uwe runzelte die Stirn.

»Ihr seht, von Langeweile kann nicht die Rede sein. Meldet euch, wenn ihr Unterstützung braucht, aber mehr geht beim besten Willen nicht. Reimers Wunsch hin oder her.« Ihr Handy klingelte. »Die Pflicht ruft. Ich wünsche euch viel Erfolg auf der Suche nach dem Mädchen!« Dann eilte sie, das Telefon am Ohr, davon.

»Lass uns die Nachricht noch mal ansehen, bevor wir uns auf den Weg machen. Vielleicht erscheint sie auf den zweiten Blick klarer«, schlug Nick vor.

Daraufhin beugten sich die beiden Polizisten über die Tischplatte, um die Worte ein weiteres Mal eingehend zu studieren.

KAPITEL 22

Ich stellte meinen Wagen auf einem Parkplatz in der Innenstadt ab und ging mit Christopher in die Fußgängerzone, wo wir mit meiner Mutter verabredet waren. Wir hatten den ausgemachten Treffpunkt kaum erreicht, als ich sie fröhlich winken sah.

»Hallo, Anna! Christopher!« Dann schloss sie uns nacheinander in die Arme. »Wie schön, dass du so schnell Zeit gefunden hast. Eigentlich sollte Volker auch mitkommen, aber der hatte etwas Unaufschiebbares zu tun«, sagte sie mit einer entsprechenden Geste. »Na, dann hat er eben Pech gehabt. Ich hoffe ohnehin, dass wir nicht viel zu spät dran sind mit der Suche nach einem Schulranzen. Es ist bereits Juli. Ich kann mich noch gut daran erinnern, als wir für dich, Anna, einen ausgesucht haben. Da war es kurz vor Ostern. Oma und Tante Ellen waren auch dabei. Ellen ist gleich zu Beginn der Absatz ihres Schuhs abgebrochen, sodass sie anschließend die ganze Zeit neben uns her humpeln musste. Mein Gott, ist das lange her«, schwelgte sie in Erinnerungen.

»Daran kannst du dich erinnern?«, fragte ich überrascht.

»Natürlich! Ich bin zwar nicht mehr jung, aber mein Kopf funktioniert noch einwandfrei.«

»Daran zweifle ich nicht, Mama.«

»Das will ich meinen. Ach, ich sehe dich noch mit deiner Schultüte in der Hand auf dem Schulhof stehen, als sei es gestern gewesen«, erinnerte sie sich an längst vergangene Zeiten.

»Kriege ich jetzt keinen Rucksack mehr, weil alle weg sind?«, schaltete sich Christopher mit besorgter Miene ein.

»Nein, da brauchst du keine Angst zu haben. Wir werden einen wunderschönen Schulrucksack für dich finden«, versicherte ich.

»Ich will einen mit Snoopy drauf!«

»Zur Not nimmst du eben einen anderen. Wichtig ist, dass er vernünftig verarbeitet und ergonomisch ist. Du wirst sicher nicht wollen, dass euer Sohn einen Rückenschaden davonträgt«, verkündete meine Mutter.

»Ich will aber einen mit Snoopy!«, protestierte Christopher, und ein verdächtiges Glitzern stahl sich in seine Augen. Ein enttäuschtes und weinendes Kind war das Letzte, was ich mir jetzt wünschte.

»Ganz bestimmt finden wir ein gutes Modell mit Snoopy drauf. Sonst bestellen wir eben einen«, ergänzte ich schnell und warf meiner Mutter einen mahnenden Blick zu, den sie mit einem verständnislosen Blick quittierte.

Nach einigen Diskussionen wurden wir tatsächlich im dritten Geschäft fündig. Der Friede für den Rest des Tages war damit gesichert.

»Was haltet ihr davon, wenn wir uns auf der Promenade ein leckeres Eis gönnen?«, schlug meine Mutter vor.

Wir marschierten die Friedrichstraße entlang in Richtung der Promenade. Christopher ließ es sich nicht nehmen, seine neueste Errungenschaft selbst zu tragen. Wir setzten uns gegenüber der Musikmuschel auf eine der unteren Bänke und genossen unser Eis, stets darauf bedacht, es dicht am Körper zu halten, um es vor den gefräßigen Möwen zu schützen. Ein kurzer Moment der Unachtsamkeit genügte, und der Eiswaffel wuchsen Flügel. Wenn man Pech hatte, kam eine blutige Wunde von den spitzen Schnäbeln der Vögel dazu.

Nachdem wir aufgegessen hatten, machten wir uns auf den Rückweg zum Auto, als ich unvermittelt angerempelt wurde. Verärgert drehte ich mich um und stand plötzlich Falk von Bergedorf gegenüber.

»Entschuldigung«, murmelte er mit gesenktem Kopf. Dann erst hob er den Kopf, und seine Miene erhellte sich. »Frau Scarren! Was für ein Zufall!«

»Moin, Herr von Bergedorf! Tja, wir leben auf einer Insel, da kommt es vor, dass man sich hier und da über den Weg läuft.«

»Sie müssen den Rempler entschuldigen, ich war abgelenkt.« Er drehte das Smartphone in der Hand. »Diese Dinger lassen einen leicht alles andere um einen herum vergessen.«

»Und ehe man sich versieht, gerät man unter die Räder«, grätschte meine Mutter verbal dazwischen.

»Wie bitte?«, fragte Falk von Bergedorf und sah sie irritiert an.

»Mit Ihrer Unachtsamkeit hätten Sie meine Tochter um ein Haar zu Fall gebracht.«

»Mama, übertreib nicht!«, raunte ich ihr zu und wäre am liebsten im Erdboden versunken, doch meine Worte prallten wie gewohnt von ihr ab. Ehe Falk von Bergedorf reagieren konnte, streckte sie ihm ihre Hand entgegen. »Maria Bergmann, ich bin Annas Mutter. Und mit wem habe ich das Vergnügen?«

»Mein Name ist Falk von Bergedorf«, stellte er sich vor und deutete eine leichte Verbeugung an, als er ihren Händedruck erwiderte.

»Woher kennen Sie meine Tochter?« Sie blickte erwartungsvoll zwischen uns hin und her.

»Mama, ich glaube, wir sollten weiter. Herr von Bergedorf hat sicher auch Wichtigeres zu tun, als mit uns zu plaudern.«

»Was denn? Ich werde ja fragen dürfen?«, reagierte sie mit Empörung auf meinen Einwand.

»Natürlich, Frau Bergmann. Es handelt sich schließlich nicht um ein Geheimnis«, brachte Falk von Bergedorf meiner Mutter Verständnis entgegen. »Ihre Tochter und ich haben geschäftlich miteinander zu tun. Sie wird meinem in die Jahre gekommenen Anwesen neuen Schwung verleihen. Darüber hinaus verbindet uns die gemeinsame Leidenschaft für die Musik.«

»Ach, Sie sind Musiker?« Meine Mutter bekam plötzlich einen interessierten Gesichtsausdruck.

»Bedauerlicherweise beherrsche ich kein Instrument gut genug, um das behaupten zu können. Ich zähle mehr zu den Bewunderern dieser Kunst.«

»Ich bin leider auch musikalisch nicht besonders begabt, unsere Anna aber umso mehr. Und der Bruder meiner Mutter war ein begnadeter Pianist. Sein Vater war es ebenfalls«, geriet meine Mutter beinahe ins Schwärmen.

»Dann sind Sie eine musikalisch talentierte Familie.«

»Wenn ich so darüber nachdenke, haben Sie recht«, überlegte meine Mutter, und ich konnte ihr ansehen, dass sie in ihrem Gedächtnis nach weiteren Familienmitgliedern grub, die annähernd etwas mit Musik zu tun hatten.

Ich wollte gerade ihren Redeschwall unterbrechen, als plötzlich Christopher durch Zupfen an meiner Bluse auf sich aufmerksam machte. »Mama! Wann gehen wir endlich? Ich muss aufs Klo!«

»Da drüben sind Toiletten, mein Schatz. Geh doch schnell, wir kommen gleich nach«, sagte meine Mutter und deutete auf den Eingang.

»Aber ...« Er zögerte.

»Christopher, du bist ein großer Junge, das schaffst du allein. Schließlich kommst du bald in die Schule«, erklärte meine Mutter und gab ihm einen liebevollen Schubs.

»Ich muss mich jetzt leider auch verabschieden, sonst verpasse ich meinen nächsten Termin. Wenn Sie mögen, begleiten Sie mich doch am kommenden Freitag zu einem exklusiven Klavierkonzert. Eine junge vielversprechende Pianistin spielt Chopin.«

»Das klingt wundervoll, da kommen wir sehr gerne mit. Nicht wahr, Anna?«, zögerte meine Mutter keine Sekunde, obwohl ich überzeugt war, dass die Einladung nicht uns beiden gegolten hatte.

»Das ist sehr freundlich von Ihnen. Ich müsste erst mal auf unseren Kalender zu Hause schauen«, erwiderte ich.

»Geben Sie mir einfach in den nächsten Tagen Bescheid. Eine zusätzliche Karte lässt sich sicherlich auch auftreiben.« Von Bergedorf zwinkerte mir zu und verabschiedete sich anschließend von uns.

»Was meinte er mit einer zusätzlichen Karte?«, resümierte meine Mutter, während wir zum Parkplatz gingen. »Womöglich galt die Einladung nur dir? Gott, wie peinlich! Warum hast du denn nicht gleich etwas gesagt?«

»Du hast mir keine Chance gelassen. Mach dir nicht so viele Gedanken, du kannst es ohnehin nicht mehr ändern.«

»Das stimmt. Auf jeden Fall ist dieser Herr von Bergedorf ein äußerst sympathischer Mann. Und so kultiviert.

Ich hätte mich gerne länger mit ihm unterhalten. Na ja«, schloss sie mit einem Seufzer ab.

»Das war nicht zu übersehen«, murmelte ich und musste schmunzeln.

»Wie meinst du das? Hätte ich lieber stumm wie ein Fisch neben dir stehen sollen?« Sie sah mich durchdringend an.

»Nein, nein. Ich hatte bloß das Gefühl, dass sich Herr von Bergedorf nicht sonderlich für unsere Familiengeschichte interessiert.«

»Na, hör mal! Ich habe lediglich …«

»Ist schon gut, Mama.«

Sie schwieg und streckte das Kinn leicht nach vorn, wie immer, wenn sie eingeschnappt war.

»Wir hören wieder voneinander.«

Nachdem wir uns von meiner Mutter verabschiedet hatten, fuhren wir zurück nach Morsum. Ich fuhr in die Einfahrt und parkte neben Nicks Wagen.

»Daddy ist da! Kann ich ihm gleich den Rucksack zeigen?«, fragte Christopher voller Vorfreude und sprang aus dem Auto, sobald ich den Motor abgestellt hatte.

»Na klar!«, erwiderte ich und folgte ihm ins Haus. »Hi, Nick, du bist schon zu Hause?«, begrüßte ich ihn, als er uns aus dem Wohnbereich entgegenkam. An seinem Gesichtsausdruck war abzulesen, dass etwas passiert sein musste. Schlagartig machte sich ein mulmiges Gefühl in meiner Magengegend breit. »Ist alles okay?«

Er holte tief Luft, bevor er antwortete. »Meine Mum hat gerade angerufen. Dad liegt mit Verdacht auf Herzinfarkt im Krankenhaus«, erklärte er.

»Oh nein, das tut mir leid! Wie geht es ihm? Weißt du schon Näheres? Er machte doch neulich noch einen gesunden Eindruck. Hatte er denn Probleme mit dem Herzen?«

»Nicht, dass ich wüsste. Gesagt hat er jedenfalls nie etwas. Glücklicherweise war er gerade im Krankenhaus, um einen Freund zu besuchen, als es passiert ist. Glück im Unglück.« Nick lachte freudlos auf. »Mehr weiß ich im Moment nicht. Er ist in guten Händen, die Ärzte kümmern sich sehr gut um ihn, sagt Mum.«

»Ach, das tut mir wirklich leid. Wir haben ihn doch gerade noch gesehen, da strotzte er vor Energie«, erinnerte ich mich und streichelte Pepper gedankenverloren über das weiche Fell.

»Genau das ist das Problem. Er lässt sich nichts anmerken und ignoriert jegliche Warnzeichen. Außerdem mutet er sich in seinem Alter einfach zu viel zu, da kann Mum sich den Mund fusselig reden.«

Für den Bruchteil einer Sekunde musste ich schmunzeln. »Da kenne ich noch jemanden.«

Nick hob die Augenbrauen und tippte mit dem Finger gegen seine Brust. Ich nickte.

»Genau. Ich hoffe, deinem Vater geht es bald besser. Hat deine Mutter gesagt, wann er wieder nach Hause kann?«

»Das hängt von den Untersuchungsergebnissen ab.«

»Er muss in der nächsten Zeit unbedingt kürzertreten, damit er wieder auf die Beine kommt.«

»Leicht gesagt. Aber wir Scarrens lassen uns nicht so einfach unterkriegen.« Nun war es Nick, auf dessen Gesicht sich ein leichtes Lächeln abzeichnete.

»Das ist mir bekannt. Weiß Jill Bescheid?«

»Nein, meine Eltern haben entschieden, ihr vorläufig nichts zu sagen. Du kennst meine Schwester, die würde sofort den Urlaub abbrechen und nach Kanada fliegen.

Dad schwebt nicht in akuter Lebensgefahr. Außerdem könnte Jill ohnehin nichts ausrichten. Sie soll die Reise mit Frank genießen, die beiden haben die gemeinsame Zeit mehr als verdient.«

»Das stimmt«, überlegte ich. »Vermutlich haben deine Eltern recht mit der Entscheidung.«

Nick rieb sich den Nacken und sah dann auf die Uhr. »Ich bin spät dran.«

»Hast du Christophers Schulranzen gesehen?«

»Er hat ihn mir gleich freudestrahlend gezeigt.«

»Das war nicht so einfach, einen mit Snoopy drauf zu bekommen.«

»Wie war es mit deiner Mutter?«, wollte Nick wissen, während er sich die Schuhe zuband.

»Sie ist wieder zur Höchstform aufgelaufen«, entgegnete ich mit einem Augenrollen.

»Inwiefern?« Nicks Mundwinkel zuckten amüsiert.

»Erzähle ich dir ein anderes Mal.«

»Ich muss mich sputen. Spezialauftrag von Reimers.«

»Wow! Vom Dienststellenleiter höchstpersönlich? Das muss ja ungeheuer wichtig sein.«

»Die Tochter von Reimers Bekannten ist verschwunden. Hier auf Sylt.«

»Oh, das ist natürlich nicht gut. Habt ihr Hinweise, was passiert sein könnte?«

Nick schüttelte den Kopf. »Leider nicht. Das heißt, wir haben eine Art Hinweis erhalten, mit dem wir momentan allerdings wenig anfangen können.«

»Was ist das für ein Hinweis?«, bohrte ich neugierig nach.

Nick rang mit sich, mich einzuweihen. Dann zog er sein Handy aus der Hosentasche und scrollte über den Bildschirm. »Hier, diese Botschaft wurde der Stiftung zugespielt. Anonym, versteht sich.«

»Der Stiftung? Etwa der für Kunst und Kultur, die gerade zwei neue Künstlerinnen nach Sylt geholt hat?«, fragte ich und betrachtete das Foto.

Nick stutzte. »Woher weißt du davon?«

»Dazu gab es einen Artikel in der *Sylter Rundschau*. Wenn du willst, könnte ich mit Falk von Bergedorf sprechen. Vielleicht hat er eine Idee, wo …«

»Auf keinen Fall, Anna!«, schnitt er mir das Wort ab. »Das sind polizeiliche Ermittlungen. Misch dich bitte nicht ein. Noch wissen wir nicht, wer oder was hinter der Sache steckt. Gut möglich, dass dieser von Bergedorf in die Angelegenheit verwickelt ist.«

»Du glaubst doch nicht im Ernst, dass … Nein, das kann ich mir nicht vorstellen.«

»Trotzdem, halt dich bitte zurück. Okay?« Jetzt entspannten sich seine Gesichtszüge. Er trat näher und drückte mir einen Kuss auf die Stirn.

»Versprochen, Nick. Wir haben ihn vorhin zufällig in der Stadt getroffen. Meine Mutter fand ihn in höchstem Maße charmant.« Ich zog eine Grimasse.

»Das kann ich mir lebhaft vorstellen«, brummte Nick missmutig. »Es bleibt dabei. Kein Wort zu niemandem. Und schon gar nicht zu deiner Mutter.«

»Natürlich nicht. Du weißt, du kannst dich 100-prozentig auf mich verlassen. Trotz allem kann ich mir Gedanken machen, was es mit diesem Hinweis auf sich haben könnte, oder ist das auch verboten?«, neckte ich ihn.

»Ach, Anna, du machst ja ohnehin, was du willst.« Nick seufzte. »So, ich muss los. Bis später!« Er drückte mir einen Kuss auf die Wange und verließ eilig das Haus.

»Und – Nick? Ruf mich an, wenn es Neuigkeiten von deinem Dad gibt!«, rief ich ihm nach.

Nachdem die Haustür ins Schloss gefallen war, suchte ich schnell nach einem Stift und Papier, um mir die Zeilen aufzuschreiben, bevor sie aus meinem Gedächtnis verschwunden waren.

KAPITEL 23

Auf einer Matratze sitzend lehnte Leonie mit dem Rücken an der gemauerten Wand. Sie hatte die Arme fest um die Knie geschlungen und fröstelte in ihren dünnen Sommersachen. Ihr gegenüber stand ein schlichter Schreibtisch mit einem ebenso einfachen Holzstuhl davor. Auf dem Tisch stand eine Schreibtischlampe, die einzige künstliche Lichtquelle in diesem Raum. Durch einen vergitterten Kellerschacht drang nur spärlich Tageslicht. Die Luft roch feucht und modrig, als wäre über einen langen Zeitraum nicht gelüftet worden. Die Decke war niedrig. Gerade so hoch, um aufrecht stehen zu können. Hinter einem Vorhang verborgen befand sich eine kleine Nische mit einem winzigen Waschbecken aus Metall, einem wackeligen Wasserhahn und einem WC. Ein offenbar frisch gewaschenes Handtuch wurde von einer schief herunterhängenden Stange gehalten. Mehrere Rollen Toilettenpapier lagen übereinandergestapelt auf dem Boden. Licht suchte man hier ebenfalls vergeblich. Wie war sie hierhergekommen? Und vor allem warum? Fragen, auf die sie keine Antworten wusste. In einer Ecke standen zwei Kisten mit Mineralwasser aufeinander. Darauf lagen eine Tüte Kekse sowie eine durchsichtige Plastiktüte mit Äpfeln und Bananen. Bei dem Anblick des Vorrates überkam sie ein beklemmendes Gefühl. Schnell versuchte sie, sich von düsteren Gedanken zu befreien. Sie zog den Vorhang wieder zu. Instinktiv hoffte sie, diese Örtlichkeit nicht nutzen zu müssen. Sicher würde der Spuk schnell vorbei sein. In Gedanken arbeitete sie bereits an Racheplänen gegen denjenigen, der ihr diesen Streich spielte.

Nachdem sie einige Zeit ausgeharrt hatte, ohne dass etwas geschehen war, wurde sie unruhig. Warum meldete sich niemand? Wie lange würde sie noch hierbleiben müssen? Abermals erwischte sie sich, wie sie auf ihre Smartwatch sah, deren Ziffernblatt schwarz war. Der Akku war längst leer. Zornig nahm sie sie ab und warf sie achtlos zur Seite. »Scheißteil«, presste sie hervor. Dann wanderte ihr Blick zur Tür. Die Türklinke fehlte. Zwei Löcher zeugten davon, dass sich ursprünglich einmal eine dort befunden haben musste. Hatte man sie erst kürzlich absichtlich entfernt? Leonie hatte vergeblich versucht, die Tür zu öffnen, indem sie mehrmals mit aller Kraft dagegengetreten hatte. Doch sie hatte jeglichen Ausbruchsversuchen standgehalten. Irgendwann hatte Leonie sich kraftlos auf die Matratze zurücksinken lassen. Ihre anfängliche Angst hatte sich zwischenzeitlich in Wut umgewandelt und war letztendlich in Resignation umgeschlagen. Sie wurde an einem unbekannten Ort von Unbekannten gefangen gehalten. Befand sie sich noch auf Sylt? Eine weitere unbeantwortete Frage, die sie quälte. Ein ums andere Mal versuchte sie, die letzten Minuten zu rekapitulieren, bevor sie an diesem Ort aufgewacht war, jedoch ohne Ergebnis. Sie konnte sich daran erinnern, dass sie nach dem Essen draußen auf dem Parkplatz mit ein paar Leuten gesprochen hatte. Anschließend war sie noch einmal in das Restaurant zurückgegangen, um ihre Jacke zu holen. Warum hatte Lennard das nicht für sie übernommen? So sehr sie sich anstrengte, die Puzzleteile ihrer Erinnerung zu einem Gesamtbild zusammenzusetzen, sie kam zu keinem Ergebnis. Plötzlich wurden ihre Gedanken von Geräuschen unterbrochen. Ein Poltern über ihr trieb ihren Puls nach oben. Sie richtete sich kerzengerade auf und lauschte. Deutliche Schritte waren zu vernehmen, die sich näherten. Handelte es sich um ein gutes oder schlechtes Zeichen. Ehe sie darüber nachdenken konnte, erschien ein schmaler Lichtstreifen unter der Tür. Eine Person befand sich auf der gegenüberliegenden Seite der Tür. Mit angehaltenem Atem wartete sie, was als Nächstes passieren würde. Ein unterdrücktes Hüsteln war zu hören.

»Hallo!«, rief sie, wobei ihre Stimme vor Anspannung zitterte. »Lassen Sie mich raus!«

Doch sie erhielt keine Antwort. Stattdessen schmälerte ein Schatten den Lichtstrahl, als kniete sich jemand auf der gegenüberliegenden Seite der Tür auf den Boden. Ein leises Rascheln war zu hören, dann wurde etwas unter der Tür durchgeschoben. Gleich darauf entfernten sich die Schritte, und das Licht erlosch. Leonie rappelte sich von ihrem Lager auf und hob einen Briefumschlag auf. Zögerlich öffnete sie ihn und hielt einen Zettel in der Hand. *Beantworte folgende Frage: Wer schrieb »Die Weber«?*

Mit einem Stirnrunzeln legte Leonie das Blatt auf den Schreibtisch und ließ sich auf den Stuhl nieder. Immer wieder überflog sie die beiden mit Computer geschriebenen Zeilen. Was sollte das? Sollte dieser Blödsinn eine Art Challenge sein? Ein Spiel? Sicher, sie hatte sich in der Vergangenheit das eine oder andere Highlight ausgedacht, um ihre Follower bei Laune zu halten, aber in diesem Fall konnte sie sich nicht daran erinnern, etwas dergleichen mit Lennard vereinbart zu haben. »Idiot!«, zischte sie und wollte nach ihrem Handy greifen, als ihr einfiel, dass es mitsamt ihrer Tasche weg war. Wie ein Blitz traf sie die Erkenntnis, dass die Kleidung auf ihrer Haut das Einzige war, was sie derzeit besaß. Jeglicher Kontakt zur Außenwelt war abgebrochen.

KAPITEL 24

Reimers riss wie gewohnt die Bürotür auf, ohne zuvor anzuklopfen. Begleitet wurde er von einer Frau mit blonden Haaren, die ihr bis zu den Schultern reichten. An ihren Ohrläppchen baumelten auffällig farbige Ohrringe, die einen starken Kontrast zu der sonst eher farblosen Kleidung bildeten.

»Leonies Mutter ist eingetroffen. Ich dachte, ich bringe sie gleich mit.« Reimers deutete zu seiner Begleiterin.

»Hallo, Franziska Mahnke.« Die Frau reichte erst Nick, dann Uwe die Hand zur Begrüßung.

»Moin. Bitte nehmen Sie Platz!« Uwe bot ihr einen der Besucherstühle an.

»Danke, aber nach der langen Fahrt würde ich lieber ein bisschen stehen.«

»Sind Sie in der Zwischenzeit weitergekommen? Gibt es einen ersten Ansatz, was diese Botschaft zu bedeuten hat?« Der Dienststellenleiter rieb nervös die Handflächen gegeneinander.

»Wir können davon ausgehen, dass der Absender mit den Zeilen einen Hinweis geben will«, begann Uwe.

»Ist das alles? Mehr haben Sie nicht?« Reimers schnaubte verächtlich, räusperte sich und fuhr anschließend in gemäßigterem Ton fort. »Sie gehen also davon aus, dass sich Leonie weiterhin auf Sylt befindet?«

»Das Wort ›Watt‹ lässt meines Erachtens vermuten, dass sie sich nach wie vor auf der Insel befindet«, bemerkte Nick. »Wir müssen nur herausfinden, wo genau.«

»Bitte, Sie müssen meine Tochter finden!« Franziska Mahnke warf einen flehenden Blick in die Runde.

»Haben Sie eine Ahnung, wer für das Verschwinden Ihrer Tochter verantwortlich sein könnte? Gab es irgendwelche Anzeichen oder sogar Drohungen?«, wollte Uwe wissen. In diesem Moment meldete sich sein Magen lautstark zu Wort. Schnell presste er beide Hände auf seine füllige Körpermitte. »'tschuldigung.« Er lächelte gequält.

»Nein, nicht, dass ich wüsste.« Frau Mahnke kämpfte gegen die aufsteigenden Tränen. Reimers reichte ihr schnell ein Papiertaschentuch, in das sie sich schnäuzte. Gleich darauf wirkte sie gefasster. »Jedenfalls hat Leonie nichts in der Richtung erwähnt.«

»Leonie wohnt noch zu Hause bei Ihnen?«, erkundigte sich Nick.

Leonies Mutter schüttelte den Kopf. »Nein. Vor einem halben Jahr ist sie ausgezogen und wohnt jetzt mit ihrem Freund Lennard zusammen.«

»Lennard Schacht, nehme ich an?«

»Ja, Lennard Schacht«, bestätigte sie und fügte hinzu: »Er ist ein guter Junge und unterstützt sie, wo er nur kann.«

»Wie lange sind die beiden schon ein Paar?«, erkundigte sich Nick, während er sich Notizen machte.

»Wieso ist das wichtig? Glauben Sie etwa, Lennard hat etwas mit Leonies Verschwinden zu tun?« Erstaunt sah Franziska Mahnke den Polizisten an.

»Bitte, Franziska, wir müssen ihr Umfeld verstehen und dabei jede Möglichkeit in Betracht ziehen«, bat Reimers sie in einfühlsamem Ton und nickte ihr aufmunternd zu.

»Natürlich, das verstehe ich. Die beiden kennen sich bereits seit dem Sandkasten. Nach der Grundschule sind sie zunächst auf unterschiedliche Schulen gegangen. In der

Oberstufe haben sich ihre Wege wieder gekreuzt. Richtig zusammen sind sie seit …« Sie überlegte. »Das müssen jetzt ungefähr sechs Jahre sein«, erklärte sie. »Ich kann Ihnen seine Telefonnummer geben.« Sie kramte in ihrer Handtasche.

»Danke, das wäre hilfreich, Frau Mahnke«, erwiderte Uwe. »Ihre Tochter wurde bereits einmal Opfer eines Überfalls. Das ist doch richtig?«

Franziska Mahnke straffte die Schultern und bedachte Reimers mit einem flüchtigen Seitenblick. »Das stimmt, ja. Irgendein Verrückter hat ihr auf dem nächtlichen Nachhauseweg aufgelauert und sie überfallen. Es war schrecklich. Nur durch das beherzte Eingreifen eines Autofahrers konnte Schlimmeres verhindert werden.«

»Der Täter konnte nie eindeutig ermittelt werden, wenn ich den Bericht der Kollegen richtig verstanden habe«, vergewisserte sich Nick.

»Auch das ist korrekt. Er hat uns alle zum Narren gehalten!« Sie schnaubte verächtlich. »Angeblich waren die gesicherten Spuren wertlos, hat uns die Polizei damals mitgeteilt. Verstanden habe ich das bis heute nicht. Ich möchte mir gar nicht ausmalen, was er mit ihr angestellt hätte, wenn er sie in seine Gewalt bekommen hätte.« Instinktiv schüttelte sie sich.

»Wer ist denn *er*?«, wollte Uwe wissen.

»Seinen Namen kenne ich nicht, aber ich habe ihn ein paar Mal von Weitem bei uns in der Straße gesehen. Er hat sich äußerst merkwürdig verhalten.«

»Inwiefern?«

»Es sah aus, als beobachte er unser Haus, vor allem in den Abend- und frühen Morgenstunden. Ich bin überzeugt, dass er es war, der Leonie in unregelmäßigen

Abständen kleine Geschenke und sonstige Aufmerksamkeiten hat zukommen lassen. Er muss sie über Wochen beobachtet haben. Ein gefährlicher Psychopath, wenn Sie mich fragen!«

»Haben Sie denn nicht die Polizei um Hilfe gebeten?« Nick sah die Frau fragend an.

»Natürlich haben wir das. Wir haben Ihren Kollegen auch eine genaue Beschreibung des Mannes gegeben, doch sie konnten angeblich nicht viel machen. Zweimal habe ich anschließend eine Streife an unserem Haus vorbeifahren sehen, mehr nicht.«

»Ist der Fremde weiterhin gekommen?«, erkundigte sich Uwe.

»Nein, danach habe ich ihn nicht mehr gesehen. Was aber nicht zwingend bedeutet, dass er nicht trotzdem da war. Schließlich stehe ich nicht den lieben langen Tag am Fenster. Wenn ich zu entscheiden hätte, würden Leute wie der lebenslang hinter Schloss und Riegel sitzen! Sie stellen eine Gefahr für die Allgemeinheit dar!«, brachte sie erbittert hervor.

»Wir leben in einem freien Land. Niemand darf grundlos in Gewahrsam genommen werden, schon gar nicht, wenn man ihm nichts Verbotenes nachweisen kann«, erklärte Uwe und erntete direkten Widerspruch.

»Den Spruch habe ich mir zur Genüge anhören müssen. Es muss erst etwas passieren, bevor gehandelt wird, und dann ist es meistens zu spät! Leonie ist verschwunden, und ich bin sicher, dieser Kerl steckt dahinter. Er hat bloß auf einen geeigneten Zeitpunkt gewartet.«

Reimers legte ihr beschwichtigend eine Hand auf den Unterarm.

»Bitte beruhige dich, Franziska! Wir werden Leonie finden und den Täter seiner gerechten Strafe zuführen. Das verspreche ich dir«, sagte er in beruhigendem Ton.

»Ach, Peter, ich hätte sie niemals allein auf diese Insel lassen dürfen. Im Nachhinein mache ich mir solche Vorwürfe.« Ihre Stirn ruhte an seiner Schulter, während er schützend einen Arm um sie legte.

Nick und Uwe wechselten vielsagende Blicke.

»Ihre Tochter ist erwachsen. Sie können Sie nicht rund um die Uhr überwachen«, warf Nick ein.

»Was die Sache mit dem Stalker angeht, werden wir uns mit der damals involvierten Polizeidienststelle in Verbindung setzen und die Unterlagen anfordern«, sicherte Nick der Frau zu.

»Danke«, hauchte sie kaum hörbar. Es war ihr anzumerken, dass Erschöpfung und Sorgen deutliche Spuren an ihrer Konstitution hinterlassen hatten.

»Nun, meine Herren, ich denke, Frau Mahnke hat Ihre Fragen für den Moment in ausreichendem Maße beantwortet. Ich erwarte umgehend Ihre Rückmeldung, sofern sich neue Erkenntnisse ergeben haben. Sie wissen ja, ich bin rund um die Uhr erreichbar.«

»Ach, Peter, ich kann dir gar nicht sagen, wie dankbar ich bin, dass du die Sache in die Hand nimmst«, säuselte Franziska Mahnke, während sie an Reimers Seite das Büro verließ.

»Länger hätte ich das nicht mehr ausgehalten! Reimers führt sich auf wie ein frisch verliebter Gockel!«, maulte Uwe, nachdem der Dienststellenleiter nebst Begleitung gegangen war.

»Er lehnt sich mit seinen Versprechungen jedenfalls weit aus dem Fenster.«

»Typisch für ihn. Die Arbeit überlässt er dabei schön den anderen.«

»Nach Aussage von Leonies Mutter deutet meiner Meinung nach vieles auf den Stalker hin. Ich frage mich, warum die Kollegen nichts unternommen haben, zumal Stalking nach Paragraf 238 StGB einen Straftatbestand darstellt, der mit bis zu drei Jahren Freiheitsstrafe oder Geldstrafen geahndet wird. Das Gesetz wurde im Jahr 2021 sogar verschärft.«

»Gute Frage. Vielleicht waren die Voraussetzungen nicht hinreichend erfüllt. Wir sollten Akteneinsicht beantragen, dann wissen wir es«, entschied Uwe.

»Da bin ich ganz bei dir. Aber zunächst sollten wir mit Lennard, Leonies Freund, sprechen. Anschließend unterhalten wir uns mit den Mitgliedern der Stiftung. Ich habe bereits einige Personen herausgesucht, die dort federführend tätig sind. Hier ist die Liste mit Namen und einigen Informationen ausgedruckt.« Nick reichte dem Kollegen eine bedruckte Seite.

»Sehr gut, danke. Wen sollten wir uns deiner Meinung nach als Erstes vornehmen?«

»Lass uns mit Falk von Bergedorf beginnen. Er gehört zu den einflussreichsten Personen innerhalb der Organisation und einer der maßgeblichen Geldgeber, was ich auf die Schnelle in Erfahrung bringen konnte.«

»Wo finden wir ihn?«, fragte Uwe, während er die Auflistung überflog.

»Er besitzt ein Haus in Kampen. Anschließend hören wir uns in der Stiftung um, die liegt quasi gleich um die Ecke.« Nick griff nach seinem Smartphone und dem Autoschlüssel. »Kommst du?«

»Yep.« Uwe wollte aufstehen, hielt jedoch mitten in

der Bewegung inne. Leicht vornübergebeugt, mit einer Hand auf die Schreibtischplatte gestützt, verharrte er einige Sekunden in dieser Haltung.

»Uwe, alles okay mit dir?«

»Jaja. Mir war bloß für einen Moment etwas schwindlig. Geht schon wieder«, versicherte er und richtete sich ganz langsam auf. »Puh!«

»Der Kreislauf?«

Uwe winkte ab. »Wahrscheinlich bin ich nur unterzuckert. Ich muss dringend einen Happen essen, sonst breche ich in absehbarer Zeit tatsächlich zusammen.«

Nicks Gesichtszüge entspannten sich merklich. »Dieses Risiko solltest du unbedingt vermeiden. Die letzte Mahlzeit liegt mindestens zwei Stunden zurück.«

»Spotte du nur!« Er öffnete die Tür und gewährte dem Kollegen den Vortritt. »Nach dir!«

»Ich mache dir einen Vorschlag: Auf dem Weg nach Kampen besorgen wir dir etwas zu essen, fahren weiter ins Hotel zu Lennard Schacht und anschließend zu diesem Falk von Bergedorf.«

»Das ist das erste Vernünftige, was ich heute höre.«

An der Rezeption teilte der Hotelmitarbeiter den beiden Polizisten mit, dass sich Lennard Schacht im angrenzenden Restaurant befinden würde.

»Seine Freundin ist verschwunden, und der gönnt sich erst mal ein zweites Frühstück. Die Nerven möchte ich haben«, bemerkte Uwe, als sie das Restaurant betraten. »Da hinten sitzt er.«

»Hallo, Herr Schacht!«, sprach Nick den jungen Mann an, der sie, vertieft in sein Handy, zunächst nicht hatte kommen hören.

»Hallo!«, stieß er überrascht hervor und steckte das Handy weg.

»Wir würden Ihnen gern einige Fragen stellen.«

»Bitte!« Er zeigte auf die leeren Plätze ihm gegenüber.

»Wann haben Sie Ihre Freundin das letzte Mal gesehen oder gesprochen?«, erkundigte sich Uwe.

»Gestern Abend auf der Veranstaltung.«

»Sie sind dann anschließend gemeinsam zurück ins Hotel gegangen, nehme ich an.«

»Nein, das war anders.«

»Wie war es denn dann? Bitte, Herr Schacht, Sie würden sich und uns einen Gefallen tun, wenn wir Ihnen nicht alles aus der Nase ziehen müssten.« Uwe wirkte verärgert.

»Klar. Also ich bin schon eher weg. Ich hatte Kopfschmerzen und wollte mich hinlegen. Leonie ist geblieben«, führte er aus.

»Haben Sie sich nicht gewundert, als sie nachts nicht zurück ins Hotel gekommen ist?«

»Ich habe geschlafen. Hatte eine Tablette genommen, wegen …« Er fasste sich an den Kopf.

»Wegen der Kopfschmerzen. Verstehe. Und heute Morgen?«

»Da habe ich mich schon gewundert. Deswegen haben wir sofort die Polizei eingeschaltet.« Er blickte erst zu Uwe, dann zu Nick.

»Wir?«

»Also, Franziska, Leonies Mutter, und ich. Ich habe sie gleich angerufen.«

»Hm. Hat Leonie Feinde? Wurde sie eventuell sogar bedroht?«, hakte Uwe nach.

Lennard lachte kurz auf. »Klar hat sie welche. Vor allem Neider. Damit muss man leben, wenn man so bekannt ist. Aber Leonie macht das nichts aus, so etwas steckt sie locker weg.«

»Ganz schön tough, Ihre Freundin«, betonte Nick, während er den jungen Mann eingehend musterte.

»Ja, sie steht gern im Mittelpunkt.« Er drehte den Kopf zum Fenster.

»Was ist mit Ihnen?«, wollte Nick wissen.

»Ich verstehe gerade nicht, was Sie meinen.«

»Wie gehen Sie mit der Prominenz Ihrer Freundin um?«

»Normal. Ich unterstütze sie, so gut ich kann.«

»Gut, das wäre es für den Moment. Bitte halten Sie sich zu unserer Verfügung, falls wir weitere Fragen haben. Hätten Sie eine Telefonnummer für uns, unter der wir Sie erreichen können? Die Nummer, die uns Leonies Mutter gegeben hat, ist offensichtlich nicht korrekt. Wahrscheinlich ein Zahlendreher.«

»Klar, kein Problem. 0176...«, begann er, während Nick die Nummer notierte.

KAPITEL 25

In der Einfahrt von Falk von Bergedorfs Grundstück in Kampen parkte ein dunkler Sportwagen. Ich marschierte mit meinen Plänen unter dem Arm auf die Haustür zu. Nachdem ich geklingelt hatte, verstrichen nur wenige Sekunden, bis die Tür von der Haushälterin geöffnet wurde.

»Guten Tag, Frau Scarren! Kommen Sie bitte herein.« Frau Nielsen trat einen Schritt zur Seite. »Herr von Bergedorf erwartet Sie auf der Terrasse. Darf ich Ihnen etwas zu trinken bringen?«

»Gerne ein Glas Wasser, wenn es keine Umstände macht«, erwiderte ich und folgte ihr durch das Haus auf die Terrasse.

Am Ende des Grundstücks mit Blick auf das Watt konnte ich Falk von Bergedorf und einen weiteren Mann sehen, die sich unterhielten. Der mir Unbekannte war ungefähr zwei Köpfe kleiner als der Hausherr und von schlanker Statur. Als Falk von Bergedorf meine Anwesenheit bemerkte, kam er mir mit raumgreifenden Schritten und ausgebreiteten Armen entgegen.

»Anna! Wie schön, dass Sie es spontan einrichten konnten vorbeizukommen.«

Ich konnte mich nicht erinnern, dass wir uns mit Vornamen ansprachen, doch ich beschloss kurzerhand, ihn ebenfalls auf diese Weise zu adressieren.

»Hallo, Falk! Kein Problem, ich habe Ihnen, wie versprochen, die ersten Entwürfe mitgebracht. Ich hoffe, sie erfüllen Ihre Erwartungen.«

»Daran habe ich nicht den geringsten Zweifel.« Dann drehte er sich zu dem Mann um, der mittlerweile neben ihm stand. »Darf ich Ihnen Axel Windling vorstellen? Ein alter Freund und Weggefährte, wir kennen uns seit einer Ewigkeit. Nicht wahr, mein Lieber?«

»Seit 39 Jahren, um genau zu sein«, erwiderte dieser, ergriff meine Hand und deutete eine Verbeugung an. »Guten Tag! Falk hat recht. Uns verbindet seit jeher die Leidenschaft für Kunst und Kultur. Und Sie? Sind Sie ebenfalls kulturell interessiert?«, fragte er mich und musterte mich aus graugrünen Augen.

»Anna spielt hervorragend Klavier«, kam mir Falk von Bergedorf zuvor. »Stell dir vor, sie hatte sogar ein Stipendium in den USA bekommen unter der Leitung von niemand Geringerem als John Woodbrook.«

»John Woodbrook? Respekt! Dann müssen Sie Talent besitzen.« Axel Windling nickte anerkennend.

»Ich habe Anna bereits angeboten, Mitglied unserer Stiftung zu werden. Menschen mit Kunstverstand und Sinn fürs Schöne können wir jederzeit gebrauchen«, fuhr von Bergedorf fort.

»Ich fühle mich sehr geehrt, aber tatsächlich fehlt mir momentan die Zeit, um mich entsprechend zu engagieren«, erklärte ich.

»Na, aufgeschoben ist ja nicht aufgehoben. Sollte sich das eines Tages ändern, sind Sie jederzeit willkommen. Aber nun bin ich sehr gespannt, was Sie sich für mein Grundstück überlegt haben.« Von Bergedorf deutete auf den großen Terrassentisch, auf dem ich meine mitgebrachten Unterlagen ausbreitete.

Ich hatte kaum mit meiner Präsentation begonnen, als Frau Nielsen auf der Terrasse erschien. »Ich störe Sie nur ungern, Herr von Bergedorf, aber …«, unterbrach sie unser Gespräch.

»Was gibt es, Frau Nielsen?«

»Da sind zwei Herren von der Polizei, die mit Ihnen sprechen möchten. Es scheint sehr wichtig zu sein«, setzte sie im Flüsterton hinterher.

»Hm. Worum es genau geht, haben sie nicht gesagt?«

»Nein, tut mir leid.« Entschuldigend zuckte die Haushälterin mit den Schultern.

»Bitten Sie sie auf die Terrasse. Danke, Frau Nielsen. Sie können für heute Feierabend machen.«

Kurz nachdem Frau Nielsen ins Haus zurückgekehrt war, drangen vertraute Stimmen an mein Ohr. In der geöffneten Terrassentür erkannte ich Uwe, gefolgt von Nick.

»Guten Tag, meine Herren! Meine Haushälterin sagte, Sie wollen mich sprechen?«, empfing der Hausherr die Besucher. »Wie Sie sehen, befinde ich mich derzeit in einem geschäftlichen Termin. Frau Scarren, Herr Windling.« Sein Blick wanderte erst zu mir, dann zu Axel Windling.

»Hallo, Anna! Herr Windling.« Uwe nickte dem Fremden zu. »Wir werden Sie nicht länger als nötig aufhalten. Mein Name ist Wilmsen von der Kripo Westerland, mein Kollege Scarren.« Er wies mit einer Geste auf Nick und steckte den Dienstausweis ein, den er zuvor bereits der Haushälterin gezeigt hatte.

»Herr Scarren und ich kennen uns bereits. Es geht sicher um Leonie Mahnke, habe ich recht?«, vermutete von Bergedorf, ohne eine nähere Erklärung abzuwarten. »Unsere Vorsitzende, Frau Engelhorst, hat mich bereits über das Verschwinden unserer Stipendiatin in Kenntnis gesetzt.« Er zog einen Stuhl heran und setzte sich. Mit einer Geste lud er sie ein, ebenfalls Platz zu nehmen. »Bitte, setzen Sie sich!«

»Danke, ich stehe lieber«, brummte Uwe. »Wann haben Sie Frau Mahnke das letzte Mal gesehen?«

»Gestern Abend. Unsere Stiftung hatte zu einem Willkommensessen eingeladen. Damit bieten wir den Neuankömmlingen und Mitgliedern die Gelegenheit, sich kennenzulernen und auszutauschen. Eine Art jährliches Ritual, wenn Sie so wollen, das großen Anklang findet«, betonte Falk von Bergedorf.

»Kam es im Laufe dieses Abends zu Auffälligkeiten?«, hakte Nick nach.

»Sie meinen, ob es Streit gab?«

»Zum Beispiel.«

»Nein, diesbezüglich ist mir nichts aufgefallen. Dir vielleicht, Axel?« Von Bergedorf sah zu seinem Freund, der am anderen Ende des Tisches saß.

»Nein, mir auch nicht. Alle Gäste waren bester Stimmung, das Essen war hervorragend«, pflichtete dieser ihm bei.

»Dann waren Sie gestern Abend ebenfalls unter den Gästen, Herr …?«, schlussfolgerte Uwe, dem der Name entfallen war.

»Windling. Axel Windling. Korrekt. Ich bin, wie Falk auch, seit etlichen Jahren Förderer der Stiftung und leite die dazugehörige Kunstgalerie.«

»Ich fürchte, wir können Ihnen nicht weiterhelfen, Herr Kommissar«, kam von Bergedorf zu dem Schluss.

Er erweckte den Anschein, als wolle er seinen Besuch schnell loswerden. Als ich mich gerade fragte, warum Uwe und Nick die mysteriöse Botschaft unerwähnt ließen, ergriff Nick das Wort.

»Eine Frage hätten wir noch.«

»Bitte, nur zu! Wenn wir helfen können, immer gerne«, zeigte sich von Bergedorf kooperativ.

Nick zog daraufhin ein Stück Papier hervor und breitete es auf dem Tisch aus. »Dies wurde an die Stiftung adressiert. Sagen Ihnen die Zeilen etwas?«, fragte er.

»Das sehe ich zum ersten Mal. Auf Anhieb kann ich damit nichts anfangen. Glauben Sie, es steht im Zusammenhang mit Leonies Verschwinden?« Er schob den Zettel weiter an seinen Freund. »Sagt dir das etwas, Axel?«

»Davon gehen wir aus«, bestätigte Uwe und beobachtete das Mienenspiel der beiden Männer.

»Ein *Elfchen*«, warf Axel Windling ein und tippte mit dem Finger auf das Papier.

»Was ist das?« Uwe zog fragend die Augenbrauen zusammen.

»Als *Elfchen* bezeichnet man einen lyrischen Text, der aus elf Wörtern besteht, verteilt auf fünf Verszeilen«, erklärte Windling.

»Aha. Viel interessanter ist meiner Ansicht nach die Botschaft, die sich dahinter verbirgt. Der oder diejenige wird sich etwas beim Verfassen der Zeilen gedacht haben. Haben Sie vielleicht eine Idee?«, fragte Uwe, an die beiden Männer gewandt. Diese sahen einander ratlos an.

»Ich glaube, der Verfasser will einen Hinweis auf Leonies Verbleib geben. Ist doch möglich? Vielleicht hält sie sich sogar ganz in der Nähe auf?«, überlegte ich laut und erntete prompt Nicks mahnenden Blick.

»Ihre Frau hat recht«, wurde ich von Falk von Bergedorf unterstützt. »Allein das Wort ›Watt‹ deutet darauf hin, dass sie sich hier irgendwo aufhalten könnte.«

»Die Wattseite der Insel ist lang. Wo soll man mit der

Suche beginnen? Was ist mit dem Rest des Textes? Für mich macht das wenig Sinn«, bemerkte Uwe und ließ seine Augen abermals über die Zeilen wandern. »Warum auch ausgerechnet vor Sonnenaufgang?« Er blies die Backen auf und ließ die Luft dann geräuschvoll entweichen.

»Hauptmann«, sagte Axel Windling unvermittelt und sah Uwe direkt an.

»Wenn schon, dann Hauptkommissar«, erwiderte dieser.

»Nein, nein. Ich meine Gerhart Hauptmann.«

»Natürlich! Das ist es! Du bist genial, Axel!«, brach es aus von Bergedorf heraus.

»Entschuldigung, könnten die Herren uns bitte an Ihren Erkenntnissen teilhaben lassen.« Uwe runzelte die Stirn.

»Selbstverständlich. *Vor Sonnenaufgang* ist eines von Hauptmanns Werken. Somit ergeben auch die nachfolgenden Worte einen Sinn«, fuhr Falk von Bergedorf fort, nahm das Papier in die Hand und las: *»die Feder geführt* – das bedeutet, er hat es geschrieben. Von *Ungeziefer* und *Tuchmachern*. Damit sind weitere Werke des Autors gemeint.«

»*Die Ratten*«, fügte Axel Windling hinzu.

»Und die *Weber*. Das haben wir in der Schule gelesen«, erinnerte ich mich. Umgehend hatte ich das Bild meines unsympathischen Deutschlehrers vor Augen.

»Aber was bedeutet das letzte Wort: Irrtum?« Nick zog nachdenklich die Stirn kraus.

Für einen kurzen Moment herrschte ratlose Stille.

»Ich glaube, ich weiß, was gemeint ist«, sagte ich und blickte in die erwartungsvollen Gesichter. »Neulich hatte sich ein Kundentermin auf später verschoben. Die Zeit habe ich genutzt und bin mit den Hunden ein Stück durch die Braderuper Heide an der Wattseite gegangen. Da habe ich gesehen, dass ganz in der Nähe der *Kupferkanne* eine neue Stele aufgestellt worden ist. Sie ist im Gegensatz zu anderen Tafeln, die schon länger dort stehen, noch nicht verwittert und gut lesbar.«

»Sie meinen die Tafeln des Kampener Kunstpfades?«, unterbrach mich Falk von Bergedorf.

»Ja genau. Die neue Tafel ist Gerhart Hauptmann gewidmet. An den genauen Wortlaut des Zitats erinnere ich mich allerdings nicht mehr.«

»Augenblick, das haben wir gleich.« Uwe hatte sein Smartphone in der Hand und las vom Display ab. »Auf Tafel Nummer 10 steht: *Wer tiefer irrt, der wird auch tiefer weise.*«

»Irrt – Irrtum! Das ist es! Sie haben das Rätsel gelöst, Anna!« Falk von Bergedorf bedachte mich mit einem anerkennenden Nicken.

»Das war wohl eher eine Gemeinschaftsproduktion«, wehrte ich ab und merkte, wie ich leicht errötete. Mein Blick wanderte zu Nick, der gerade telefonierte.

»Mit wem hast du gesprochen, Nick?«, erkundigte sich Uwe bei seinem Kollegen.

»Ich habe eine Streife zu dem Ort geschickt. Die sollen dort auf uns warten. Wenn sich an der Stelle irgendwelche Hinweise zu Leonies Aufenthaltsort finden, sollten wir sie schleunigst sichern, bevor sie anderweitig verloren gehen.«

»Dann lass uns keine Zeit verlieren.«

Daraufhin verabschiedeten sich die beiden.

»Hoffentlich finden sie Leonie bald«, sagte ich, während ich ihnen mit gemischten Gefühlen hinterherblickte.

KAPITEL 26

Nick steuerte den Wagen den schmalen Stapelhooger Wai entlang, vorbei am in Rostoptik gehaltenen Schild des Cafés *Kupferkanne*. Sie kamen nur langsam voran, da sich vor ihnen immer wieder Fußgänger oder Radfahrer befanden, an denen sie aufgrund der schmalen Straße nicht vorbeikamen.

»Die reinsten Völkerwanderungen sind das. Das Lokal muss eine Goldgrube sein«, bemerkte Uwe, als sie eine größere Gruppe Fahrradfahrer passierten.

Plötzlich machte der Wagen eine unsanfte Auf-und-Ab-Bewegung.

»Ah!«, stöhnte Uwe schmerzvoll auf und fasste sich mit einer Hand in den Rücken.

»Sorry, Schlagloch«, entschuldigte sich Nick.

»Schon gut. Du hast das Loch schließlich nicht ausgehoben. Die könnten diese Rumpelpiste echt mal ausbessern. Bei den Massen Fahrzeugen, die sich hier täglich langquälen, ist das überfällig.«

»Kannst du gern vorschlagen. Ich bin gespannt, welche Antwort du bekommst.«

»Einen Teufel werde ich tun. Guck dir die lange Warteschlange am Eingang an. Bis man da einen Platz bekommt, ist man verhungert!«

»Da hinten steht ein Streifenwagen«, sagte Nick und hielt neben dem Fahrzeug unter den ausladenden Ästen einer Kiefer. »Da drüben muss es sein. Pass auf, dass du nicht stolperst. Hier ragen überall Wurzeln von den Bäumen heraus«, warnte er den Kollegen und ging den schmalen Trampelpfad entlang.

»Hey, Nick!«, wurde er von einer jungen Streifenpolizistin begrüßt.

»Moin, Hubsy! Habt ihr schon etwas gefunden?«, erkundigte sich Uwe, der hinter Nick aus dem Dickicht auftauchte, nachdem er mühsam versuchte hatte, sich von einer Brombeerranke zu befreien, die sich an seinem Hosenbein verfangen hatte.

»Hey, Uwe! Nein. Ehrlich gesagt, wussten wir nicht, wonach wir suchen sollten«, erwiderte sie. Ein weiterer uniformierter Polizist trat zu ihnen. »Hallo!«

»Sieh an, Herr Ferrara ist mit von der Partie! Es könnte sich irgendwo ein Hinweis im Umkreis der Stele befinden, die mit der verschwundenen Leonie Mahnke in Verbindung steht. Das ist doch die Stele von Gerhart Hauptmann?«, vergewisserte sich Uwe und trat einen Schritt näher an die Tafel heran.

»Yep, so ist es. Er hat unter anderem *Die Weber* geschrieben und erhielt 1912 den Nobelpreis für Literatur«, warf der junge Kollege ein.

»Oh, Maurizio, danke, aber lesen können wir selbst«, stöhnte seine Kollegin und verdrehte genervt die Augen.

»Das mit den *Webern* wusste ich auch, ohne abzulesen«, schob er beleidigt nach.

»Klugscheißer«, murmelte Hubsy.

»Wir sollten keine Zeit verlieren und mit der Suche beginnen, bevor wir von Neugierigen umringt werden«, schlug Nick vor.

Einige Meter entfernt näherte sich eine Gruppe Spaziergänger. Als sie auf gleicher Höhe mit den Beamten war, blieb sie stehen.

»Is wos passiert? Konn ma helfen?«, erkundigte sich ein Mann mit Schirmmütze, der dem Dialekt nach unverkennbar aus Bayern stammte.

»Nein, nein. Vielen Dank!«, erwiderte Hubsy, um Freundlichkeit bemüht.

»Na dann.« Die Gruppe marschierte weiter.

»Ich glaube, ich habe etwas gefunden«, rief Maurizio aufgeregt und winkte die Kollegen zu sich. Er kauerte unter einem Baum nahe der Stele. »Hier liegt ein Handy. Jemand hat es mit Blättern und Heide abgedeckt.«

»Warte! Nicht anfassen!« Nick zog einen Asservatenbeutel hervor und bückte sich ebenfalls, um das Fundstück darin zu sichern.

»Glaubst du, es gehört Leonie?«, fragte Uwe und betrachtete das Smartphone näher, das nunmehr in der durchsichtigen Tüte steckte.

»Gut möglich. Das bekommen wir sicher bald heraus. Sieht aus, als hätte sich jemand daran zu schaffen gemacht. Das Display ist gesplittert.« Nick drehte das Gerät in seiner Hand.

»Meinst du, es wurde absichtlich zerstört?«

»Das will ich nicht hoffen. Vielleicht ist es bloß runtergefallen. Unsere Spezialisten sollen sich das Teil mal ansehen. Habt ihr sonst etwas gefunden?« Nick sah sich um. Mittlerweile waren etliche Neugierige stehen geblieben und beobachteten das Geschehen.

»Nein, Fehlanzeige.« Sowohl Hubsy als auch Maurizio zuckten mit den Schultern.

»Wir müssen den Fundort umgehend weiträumig absperren, bevor wichtige Spuren vernichtet werden. Hubsy, Maurizio, kümmert ihr euch bitte darum? Ich informiere die Spurensicherung.« Nick zog sein Smartphone hervor.

»Okay, dann wäre das erledigt. Ihr zwei wartet auf die Kollegen von der Spusi, und wir machen uns auf den Rückweg. Einverstanden?«, fragte Uwe, worauf die anderen nickten.

»Willst du nicht einsteigen?«, wunderte sich Nick, als Uwe einen Moment unschlüssig an der geöffneten Wagentür verharrte. Dann breitete sich ein Grinsen auf seinem Gesicht aus. »Ah, verstehe.«

»Nur ein kleines Stück. Ohne Sahne.« Im Weggehen drehte er sich noch einmal um. »Soll ich dir einen Kaffee mitbringen?«

»Gern. Und ein Stück Rhabarberkuchen!«, rief Nick ihm nach.

Uwe blieb verdutzt stehen. »Weißt du, was ich gerade verstanden habe? Du willst auch Kuchen? Ich glaube, ich habe ein Problem mit meinen Ohren.« Kopfschüttelnd und lachend zugleich setzte er seinen Weg fort.

KAPITEL 27

»Das hat mir gerade noch gefehlt!« Martina Engelhorst stand vor dem Fenster und knetete nervös ihre Hände.

»Sie taucht sicher bald wieder auf«, unternahm Thorsten Block den Versuch, sie zu beruhigen.

»Ach ja? Bist du neuerdings unter die Hellseher gegangen, oder was?«, fauchte sie ihn an und nahm schwungvoll auf ihrem Schreibtischstuhl Platz. »Als hätten wir nicht schon genügend andere Sorgen, muss eine unserer Stipendiatinnen verschwinden. Dazu ausgerechnet die mit dem größten Bekanntheitsgrad. Das wird für Schlagzeilen sorgen.«

»Man könnte meinen, du hast schlechte Laune«, erwiderte Block, um Lockerheit bemüht.

»Nenn mir einen Anlass zur Freude«, konterte sie scharf. »Hast du erledigt, worum ich dich gebeten habe?« Thorsten Block nickte beflissen. »Und? Herrgott, Thorsten, lass dir doch nicht alles aus der Nase ziehen!«

»Alles normal bis auf die Tatsache, dass unsere Kapitalerträge bei Weitem nicht ausreichen, um unsere Kosten zu decken. Die Konditionen am Kapitalmarkt sind zur Zeit auch nicht gerade berauschend. Das liegt an den wirtschaftlichen Schwankungen am Kapitalmarkt und der niedrigen Verzinsung. Hinzu kommt, dass die Mieterhöhung für die Galerieräume Anfang des Jahres deutlich zu Buche schlägt. Sie verschlingt einen Großteil der Spenden. Wir sollten uns dringend nach anderen Räumlichkeiten umsehen. Ich fürchte außerdem, dass uns in nächster Zeit in puncto Neuanschaffungen jegliche Mittel fehlen werden. Die einzige Hoffnung besteht darin, dass wir großzügige Spenden erhalten.«

»Ich fürchte, in Zeiten, wo sowieso alle das Portemonnaie geschlossen halten, wird das schwierig. Wir müssen attraktiver werden und uns Neuem nicht allzu sehr verschließen. Ferner dürfte es nahezu unmöglich sein, auf die Schnelle neue Räumlichkeiten zu finden, die einerseits bezahlbar sind und andererseits unseren Anforderungen genügen.« Sie seufzte, setzte die Brille ab und rieb sich mit der Hand über die Augen. »Wie sieht es bei den Spenden im ersten Halbjahr generell aus? Einmal abgesehen von den Großspenden.«

»Ähnlich schwach. Es tröpfelt mehr oder weniger dahin. Durchschnittlich liegen die Beträge im niedrigen dreistelligen Bereich«, berichtete er.

»Mehr nicht?« Sie wirkte ehrlich überrascht.

»Leider nein. Wie du schon sagtest, die Leute halten ihr Geld zusammen.«

»Wie hoch war die letzte Großspende?«

»10.000 Euro.«

»Das klingt immerhin ordentlich«, murmelte sie, während sie den Schreibtisch absuchte.

»Suchst du nach etwas Bestimmten?«

»Ach, ich kann schon den ganzen Morgen mein Notizbuch nirgends finden. Ich war sicher, ich habe es gestern Abend hier liegen sehen.«

»Wozu brauchst du es so dringend?«, erkundigte er sich.

»Ich glaube nicht, dass dich das etwas angeht.« Sie zog eine Schreibtischschublade nach der anderen auf. Dann öffnete sie das Sideboard, holte ihre Handtasche hervor und durchwühlte sie. »Das gibt's doch nicht, ich hätte schwören können …«

»Das kann sich ja nicht in Luft aufgelöst haben. Bestimmt hast du es zu Hause liegen lassen. Das ist mir neulich auch passiert. Da habe ich überall nach meinem Hausschlüssel gesucht, und am Ende war er in meiner Jackentasche, obwohl ich sicher war, ihn zuletzt auf dem Küchentisch gesehen zu haben.«

Martina Engelhorst ging nicht weiter auf die Bemerkung ein, sondern schleuderte die Tasche wütend zurück in den Schrank. »Falk hat mir kürzlich von zwei Personen berichtet, die eine großzügige Spende in Aussicht gestellt haben sollen. Sie haben erst neulich eine Immobilie auf Sylt erworben. Ich habe mir die Namen extra notiert. Wo kann dieses blöde Buch nur sein?« Mit den Händen in die Hüften gestützt stand sie ratlos vor dem Schreibtisch.

»Also davon weiß ich nichts. Dann schaue ich gleich nach, ob vielleicht schon etwas überwiesen wurde. Bist du denn sicher, dass du Falk richtig verstanden hast?«

»Natürlich bin ich sicher«, erwiderte sie angriffslustig, lenkte jedoch schnell ein. »Einen genauen Zeitpunkt hat er nicht erwähnt, aber ich würde dich bitten, die Sache im Auge zu behalten. Wir brauchen momentan jeden Cent.«

»Klar sage ich dir gleich Bescheid, wenn ein Geldeingang zu verzeichnen ist. Du kannst dich auf mich verlassen. Hat Falk die Höhe des Betrages näher beziffert?«

»Nein, eine genaue Summe hat er nicht genannt, aber es klang vielversprechend. Das Geld würde uns helfen.« Sie stützte sich mit den Ellenbogen auf der Tischplatte ab und vergrub das Gesicht in den Händen. Die Anstrengungen der letzten Zeit waren nicht spurlos an ihr vorbeigegangen und zerrten an ihren Nerven. »Ansonsten können wir nur auf ein Wunder hoffen.«

»Im Grunde haben wir das bereits.«

Sie hob den Kopf und warf Block einen fragenden Blick zu. »Ich fürchte, ich verstehe nicht. Was meinst du damit?«

»Leonie.« Gespannt verfolgte er ihre Reaktion.

»Entschuldige, Thorsten, aber ich verstehe wirklich nicht, was du meinst.«

»Mensch, Martina, überleg doch mal! Diese Leonie genießt eine nicht zu unterschätzende mediale Aufmerksamkeit. Schließlich hat sie Tausende Follower.« Ein triumphierender Ausdruck stahl sich in sein Gesicht.

Es dauerte einen Moment, bis sie verstand. »Ach so, du glaubst, Leonies Verschwinden könnte automatisch auch unseren Bekanntheitsgrad erhöhen?«

»Ja natürlich.« Seine Augen begannen zu leuchten.

»Bist du vollkommen übergeschnappt, Thorsten? Das ist wohl die schlechteste Publicity, die man sich vorstellen kann. Eine junge Frau verschwindet spurlos, und im selben Atemzug fällt unser Name! Das kannst du unmöglich ernst meinen!«

»Aber ich dachte, genau aus diesem Grund wurde sie für das Programm ausgewählt? Du hast selbst gesagt, dass Leonie nicht einen Funken Talent besitzt, uns aber viel Aufmerksamkeit verschaffen wird.«

»Wann soll ich das gesagt haben?« Fassungslos starrte sie ihn an.

»Das habe ich zufällig mitbekommen.« Er verschränkte die Arme vor der Brust.

»Da musst du dich verhört haben«, wischte sie den Einwand weg. »Wann soll denn das gewesen sein?«

»Das ist noch gar nicht lange her.« Ein süffisantes Grinsen umspielte seine Mundwinkel.

Martina Engelhorsts Augen verengten sich, als sie ihn fixierte. »Pass gut auf, was du da sagst«, zischte sie, wobei sie sich mit dem Oberkörper weit nach vorne beugte, die Hände auf der Tischplatte abgestützt. »Sollte ich das auch nur ein einziges Mal erneut von dir hören, kannst du dich warm anziehen.«

»Willst du mir etwa drohen?« Er lachte unsicher. »Das wäre lächerlich.«

»Ich hoffe, ich habe mich klar ausgedrückt.« Sie reckte das Kinn und nahm eine aufrechte Sitzposition ein. »Die Polizei ist mit der Suche nach Leonie beschäftigt, wir halten uns komplett raus. Sämtliche Presseanfragen gehen ausschließlich an mich. Wir wollen doch alle, dass das Mädchen schnellstmöglich und vor allem wohlbehalten wieder auftaucht. Jegliche negative Berichterstattung schadet dem Ansehen der Stiftung. Das siehst du sicher genauso.«

Sie ordnete einige Papiere auf ihrem Schreibtisch, während Thorsten Block wie einbetoniert mitten im Raum stand und sie anstarrte.

»Schön, dann wäre das geklärt. Worauf wartest du? Hast du nichts zu tun?« Sie sah von dem Papierstapel auf.

Er hatte die Bürotür beinahe erreicht, als sie ihm nachrief: »Ach, Thorsten! Weswegen wolltest du mich eigentlich sprechen?«

»Da ist eine Lieferung für dich gekommen.«

»Ah, sehr gut.«

»Ein neues Bild?«, wagte er nachzufragen.

»Du bist eine echte Nervensäge, Thorsten! Ja, ein Bild. Robert Kreyzinger hat eines von Leonies Bildern fertig gerahmt. Bist du nun zufrieden?«

»Ich kann mich darum kümmern und es aufhängen.«

»Das mache ich schon selbst. Du hast wohl Wichtigeres zu tun. Und bevor ich es vergesse: Sei bitte so nett und druck mir den Stand unserer Finanzen aus den vergangenen sechs Monaten aus. Ja? Und zwar alles. Danke«, schob sie mit einem süßlichen Lächeln hinterher. Gleichzeitig griff sie nach dem Telefonhörer und tippte eine Nummer ein. Bevor Thorsten Block etwas erwidern konnte, hielt sie bereits den Telefonhörer ans Ohr. Daraufhin verließ er mit hängenden Schultern und ohne einen weiteren Kommentar das Büro.

KAPITEL 28

Irgendwann wurde sie von der Müdigkeit übermannt und fiel in einen tiefen Schlaf. Das Motorengeräusch eines Rasenmähers riss sie aus ihren diffusen Träumen. In der Nachbarschaft wurden Gartenarbeiten durchgeführt. Leonie wollte sich aufrichten, doch ein stechender Schmerz im Nacken ließ sie mitten in der Bewegung innehalten. Während der ungünstigen Schlafposition hatte sich ihre Muskulatur verkrampft. Sie umfasste die Stelle und knetete mit den Fingern die schmerzende Stelle. Anschließend nahm sie eine sitzende Position ein und kreiste behutsam mit den Schultern. Von draußen drang Tageslicht durch den Kellerschacht, sodass sie die kleine Lampe auf dem Schreibtisch nicht zusätzlich einschalten musste, damit es ausreichend hell war. Von draußen waren Stimmen zu hören, die Gärtner riefen sich etwas zu, das sie jedoch nicht verstand. Leonie wusste, dass es zwecklos sein würde, gegen den Lärm der Gerätschaften anzuschreien. Man würde sie nicht hören, trotz allem musste sie den Versuch wagen, wenn sie nicht länger in diesem Verlies vor sich hin vegetieren wollte. Sie stellte sich dicht unter das Fenster des Kellerschachts und schrie so laut sie konnte um Hilfe. Immer wieder aufs Neue. Erst als ihre Stimme langsam zu versagen drohte, stellte sie die Rufe ein. Mit Tränen in den Augen trat sie wütend gegen die Wand. Eine Schmerzwelle durchflutete vom Fuß ausgehend ihren gesamten Körper. Sie saß weiterhin fest, ohne Aussicht auf ein Ende ihrer

Gefangenschaft. Und jetzt dieses dämliche Fragespiel! Wie zum Teufel sollte sie ohne ihr Smartphone herausfinden, was es mit diesen *Webern* auf sich hatte? Wer zum Teufel dachte sich so einen Mist aus? Und wozu? Abermals überflog sie die Zeilen, und zunehmend stieg Wut in ihr auf, die ihre Verzweiflung für einen Augenblick in den Hintergrund drängte. Wahrscheinlich handelte es sich um einen uralten Schinken, für den sich heutzutage sowieso niemand mehr interessierte. Sie war eben im Begriff, den Zettel zu zerknüllen, als Schritte zu hören waren. Jemand kam die Treppe herunter. Würde sie gleich frei sein?

KAPITEL 29

»Und? Habt ihr etwas Brauchbares gefunden?«, erkundigte sich Uwe bei dem Kollegen der Kriminaltechnik, der Leonies Handy wiederbrachte.

»Sorry, Uwe, aber das Teil ist definitiv hin. Da ist nichts mehr zu machen. Außerdem wurde die SIM-Karte entfernt.« Er zuckte entschuldigend die Achseln.

»Na prima«, brummte Uwe. »Trotzdem vielen Dank.«

»Kein Problem.« Damit verließ er das Büro.

»Ehrlich gesagt, hatte ich fast damit gerechnet, so wie das aussah«, meldete sich Nick zu Wort. »Gibt es mittlerweile eine Lösegeldforderung? Hat Reimers diesbezüglich etwas verlauten lassen?«

»Mir ist nichts zu Ohren gekommen. Aber sollte eine Lösegeldforderung eingegangen sein, hätte er sich sofort gemeldet. Davon kannst du ausgehen.«

»Anzunehmen.«

»Alles okay mit dir?«, erkundigte sich Uwe und warf dem Kollegen einen fragenden Blick zu.

»Wieso?«

»Na, du machst einen nachdenklichen Eindruck. Es ist doch alles in Ordnung mit Christopher und Anna?«

»Ja, alles okay. Mein Vater musste mit Verdacht auf einen Herzinfarkt ins Krankenhaus.«

»Oh, davon hast du gar nichts gesagt. Wie geht es ihm?«

»Wieder besser. Inzwischen hat er das Krankenhaus verlassen und ist zu Hause. Es war wohl nicht so schlimm, wie zunächst angenommen. Er mutet sich einfach zu viel zu. Die beiden Restaurants fordern seine gesamte Energie.«

»Warum schaltet er nicht einen Gang zurück oder verabschiedet sich in den wohlverdienten Ruhestand?«

Nick verzog das Gesicht. »Was glaubst du, wie lange meine Mutter schon versucht, ihn davon zu überzeugen. Weniger arbeiten ist für ihn kein Thema. Wenn er etwas macht, dann ganz oder gar nicht. Und von Ruhestand will er schon überhaupt nichts wissen.«

»In puncto Sturheit kenne ich noch jemanden, der genauso tickt.« Ein Grinsen schummelte sich durch Uwes Vollbart.

»Mein alter Herr ist um Längen dickköpfiger als ich«, konterte Nick.

Ein Klopfen an der Tür unterbrach die Unterhaltung. »Ja!«, rief Uwe.

Die Tür öffnete sich, und Staatsanwalt Matthias Achtermann spazierte herein. »Guten Morgen, meine Herren! Da staunen Sie, mich zu sehen.« Zufrieden blickte er in die Runde und nahm auf einem der Besucherstühle Platz. »Ich darf doch.«

»Nur zu. Ihr Besuch wurde uns bereits angekündigt. Sind Sie extra wegen der Entführungssache nach Sylt gekommen?«, vergewisserte sich Uwe.

»Nein, nicht extra, aber aufgrund der Situation etwas eher. Herr Reimers hat mich gleich informiert. Sind Sie schon vorangekommen? Gibt es erste Hinweise auf den Verbleib der jungen Frau? Gab es im Vorfeld Drohungen gegen die Frau?«

»Nein. Wir haben das Hotelzimmer nach Hinweisen untersuchen lassen, aber Fehlanzeige«, erklärte Uwe.

»Gab es Hinweise auf ihrem Handy? Heutzutage wird doch alles nur noch elektronisch erledigt.«

»Leider nein. Die Kriminaltechniker haben uns gerade Leonie Mahnkes Handy zurückgebracht. Aber damit ist uns auch nicht geholfen, denn die SIM-Karte fehlt. Außerdem wurde das Gerät unbrauchbar gemacht«, erläuterte Uwe dem Staatsanwalt den aktuellen Stand der Ermittlungen.

»Äußerst bedauerlich.« Er beugte den Oberkörper leicht nach vorne und schnippte mit Daumen und Zeigefinger ein winziges Blatt von der Spitze seines Schuhes. »Wenn ich Herrn Reimers richtig verstanden habe, ist …«

Er beendete den Satz nicht, denn im selben Moment betrat der Dienststellenleiter das Büro. Wie immer ohne vorher anzuklopfen.

»Matthias! Danke, dass du es so schnell einrichten konntest«, begrüßte Reimers den Besucher mit einem Händedruck, während er die beiden Beamten eher beiläufig mit einem flüchtigen »Morgen« bedachte.

»Ich habe mich sofort auf den Weg nach Sylt gemacht, nachdem du angerufen hast«, erwiderte Achtermann. »Wie ich gerade von Herrn Wilmsen und Herrn Scarren erfahren habe, gibt es bislang keine heiße Spur zum Aufenthaltsort der jungen Frau.«

»Leider nein, aber vielleicht könnte sich das bald ändern. Vor wenigen Minuten ist ein weiterer Hinweis eingegangen«, korrigierte Reimers den Staatsanwalt. »Ich schlage vor, Sie beide machen sich umgehend auf den Weg in die Galerie. Ich habe Frau Engelhorst Ihren Besuch vorab telefonisch angekündigt.« Uwe schenkte Nick einen unmissverständlichen Seitenblick, während Reimers weitersprach. »Wenn ich die Dame richtig verstanden habe, soll es sich wieder um so einen Vers handeln. Sie wissen schon, so ein …« Reimers suchte vergeblich nach der korrekten Bezeichnung.

»*Elfchen*«, half ihm Nick auf die Sprünge.

»Klingt ganz nach einem Täter mit Niveau.« Achtermann stieß einen anerkennenden Pfiff aus und wiegte den Kopf. »Wie interessant! Das kommt nicht alle Tage vor.«

»Na, ich weiß nicht. Entführung und Freiheitsberaubung zählen nicht gerade zu den Kavaliersdelikten«, erwiderte Uwe prompt.

»Ich bin überzeugt, Sie werden das Rätsel zügig lösen.« Achtermann schlug die Handflächen gegeneinander. »Und jetzt entschuldigen Sie mich bitte.« Er griff nach seinem Jackett, das über der Stuhllehne hing.

»Ich komme mit«, beeilte sich Reimers zu sagen und öffnete weit die Tür.

»Das trifft sich gut, ich muss ohnehin etwas mit dir besprechen.«

Mit diesen Worten verließen der Staatsanwalt sowie der Dienststellenleiter das Büro.

»Na super, die gönnen sich jetzt wahrscheinlich ein zweites Frühstück und lassen uns mit der Arbeit allein«, stöhnte Uwe und deutete mit einer Handbewegung zu dem Schriftstück auf dem Tisch.

»Wäre es dir lieber, Achtermann würde uns auf Schritt und Tritt begleiten?«, fragte Nick.

»Nur das nicht! Seine ständigen Anordnungen gehen mir sowieso auf die Nerven. Wenn er alles besser weiß, soll er doch ermitteln.«

»Du kennst seine Art, das legt er nicht ab. Lass uns nach Kampen fahren und sehen, welcher neue Hinweis gefunden wurde.«

Bei ihrer Ankunft in der Galerie mussten Uwe und Nick überrascht feststellen, dass Frau Engelhorst nicht anwesend war. Stattdessen wurden sie von Thorsten Block in Empfang genommen.

»Frau Engelhorst lässt Ihnen ausrichten, es täte ihr leid, nicht persönlich anwesend sein zu können, aber sie hat einen unaufschiebbaren Termin«, entschuldigte er sich für seine Kollegin. »Sie hat mich gebeten, Ihnen das hier zu geben. Sie wüssten Bescheid.« Er reichte den beiden Beamten einen Umschlag.

»Danke.« Uwe nahm ihn an sich.

»Wann haben Sie Leonie Mahnke das letzte Mal gesehen?«, wollte Nick von Thorsten Block wissen, der auf die Frage konsterniert reagierte.

»Ich? Wollen Sie etwa andeuten, ich hätte etwas mit ihrem Verschwinden zu tun?«

»Wir deuten gar nichts an, sondern versuchen, uns ein Bild zu machen. Reine Routine.«

»Also, zuletzt habe ich sie an unserem Willkommensempfang gesehen.«

»Danach nicht mehr?«

Der Mann schüttelte entschieden den Kopf.

»Wann genau haben Sie die Veranstaltung verlassen?«, insistierte Nick.

»Wieso ist das wichtig? Dann glauben Sie also doch, dass ich …« Als ihn die eindringlichen Blicke der Kommissare trafen, sagte er: »Das war so gegen 23 Uhr. Ich habe im Anschluss noch beim Aufräumen geholfen. Das mache ich immer, wenn wir eine Veranstaltung ausrichten.«

»Dafür gibt es bestimmt Zeugen«, nahm Uwe an.

»Sicher, Frau Engelhorst und ein paar andere Leute. Sie

ist immer die Letzte und schließt dann ab. Soll ich Ihnen eine Liste mit den Teilnehmern geben?«

»Das wäre sehr freundlich. Haben Sie vielen Dank.«

»Wenn Sie mich jetzt nicht länger brauchen, würde ich gerne mit meiner Arbeit weitermachen. Ich habe viel zu tun.«

»Machen Sie das. Am besten schicken Sie die Liste an diese E-Mail-Adresse.« Uwe reichte ihm eine seiner Visitenkarten.

»Herr Block?«, fragte Nick, als Block gerade im Begriff war, sich in sein Büro zurückzuziehen. »Gibt es eine Videoüberwachung hier im Haus?«

»Sie meinen, ob es Videoaufzeichnungen von der Veranstaltung gibt?«

»Genau.«

»Da muss ich Sie leider enttäuschen. Die Videoüberwachung funktioniert nur zusammen mit der Alarmanlage, und die war während der besagten Zeit ausgeschaltet. Sie wird ausschließlich aktiviert, wenn sich niemand im Gebäude aufhält. Vornehmlich nachts. Einige der Bilder und Kunstgegenstände sind zusätzlich auch tagsüber gesichert.«

»Haben sie vielen Dank, Herr Block. Das wär's erst mal.«

Der Mann nickte kaum merklich und verschwand im hinteren Bereich des Foyers.

»Sonderbarer Kauz«, sagte Nick und sah dem schlaksigen Mann nachdenklich hinterher, der um die nächste Ecke verschwand.

»Da gebe ich dir recht. Aber jetzt sollten wir uns dringend um den Inhalt des Umschlages kümmern.«

KAPITEL 30

Geschmeidig ließ Alina den Bogen über die Saiten ihres Instruments gleiten. Der letzte Ton war gerade verklungen, als sie hinter sich Beifall vernahm. Erschrocken fuhr sie herum.

»Hast du mich erschreckt! Ich habe dich gar nicht klopfen hören.«

»Entschuldige. Ich wollte dich nicht erschrecken, aber die Tür stand offen. Du spielst wundervoll. Ich könnte dir stundenlang zuhören.«

»Ist es schon so spät? Wenn ich übe, vergesse ich manchmal komplett die Zeit.« Sie stand auf und verpackte das Cello in seinen Kasten.

»Gibt es eigentlich Neuigkeiten von Leonie?«, fragte er, während er jeden ihrer Handgriffe verfolgte.

»Nein, ich weiß nichts Neues. Sie ist nach wie vor verschwunden. Glaubst du, es geht ihr gut?«

»Hat die Polizei mit dir gesprochen?«, erkundigte er sich, statt auf ihre Frage zu antworten.

»Nein, warum sollte sie?« Unsicherheit spiegelte sich in ihrer Miene wider.

»Es würde mich nicht wundern, schließlich seid ihr Konkurrentinnen.«

Sie schluckte, und ihr Gesicht bekam eine rötliche Färbung. »Aber ich habe nichts mit ihrem Verschwinden zu tun. Wirklich nicht! Als Konkurrentinnen würde ich uns nicht bezeichnen. Wir haben schließlich beide das Stipendium erhalten.«

»Ich glaube dir, dass du nichts mit Leonies Verschwinden zu tun hast, aber die Bullen befragen routinemäßig alle Leute aus Leonies Umfeld. Dazu gehörst du nun mal.«

»Wahrscheinlich hast du recht. Haben sie mit dir auch gesprochen?«, fragte sie nach kurzem Überlegen.

»Dazu besteht keine Veranlassung. Ich kenne sie nicht persönlich.«

»Wenn du an dem Abend mitgekommen wärst, wie du versprochen hast, hättest du sie kennengelernt.« Der Vorwurf in ihrer Stimme war unverkennbar.

»Ich weiß, das tut mir auch echt leid, dass ich dich versetzt habe.« Er legte den Kopf schief und sah sie aus treuherzigen Augen an, womit er ihr ein zaghaftes Lächeln entlockte.

»Du hättest mir wenigstens Bescheid geben können.« In diesem Augenblick wirkte sie wie ein enttäuschtes kleines Kind.

»Ach, Alina.« Er trat ein Stück näher auf sie zu und legte einen Arm um sie. »Lass uns die Sache vergessen und auch nicht weiter über Leonie sprechen. Komm, ich habe eine kleine Überraschung für dich. So eine Art Wiedergutmachung. Das gefällt dir bestimmt.«

Bei seinen Worten erhellte sich ihre Miene schlagartig. Er griff nach ihrer Hand und zog sie mit sich.

»Wohin gehen wir?«

»Abwarten.«

KAPITEL 31

Tief in Gedanken standen sie um den Tisch herum, in dessen Mitte der Zettel mit einer neuerlichen Botschaft vor ihnen ausgebreitet lag.

»Ich weiß nicht, wie ihr das seht, aber ich bin fest davon überzeugt, dass der Hinweis abermals in Zusammenhang mit dem *Kampener Kunst- und Kulturpfad* steht«, durchbrach Uwe als Erster das grüblerische Schweigen.

»Das sehe ich genauso. Fragt sich nur, um welchen Künstler es sich dieses Mal handelt«, stimmte Nick seinem Freund und Kollegen beim Betrachten der Zeilen zu.

In diesem Augenblick wurde die Tür aufgerissen, und Reimers stürmte herein. »Und? Bringt uns der neue Hinweis ein Stück weiter?«

»Das lässt sich momentan noch nicht sagen.«

»Was ist mit der Botschaft? Haben Sie sie entschlüsselt?«, drängte der Dienststellenleiter. Schweißperlen standen auf seiner Stirn, die er mit einem Stofftaschentuch wegwischte.

»Es handelt sich wieder um einen Vers. Wieder nach dem gleichen Muster wie der letzte«, bestätigte Nick.

Die Tür öffnete sich ein weiteres Mal, und Staatsanwalt Achtermann gesellte sich zu ihnen. »Guten Tag, wie ist die aktuelle Lage?« Ohne eine Antwort abzuwarten, beugte er sich über den Zettel und begann, laut zu lesen.

Weite
kleine Sehnsucht
Melodie der Wellen
für die Ewigkeit erschaffen
Glücklichsein

Anschließend blickte er stirnrunzelnd in die Runde. »Ganz offensichtlich haben wir es hier mit unserem poetischen Entführer zu tun«, bemerkte er.

»Sieht danach aus«, pflichtete ihm Uwe bei. »Wir sind uns einig, dass sich der nächste Hinweis wieder an einem Punkt des *Kampener Kulturpfads* befindet. Wir wissen nur noch nicht, an welchem wir suchen müssen.«

Der Staatsanwalt begutachtete die Nachricht auf dem Tisch erneut. Dann kam er zu dem Schluss: »Melodie, das klingt für mich eindeutig nach einem Musiker. Gibt es diesbezüglich jemanden, der infrage kommen könnte?«

»Es gibt zahlreiche Komponisten, Maler, Schriftsteller und Persönlichkeiten des öffentlichen Lebens, denen auf diesem Pfad eine Bronzetafel gewidmet wurde. Das macht die Sache eben so schwierig«, entgegnete Uwe und zwirbelte an seinem Bart.

»Das dürfte leicht herauszufinden sein. Anschließend konzentrieren Sie sich auf alle diejenigen Künstler, die mit Musik zu tun haben. Das wird ja wohl nicht so schwer sein«, meldete sich Reimers zu Wort. Gleich darauf klingelte sein Handy. Er nahm das Gespräch an. »Was? – Und das können Sie nicht allein machen? – Ja, ich bin sofort da.« Er steckte das Handy ein. »Muss man sich denn um alles selbst kümmern?«, murmelte er vor sich hin und verließ das Büro.

»Ich möchte auch nicht länger Ihre kostbare Zeit in Anspruch nehmen. Melden Sie sich bitte, sobald neue

Erkenntnisse vorliegen. Ich bin rund um die Uhr erreichbar.«

»Klookschieten kann ich auch«, maulte Uwe und stieß lautstark die Luft aus.

»Na, dann wollen wir mal.«

»Was hast du vor, Nick?«

»Ich hatte Hubsy und Maurizio gebeten, uns einen Plan mit allen Standorten der Bronzetafeln zu besorgen. Den gehen wir jetzt durch, insbesondere auf der Suche nach Künstlern, die mit Musik zu tun haben.« Er öffnete die Schreibtischschublade und zog einen farbigen Folder hervor.

KAPITEL 32

Langsam kam die Person näher. In der Hand sah sie die Klinge eines Messers aufblitzen. Sie kauerte auf dem Boden und presste sich mit dem Rücken fest gegen die Wand.

»Nein! Bitte nicht!«, flehte sie mit erstickter Stimme und hielt sich die Hände schützend vors Gesicht.

Die Gestalt stand nun direkt vor ihr und streckte seine Arme nach ihr aus, und sie konnte erkennen, wie die Klinge dicht an der Schläfe vorbeizog. Erschrocken kniff sie die Augen zusammen und rechnete mit dem Schlimmsten. Sie spürte ein ruckhaftes Ziehen an der Kopfhaut. Mehr geschah nicht. Der Fremde entfernte sich, und die Tür wurde geschlossen. Sie hörte, wie sich der Schlüssel im Schloss drehte und die Schritte auf der Treppe verhallten. Sie saß auf dem Boden, hatte den Kopf gegen die Wand gelehnt, die Arme ruhten seitlich neben dem Körper. Sie hielt die Augen geschlossen, Tränen liefen über ihre Wangen. Nach einer Weile erhob sie sich und ging zu dem Schreibtisch hinüber. Dort hatte ihr Kidnapper eine weitere Nachricht abgelegt. Mit zittrigen Fingern nahm sie das Stück Papier in die Hand und las:

Wer schrieb das Lied: Von Kopf bis Fuß auf Liebe eingestellt?

Darunter stand:

Enttäusche mich nicht ein weiteres Mal.

Erneut stiegen ihr Tränen in die Augen.

KAPITEL 33

Als ich das Café betrat, erblickte ich meine Freundin hinter dem Tresen. Sie hatte ein leicht gerötetes Gesicht und war gerade im Begriff, eine Torte anzuschneiden.

»Hallo, meine Liebe! Wie ich sehe, steckst du mitten in der Arbeit«, begrüßte ich sie mit einem Lächeln.

»Hallo, Anna! Heute ist der Teufel los!«, erwiderte sie und deutete zu einem Tisch, an dem acht Frauen saßen, aßen, tranken und sich fröhlich unterhielten.

»Ah, eine illustre Runde.«

»Die Damen kommen regelmäßig einmal im Monat her.«

»Das ist doch prima für dich.«

»Klar! Mittlerweile habe ich einige Stammgäste«, sagte Britta und bugsierte ein Stück Torte auf einen Teller.

»Meine Mutter ist scheinbar noch nicht da.« Ich ließ meinen Blick durch den Gastraum schweifen.

»Nein, bislang nicht.«

»Ich bin auch ein bisschen früher dran.«

»Das macht doch nichts. Such dir einen Tisch aus. Magst du etwas trinken?«

»Gerne einen Latte macchiato und ein paar von den leckeren Friesenkeksen dazu«, erwiderte ich und hielt Ausschau nach meinem Lieblingsplatz am Fenster, der jedoch besetzt war. Dort saß eine Frau und schaute immer wieder nach draußen, als erwarte sie jemanden.

»Die Kekse sind leider aus und die neuen noch im Ofen.

Aber der Kaffee kommt sofort. Wie wäre es stattdessen mit einem Stück Stachelbeerbaiser-Torte dazu? Oder einem warmen Apfel Crumble mit Vanilleeis?«

»Beim Apfel Crumble kann ich nicht widerstehen.«

»Dachte ich mir.« Sie lachte.

Ich nahm an einem Tisch an der Wand Platz, von dem ich die Eingangstür im Blick hatte. Ich vertrieb mir die Wartezeit, indem ich in einer Zeitschrift blätterte. In dem Café roch es herrlich nach frischem Kaffee und Gebäck. Prompt knurrte mein Magen. Der Raum war mit viel Liebe zum Detail gestaltet worden. Ich konnte mich noch gut daran erinnern, wie Britta wochenlang nach besonderen Einrichtungsgegenständen gesucht hatte. Dieses Café war ihr ganzer Stolz und eine wahre Herzensangelegenheit. Das konnte man regelrecht spüren. Nach wenigen Minuten betrat meine Mutter das Café. Als sie mich erblickte, kam sie zielstrebig auf mich zu.

»Hallo, mein Kind! Ich bin nicht eher losgekommen. Henriette hat angerufen und ewig lange erzählt.« Sie zog eine Grimasse und ließ sich mir gegenüber auf den Stuhl sinken.

»Es ist aber alles in Ordnung?«, erkundigte ich mich.

»Jaja, nichts von Belang. Du weißt doch, wie sie ist. Entweder regt sie sich über ihren Mann oder die Nachbarschaft auf, und wenn sonst nichts ist über das Wetter.« Sie machte eine wegwerfende Handbewegung. Dann griff sie nach der Speisekarte. »Du hast bestimmt schon bestellt?«

»Ja. Britta empfiehlt heute das lauwarme Apfel Crumble.«

»Das klingt gut. Aber die Stachelbeerbaiser-Torte sieht auch hervorragend aus. Die ist mir beim Reinkommen gleich ins Auge gefallen.«

Britta kam mit meiner Bestellung an den Tisch. »Moin, Maria«, begrüßte sie meine Mutter, während sie den Kaffee und das Crumble vor mir abstellte. »Was darf ich dir bringen?«

»Hallo, Britta! Ich habe mich für die Stachelbeerbaiser-Torte entschieden. Mit einem Milchkaffee.«

»Gute Wahl. Bringe ich dir gleich.«

»Mach dir bitte wegen mir keinen Stress«, betonte meine Mutter.

»Sobald meine Ablösung kommt, habe ich Zeit, und wir können über Christophers Einschulungsfeier sprechen. Meine Konditorin hat ein paar großartige Tortenvorschläge vorbereitet. Da ist sicher etwas dabei, was euch gefällt.«

»Oh, das klingt vielversprechend!«, erwiderte ich voller Vorfreude.

»Hallo? Ich würde gerne etwas bestellen!«, rief die Frau am Fensterplatz und winkte Britta zu. In der Zwischenzeit war ihr Begleiter eingetroffen.

»Entschuldigt, ich muss weitermachen!«

»Kein Problem, deine Gäste gehen vor!«

Nachdem wir unsere Tassen ausgetrunken und die Teller blitzblank gegessen hatten, warteten wir auf Britta.

»Du spinnst wohl!« Die Frau vom Fensterplatz war aufgesprungen, raffte ihre Habseligkeiten zusammen und verließ eilig das Café. Zuvor hatte sie sich mit ihrem Begleiter ein Wortgefecht geliefert, das im Verlauf an Lautstärke stetig zugenommen hatte.

»Klingt nach Ärger«, stellte ich fest und sah zu dem Mann hinüber.

Als sich unsere Blicke trafen, verzog er entschuldigend das Gesicht. Dann erhob er sich, zog einen Geldschein aus der Hosentasche, legte ihn auf den Tisch und verließ ebenfalls grußlos das Café.

»Kanntest du den Mann?«, erkundigte sich meine Mutter und beäugte mich erwartungsvoll.

»Nein. Wahrscheinlich ein Urlauber.«

»Vielleicht.«

Endlich erschien Britta, gefolgt von einer Frau, die eine Ringmappe in den Händen hielt.

»So, jetzt können wir endlich starten.«

»Kanntest du das Paar von eben?«, hakte meine Mutter neugierig bei Britta nach.

»Du meinst die beiden Streithähne? Nein, die habe ich noch nie gesehen. Ich hoffe, die kommen nicht so bald wieder. Und wenn, wäre ich dankbar, sie würden ihre Streitigkeiten beim nächsten Mal woanders austragen. Aber nun lasst uns zum eigentlichen Grund unseres Treffens kommen.«

KAPITEL 34

»Warum hast du es so eilig?« Alina keuchte und hatte Mühe, mit Lubo Schritt zu halten.

Er blieb stehen und drehte sich nach ihr um. »Sorry.« Ein mattes Lächeln erschien auf seinem Gesicht. »Komm!« Er ergriff ihre Hand.

»Was ist das für eine Überraschung?«, fragte sie, während sie neben ihm ging.

»Ich lade dich auf einen Cocktail am Strand ein. Quasi als Entschuldigung, dass ich dich neulich versetzt habe.«

»Aha. Warte mal! »Alina blieb abrupt vor einem weitläufigen Grundstück mit langer Zufahrt stehen. »Ein echter Traum! Findest du nicht auch? Solch ein Haus hätte ich auch gern.«

»Schon cool. Ich fürchte, allein vom Cellospielen wirst du dir das kaum leisten können. Dazu müsstest du verdammt gut sein«, erwiderte er, ohne sie anzusehen.

Sie entzog ihm augenblicklich ihre Hand. »Warum sagst du das?«

»Weil es leider die Wahrheit ist. Das darfst du nicht persönlich nehmen.«

»Wie soll ich das deiner Meinung denn sonst nehmen?« Ein verletzter Ausdruck lag auf ihrem Gesicht, und sie kämpfte gegen die aufsteigenden Tränen an.

»Neben Können gehört eben auch immer auch eine gehörige Portion Glück dazu. Sieh dir Leonie an. Sie hat Tausende Follower und verdient eine Menge Geld.«

»Ich bin aber nicht Leonie! Immer nur Leonie! Ich kann das nicht mehr hören!«, fuhr Alina ihn wütend an. »Seitdem ich fünf Jahre alt bin, spiele ich Cello. Jeden Tag übe ich mehrere Stunden, um immer besser zu werden. Leonie kann doch nichts, außer blöde Filmchen zu drehen und sich dauernd in den Vordergrund zu spielen. Ich finde ihre Bilder schrecklich.«

»Siehst du, das meine ich eben mit Glück«, versuchte er, sie zu besänftigen.

»Ach so. Nach dem Motto: Das Glück ist mit den Dummen.« Alina hatte sich mittlerweile in Rage geredet.

»Du weißt schon, wie ich das meine. Können wir dann weiter?« Lubo wirkte genervt.

Alina zögerte zunächst, dann folgte sie ihm. Nachdem sie eine Zeit lang schweigend nebeneinanderher gegangen waren, blieb Alina erneut stehen.

»Das mit Leonie habe ich nicht so gemeint. Ich hoffe, es geht ihr gut und sie taucht bald wieder auf.«

»Das hoffen wir alle.«

Sie nahmen auf der Terrasse eines Lokals an der berühmten *Whiskeymeile*, dem Strönwai, Platz. Alina warf einen kurzen Blick in die Karte und legte sie sogleich zur Seite.

»Ich finde, wir sollten besser gehen«, sagte sie im Flüsterton und sah sich zwischen den Gästen um.

»Warum? Ich fühle mich ganz wohl hier.« Mit einem zufriedenen Gesichtsausdruck rückte er seine Sonnenbrille zurecht.

»Hast du gesehen, was hier ein Mineralwasser kostet?«

»Und wenn schon.«

In diesem Augenblick trat eine Servicekraft an ihren Tisch. »Wisst ihr schon, was ihr möchtet?«

»Für mich bitte einen Gin Tonic«, orderte Lubo.

»Ich möchte nichts, danke«, lehnte Alina verlegen ab, als die Bedienung sie fragend ansah.

Ein Wagen der Luxusklasse nach dem nächsten fuhr den Strönwai entlang. Passanten schlenderten vorbei und warfen neugierige Blicke in die Auslagen der namhaften Geschäfte. Alina saß stocksteif auf ihrem Stuhl, während ihr Begleiter sich das Getränk schmecken ließ und jeden Augenblick zu genießen schien. Plötzlich stellte er das Glas ab und stand auf.

»Ich muss mal wohin«, raunte er ihr zu und verschwand im Inneren des Lokals.

Alina blieb sitzen und beobachtete die vorbeigehenden Menschen. Noch immer plagte sie das schlechte Gewissen über ihren emotionalen Ausbruch zuvor. Warum waren die Menschen bloß so fasziniert von Leonie? Lubo eingeschlossen. Am meisten ärgerte sich Alina über sich selbst. Sobald der Name Leonie fiel, fühlte sie sich klein und unbedeutend.

»Hey, Alina! Ganz allein?«

Erschrocken drehte Alina den Kopf und blickte in zwei dunkle Augen, die sie interessiert ansahen. »Hallo, Lennard! Nein, mein Bekannter kommt gleich wieder, aber setz dich doch.« Sie bot ihm einen Platz an.

»Wenn es euch nichts ausmacht.« Gern kam er ihrer Aufforderung nach und zog sich einen freien Stuhl heran.

»Wie geht es dir? Gibt es Neuigkeiten von Leonie?«, erkundigte sich Alina behutsam, nachdem Lennard sich einen Salat bestellt hatte.

»Bislang hat die Polizei noch keine heiße Spur. Dafür haben sie mich ordentlich in die Mangel genommen.«

»Glauben die etwa, du hast mit Leonies Entführung zu tun? Das macht doch keinen Sinn. Du bist ihr Freund.

Welchen Grund hättest du, ihr zu schaden?« Verständnislos sah sie ihn an.

»Tja, keine Ahnung, was die denken. Vielleicht gerade deshalb.« Er zuckte die Achseln und stocherte mit der Gabel lustlos in dem Salat herum, der zwischenzeitlich serviert worden war.

»Ich verstehe das alles nicht. Warum entführt jemand Leonie?«

»Wenn ich das wüsste!« Lennard stieß lautstark die Luft aus. »Sagtest du nicht, du wärst mit deinem Freund hier? Er kommt gar nicht zurück«, stellte Lennard nach einer Weile fest und schob den geleerten Teller in die Mitte des Tisches.

»Ich verstehe das auch nicht. Er wollte nur mal schnell für kleine Jungs. Wir sind nicht zusammen«, schob sie schnell hinterher und band sich den Pferdeschwanz strammer.

»Wenn du gleich nicht zu Fuß gehen magst, kann ich dich mitnehmen. Mein Auto steht da vorne auf dem Parkplatz.«

»Das ist nett, aber ich laufe am Strand entlang zum *Klappholtal.* Hat Lubo eben Pech, falls er doch noch zurückkommen sollte.« Sie griff nach ihrer Handtasche und wollte schon die Restaurantterrasse verlassen, als ihr die Bedienung nachrief: »Halt! Die Rechnung für den Gin Tonic ist noch offen!«

KAPITEL 35

»Das ist doch logisch! Wenn ihr mich fragt, kommt nur Friedrich Hollaender infrage«, verkündete Maurizio Ferrara schließlich.

»Da sind wir aber gespannt«, bemerkte Hubsy mit einem breiten Grinsen.

»Hier, seht ihr? Die Nummer 28.« Er tippte mit dem Zeigefinger auf die entsprechende Ziffer auf dem Plan.

»Die liegt auf der Westseite unweit des Restaurants *Sturmhaube*«, stellte Uwe mit Blick auf die Karte fest. »Aber wie kommst du darauf, dass es ausgerechnet diese Stele ist?«

»Hollaender war Komponist und hat das Lied *Von Kopf bis Fuß* geschrieben.« Als die Kollegen nicht gleich reagierten, ergänzte er: »Na, aus dem Film *Der blaue Engel.*«

»Ah, mit Marlene Dietrich. Das ist ewig her«, erinnerte sich Uwe. »Dass ihr jungen Leute das kennt, wundert mich jetzt aber schon.«

»Das war einer der Lieblingsfilme meiner Oma. Sonst hätte ich es auch nicht gewusst«, gestand Maurizio.

»Beruhigend zu hören«, brummte Hubsy, angelte sich ein Gummibärchen aus dem Bonbonglas auf dem Besprechungstisch und steckte es in den Mund.

»Das könnte tatsächlich passen. Melodie der Wellen lässt auf Musik schließen«, folgerte Nick. »Wenn man die Worte auf der Stele mit denen in unserem Rätsel vergleicht, finden sich auf einen Blick zwei Übereinstimmungen: *Sehnsucht* und *Glücklichsein.*«

»Na, worauf warten wir noch? Hubsy, du fährst mit mir. Nick und Maurizio, ihr nehmt den Streifenwagen«, gab Uwe das Zeichen zum Aufbruch.

»Alles in Ordnung mit dir? Du wirkst die letzten Tage niedergeschlagen«, fragte Uwe die junge Kollegin, während sie in Richtung Kampen fuhren.

»Ich werde Sylt verlassen. Ich habe mich bereits um eine Stelle auf dem Festland beworben. Reimers weiß auch Bescheid.«

»Was?« Uwe hätte beinahe das Lenkrad verrissen. »Aber warum? Fühlst du dich nicht wohl auf Sylt? Oder hat es etwas mit mir zu tun? Ich meine, wegen der Sache mit der Vaterschaft.«

»Nein, ich lebe und arbeite gern auf der Insel. Es fällt mir nicht leicht zu gehen, schon wegen euch allen. Der Grund ist, ich muss aus meiner Wohnung raus. Angeblich wegen Eigenbedarf.« Sie verzog gequält den Mund.

»Das ist Mist.« Uwe überlegte. »Du könntest für eine Weile bei uns wohnen, bis du eine neue Bleibe gefunden hast. Wir haben ein schönes Gästezimmer mit eigenem Bad im Obergeschoss. Tina hätte sicher auch nichts dagegen. Sie mag dich.«

»Danke, Uwe, ich weiß dein Angebot wirklich zu schätzen, aber du weißt selbst, dass es beinahe unmöglich ist, eine bezahlbare Wohnung auf Sylt zu finden. Und auf die Schnelle schon gar nicht. Ich will euch auf keinen Fall monatelang auf der Pelle hocken.« Sie schenkte ihm ein zaghaftes Lächeln.

»Das tust du nicht. Denk in Ruhe darüber nach.«

»Okay, das werde ich machen.«

Uwe parkte seinen Wagen neben einem Streifenwagen. Nick und Maurizio waren bereits ausgestiegen und warteten auf sie.

»Wir dachten schon, ihr habt euch verfahren«, frotzelte Maurizio und zwinkerte Hubsy zu.

»Haha«, gab sie gelangweilt zurück.

Die vier Polizisten überquerten den großen Parkplatz und gingen geradewegs zu der hölzernen Aussichtsplattform, auf der sich die Bronzetafel Nummer 28 befand. Von dort genoss man einen fantastischen Blick auf den darunterliegenden Strand und die Nordsee. Weiß-blaue Strandkörbe leuchteten in der Sonne und versprühten ein wahres Gefühl von Sommer und Urlaub. Das Meer schillerte in Blau- und Grüntönen, weiße Schaumkronen setzten hier und da Akzente. Das Kampener Kliff fiel steil nach unten ab. Die Sonnenstrahlen ließen seine rote Farbe noch intensiver leuchten. Für die Schönheit der Natur hatten die Beamten momentan jedoch keinen Blick. Sie konzentrierten sich einzig auf die Suche nach dem nächsten Hinweis.

»Da ist die Tafel!« Hubsy fuhr mit den Fingern über die Schrift, die reliefartig hervortrat. *»Eine kleine Sehnsucht braucht jeder zum Glücklichsein«*, las sie das Zitat vor und wirkte nachdenklich. »Ein schöner Spruch.«

»Die Platte ist noch nicht so stark verwittert wie manch andere ihrer Art«, stellte Maurizio beim Betrachten der Tafel fest.

»Sie wurde erst im Sommer 2022 aufgestellt. Das raue Nordseeklima konnte ihr bislang nicht viel zusetzen. Warte ein paar Jahre, dann sieht sie anders aus«, erwiderte Nick und zeigte auf die Fußzeile der Tafel, in der das Aufstellungsdatum vermerkt war.

»Hollaender war in den 1920er-Jahren Stammgast in Kampen. Habt ihr das gewusst?«

»Oh, Maurizio, lesen können wir selbst,«, konterte Hubsy genervt.

»Das ist noch lange kein Grund, gleich so gereizt zu reagieren!«

»Schluss jetzt ihr beiden! Wir sind nicht zu einem kulturellen Wettstreit hier. Haltet lieber die Augen nach einem möglichen Hinweis offen«, sprach Uwe ein Machtwort, worauf die beiden jungen Kollegen augenblicklich damit begannen, die Gegend abzusuchen. »Ehrlich gesagt, weiß ich nicht, wonach wir eigentlich suchen«, gestand Uwe nach einer Weile an Nick gewandt. »Hast du etwas gefunden?«

»Bislang nicht.«

»Meinst du, jemand erlaubt sich einen Scherz mit uns?«

»Nein, das glaube ich nicht. Hier muss irgendwo etwas sein.«

Plötzlich zischte etwas wie aus heiterem Himmel dicht an Uwes Kopf vorbei. Erschrocken wich er aus. »Was war das denn?« Dann erblickte er ein kleines Modellflugzeug, das in einiger Entfernung von ihm in der Heide gelandet war. Wutentbrannt stapfte er los und nahm es an sich. Er nahm es in die Hand und hielt es von sich weg, als handle es sich um eine gefährliche Waffe.

»He! Finger weg! Das gehört mir!« Ein hochgewachsener Mann kam auf ihn zugelaufen.

»Ach ja?« Uwe hatte Mühe, seine Wut in Zaum zu halten. »Sie wissen schon, dass das Fliegenlassen von Modellflugzeugen hier verboten ist? Da stehen extra Hinweisschilder.«

»Das ist doch bloß ein Spielzeug«, erwiderte der Mann mit einem breiten Grinsen.

»Ziemlich gefährliches Spielzeug. Mit dem Ding können Sie jemanden ernsthaft verletzen. Sie wissen außerdem schon, dass Sie für den Betrieb von dieser Art Modellflugzeug eine spezielle Versicherung benötigen?« Uwe deutete auf das Flugobjekt in seinen Händen.

Der Mann gab einen genervten Seufzer von sich. »Nun reg dich mal nicht so auf, Dicker!«

»Wie bitte?« Uwe traute seinen Ohren nicht.

»Ich sehe schon, Sie gehen zum Lachen in den Keller.«

»Das kostet Sie zusätzlich noch eine Anzeige wegen Beamtenbeleidigung.«

»Gehören Sie etwa zu denen da?« Der Mann deutete zu Maurizio und Hubsy, die in ihren Uniformen deutlich als Polizisten zu erkennen waren.

»Allerdings.«

Der Mann schluckte und wurde schlagartig rot. »Das war nicht so gemeint«, stotterte er. »Ich dachte bloß …«

»Dann denken Sie das nächste Mal erst zu Ende, bevor Sie handeln.« Missmutig drückte Uwe ihm das Flugzeug in die Hand. »Ich will Sie nicht noch einmal mit dem Ding hier sehen.« Dann marschierte er zurück zu den Kollegen.

»Ärger?«, fragte Nick.

»Ach, bloß so ein Typ, der meint, die Schilder wären nur zum Spaß angebracht. Wenn dich so ein Teil am Kopf trifft, dann gute Nacht. Aber lassen wir das jetzt. Wir sind schließlich aus einem anderen Grund hier«, brummte Uwe und winkte ab. »Habt ihr schon etwas gefunden?«, erkundigte er sich.

»Nick?« Hubsy war näher an ihn herangetreten. »Sieh mal unauffällig über meine Schulter in Richtung Parkplatz. Da steht so ein Typ, der uns schon eine Weile beobachtet.«

»Ich sehe ihn. Er kommt näher. Wir tun zunächst, als hätten wir ihn nicht bemerkt.«

»Okay.«

»Suchen Sie etwas?«, fragte der Mann im Näherkommen. Er trug Jeans, Sneaker und einen schwarzen Hoodie.

»Haben Sie etwas gefunden?«, stellte Nick die Gegenfrage und musterte den Mann eingehend.

»Nein, wieso sollte ich?«

»Dann gehen Sie bitte weiter. Vielen Dank!«

Der Mann trat noch einen Moment unschlüssig auf der Stelle, befolgte dann Nicks Aufforderung und schlenderte den Holzpfad weiter in nördliche Richtung.

»Ich könnte schwören, ich habe ihn schon mal irgendwo gesehen.« Hubsy blickte ihm nach.

»Hey! Ich glaube, ich habe was gefunden!« Maurizios Stimme klang aufgeregt.

Ungläubig starrten sie auf den orangefarbenen Beutel, den der Kollege in der behandschuhten Hand hielt.

»Du weißt, was das ist?«, fragte Nick mit einem Schmunzeln in der Stimme.

Hubsy stand neben ihm und kicherte. Das war das erste Mal an diesem Tag, dass man sie lachen sah.

»Oh Mann, Maurizio! In den Dingern entsorgen Hundebesitzer die Hinterlassenschaften ihrer Vierbeiner.« Sie wischte sich eine Lachträne aus dem Gesicht.

»Natürlich weiß ich, wozu die sind, ich bin ja nicht blöd. In diesem Fall wurde sie zweckentfremdet. Ihr könnt euch gern selbst überzeugen.« Er hielt ihnen die geöffnete Tüte hin, sodass sie einen Blick hineinwerfen konnten. In dem Plastiktütchen befand sich eine lange Haarsträhne.

»Ist das Menschenhaar?«, fragte Hubsy.

»Vom Kaninchen ist es wohl kaum«, konterte Maurizio.

»Könnt ihr mal aufhören mit dem Kinderkram!«, platzte Uwe der Kragen. »Wir werden sowohl die Tüte als auch die Haarsträhne umgehend untersuchen lassen. Ich gehe jede Wette ein, dass es sich hierbei um Leonies Haare handelt.« Er verstaute die Tüte samt Inhalt in einem Asservatenbeutel. »So, wenn ihr alles abgesperrt habt, kann sich die Spurensicherung um den Rest kümmern. Vielleicht finden sie noch etwas, was uns auf die Fährte des Entführers bringt.«

»Scheint heute dein Tag zu sein, Maurizio. Du bist eine echte Spürnase«, bemerkte Nick später auf dem Rückweg zum Auto und klopfte dem jungen Kollegen auf die Schulter.

»Vielleicht solltest du dich bei der Hundestaffel bewerben«, witzelte Hubsy.

»Geht das schon wieder los«, brummte Uwe.

»Haha, sehr lustig«, konterte Maurizio leicht gekränkt.

»Nun komm schon, ein bisschen Spaß darf sein.« Die Kollegin boxte den Kollegen kumpelhaft gegen dessen Oberarm.

KAPITEL 36

Bevor ich an diesem Morgen in die Firma aufbrach, machte ich einen Abstecher zu unseren Nachbarn Ava und Carsten Carstensen. In den letzten Wochen hatte ich mich kaum bei ihnen gemeldet, geschweige denn blicken lassen, daher quälte mich ein schlechtes Gewissen. Kaum hatte ich den Klingelknopf betätigt, waren aus dem Inneren des Hauses Schritte zu hören. Die Haustür wurde geöffnet, und ich stand einem jungen Mann gegenüber.

»Morgen«, sagte er mit einem strahlenden Lächeln. »Sie wollen sicher zu Ava und Carsten. Ich bin Manuel«, fügte er erklärend hinzu, als er in mein verdutztes Gesicht blickte.

»Ja, hallo. Ich bin Anna Scarren«, stammelte ich und folgte ihm in das Hausinnere.

»Anna, meine Liebe!« Ava kam mir entgegen und schloss mich in ihre Arme. »Wie schön, dich zu sehen. Setz dich doch bitte! Ich sage gleich Carsten Bescheid, dass du da bist. Er ist im Garten.«

»Ich hoffe, ich störe nicht. Wir haben uns lange nicht gesehen, da dachte ich, ich komme kurz vorbei. Ich habe euch etwas mitgebracht.«

»Johannisbeeren! Wunderbar!« Sie nahm mir die kleine Schale ab.

»Wie ich sehe, hat sich einiges verändert«, stellte ich fest, während wir auf die Terrasse gingen.

»Du meinst bestimmt Manuel.« Ava sah mich aus amüsiert blitzenden Augen an.

»Zum Beispiel. Den hattest du mir bislang vorenthalten.«

»Manuel ist erst seit einer Woche bei uns. Er ist unsere neue Haushaltshilfe, nachdem Irina uns Hals über Kopf verlassen musste. Schreckliche Geschichte!« Sie schüttelte betroffen den Kopf und winkte ab. »Mit Manuel sind wir sehr zufrieden. Hoffentlich bleibt er länger.«

Carsten hatte mich erblickt und kam auf uns zu. »Anna, mi Dirn!« Auch er begrüßte mich auf herzlichste Weise.

»Wie ich sehe, klappt das Laufen mittlerweile ohne große Schwierigkeiten«, stellte ich erfreut fest.

»Vielleicht nicht mehr so geschmeidig wie früher, aber wat mut dat mut. So eine neue Hüfte funktioniert besser, als man denkt.«

»Das freut mich, dass es dir besser geht.«

»Du trinkst doch einen Tee mit uns?«, wollte Ava wissen.

»Das würde ich liebend gern machen, aber ich muss leider weiter. Die Arbeit ruft.«

»Schade.«

»Beim nächsten Mal, versprochen«, versuchte ich, ihre Enttäuschung abzumildern.

»Wie geht es denn deinen beiden Männern?«, erkundigte sich Carsten.

»Gut. Christopher hat heute bei meinen Eltern übernachtet, und Nick arbeitet an einem neuen Fall.«

»Ihr drei müsst uns unbedingt bald besuchen kommen.«

»Wir versuchen es, aber momentan haben wir viel um die Ohren. Ich habe das Gefühl, seit wir aus Kanada zurück sind, gab es kaum eine ruhige Minute. Christophers Einschulung muss geplant werden, im Büro ist viel Arbeit liegen geblieben, aber warum erzähle ich das? Es ist eben, wie es ist. Jedenfalls können wir über Langeweile derzeit nicht klagen.«

»Meldet euch, wenn ihr Hilfe braucht«, bot Ava an, während sie mich zum Ausgang begleitete.

»Danke, das ist lieb.«

Als ich das Büro betrat, wäre ich um Haaresbreite mit Piet zusammengestoßen.

»Hoppla, sind sie hinter dir her?«

»Moin, Anna! Das nicht gerade, aber ich muss dringend zu einer Baustelle. Allem Anschein nach wurden die falschen Steine geliefert. Ich werde mir das mal ansehen.«

»Okay. Muss ich sonst irgendetwas wissen, was diesen Morgen von Bedeutung ist?«, fragte ich.

»Hm, lass mich kurz überlegen. Eine Anfrage ist gerade vorhin eingegangen, ich habe sie dir auf den Schreibtisch gelegt. Ach ja, da hat jemand von einer Gartenmöbelfirma angerufen. Die wollten nur mit dir sprechen.« Er zog amüsiert eine Augenbraue hoch. »Ich habe gesagt, du meldest dich. Sonst war nichts.«

»Oh nö, bitte nicht die schon wieder. Ich habe dem Typen schon hundertmal gesagt, dass wir an dieser Art Möbel nicht interessiert sind. Ich sage nur ›Alpencharme‹«, fügte ich erklärend hinzu.

»Vielleicht sollten wir Trendsetter werden. Strandkörbe mit Edelweiß, wie wär's?«, schlug Piet grinsend vor.

»Ich kann mir nichts Schöneres vorstellen.«

Er lachte. »Dachte ich mir. Na, dann bis später. Da fällt mir ein: Falls du jemanden weißt, der eine Wohnung sucht, gib mir Bescheid.«

»Wieso?«, fragte ich.

Ohne meine Frage zu beantworten, marschierte er fröhlich pfeifend zu seinem Wagen und fuhr davon.

Ich setzte mich an meinen Schreibtisch und kümmerte mich um die Post. Nora hatte aus familiären Gründen ein paar Tage Urlaub, daher teilten Piet und ich uns diese Aufgabe vorübergehend. Während ich damit beschäftigt war, die Rechnungen von der übrigen Post zu trennen, klingelte mein Handy.

»Hallo, Falk? Was kann ich für Sie tun?«

»Guten Morgen, Anna! Ich wollte fragen, ob es bei heute Abend bleibt?« Als ich nicht sofort reagierte, fügte er hinzu: »Das Klavierkonzert. Ihre Mutter wollte ebenfalls mitkommen.«

»Ach, natürlich. Ja, es bleibt bei heute Abend«, versicherte ich. Dabei fiel mir ein, dass ich vergessen hatte, Nick davon zu erzählen.

»Das freut mich. Im Übrigen würde ich Ihnen gerne mitteilen, dass ich Ihr Angebot annehmen möchte.«

»Angebot?«

»Für die Gartengestaltung.«

»Entschuldigen Sie bitte, ich war gerade abgelenkt«, versuchte ich, meinen Fauxpas zu überspielen. »Das freut mich sehr, dann würde ich den Vertrag fertigmachen.«

»Gern. Ich fahre gerade aus Keitum weg und könnte in zehn Minuten bei Ihnen sein und unterschreiben. Oder ist das ein Problem?«

»Nein, nein. Ich kann den Vertrag jederzeit ausdrucken.«

»Gut, dann bis gleich.«

KAPITEL 37

»Mehr nicht?«, fragte Reimers, als Nick und Uwe ihm von dem Fund in Kampen berichteten.

»Nein, nichts weiter. Keinen direkten Hinweis auf Leonies Aufenthaltsort, keine Lösegeldforderung, nichts«, bestätigte Uwe nüchtern. »Seien Sie froh, dass es nur eine Haarsträhne ist und kein Finger oder Ähnliches.«

»Verdammt!«, entfuhr es Reimers. Seine Kieferknochen mahlten. »Das war der zweite Hinweis, und Sie sind kein Stück weiter. Was soll denn das?« Verärgert schlug er mit der rechten Faust gegen die linke Handfläche.

»Das wüssten wir auch gerne, das können Sie uns glauben.«

»Sind Sie sicher, dass die Haare überhaupt von Leonie stammen?« Reimers nestelte nervös an seiner Krawatte.

»Das können wir derzeit nicht mit Sicherheit sagen, aber wir gehen davon aus. Der DNA-Abgleich läuft gerade.«

»Was soll ich bloß Leonies Mutter sagen?« Reimers wirkte ratlos. »Geben Sie mir auf jeden Fall Bescheid, sobald ein Ergebnis vorliegt.« Er verließ das Zimmer ohne ein weiteres Wort.

»Wie immer«, murmelte Uwe, nachdem die Tür zugefallen war.

»Reimers hat recht. Wir sind bislang keinen einzigen Schritt vorangekommen. Warum zum Teufel gibt es keine Lösegeldforderung? Was bezwecken der oder die Entführer mit dem Quiz?«, gab Nick zu. »Ich habe zunehmend das Gefühl, dass jemand mit uns spielt.«

»Denkst du, es handelt sich erneut um eine Inszenierung?«, zog Uwe in Erwägung.

»Ich weiß langsam nicht mehr, was ich denken soll.« Nick atmete lautstark aus. »Ich brauche jetzt dringend einen Kaffee. Willst du auch einen?«

»Nee, danke, sonst bekomme ich heute Nacht kein Auge zu. Angenommen, du hast recht und Leonie hat sich das alles ausgedacht. Da stellt sich mir die Frage nach dem Sinn. Nein, das glaube ich nicht. Dafür sind die Rätsel viel zu …« Er suchte nach einer treffenden Formulierung.

»Intellektuell? Gebildet?«

»In diese Richtung, ja.«

Ihr Gespräch wurde durch das Klingeln des Telefons unterbrochen. Uwe griff nach dem Hörer. Nachdem das Telefonat beendet war, sagte er: »Die Kollegen der Kriminaltechnik haben bestätigt, dass es sich bei der Haarsträhne um Leonies Haare handelt. An der Tüte selbst befanden sich keine brauchbaren Spuren. Offenbar hat der Entführer Handschuhe getragen. Wir wissen lediglich, dass der Kotbeutel aus einem der Spender in Kampen stammt. Mir war gar nicht bewusst, dass es regionale Unterschiede gibt.«

»Doch, die in List beispielsweise sehen anders aus als die in Kampen.«

»Was es alles gibt«, murmelte Uwe vor sich hin.

In diesem Moment kam Hubsy in Begleitung ihres Kollegen Maurizio herein.

»Hallo! Gibt es Neuigkeiten?«, fragte sie.

»Die DNA der Haare stimmt mit der von Leonie überein«, bestätigte Nick.

»Keine sonderlich große Überraschung, oder?« Sie verzog gequält das Gesicht.

»Lasst uns mal zusammenfassen. Leonie wurde zuletzt an dem Treffen der Stiftung gesehen. Danach verliert sich ihre Spur. Bislang sind in kurzen Abständen zwei Hinweise in Form von Versen eingegangen, jeweils direkt an die Stiftung gerichtet. Sie wurden nicht mit der Post verschickt, sondern eingeworfen. Folglich können wir davon ausgehen, dass der Absender sich auf der Insel befindet. Richtig?« Die Anwesenden nickten einvernehmlich. »Einmal wurde ein Handy gefunden und jetzt diese Haarsträhne. Beides ist eindeutig Leonie Mahnke zuzuordnen.«

»Zudem haben wir alle Personen befragt, mit denen sie zuletzt Kontakt hatte, inklusive ihrem Freund, Lennard Schacht«, ergänzte Uwe. »Niemand will etwas Ungewöhnliches bemerkt haben. Es gab weder einen Streit noch eine ähnliche Auseinandersetzung. Sie ist einfach verschwunden. Von einer herkömmlichen Entführung ist meiner Meinung nach nicht auszugehen, dazu fehlt schlichtweg die Lösegeldforderung. Stellt sich also die Frage, was der Kidnapper mit den Ratespielchen bezweckt?«

»Vielleicht haben wir es mit einem psychisch gestörten Täter zu tun? Jemandem, der Aufmerksamkeit möchte oder unter einer narzisstischen Persönlichkeitsstörung leidet«, warf Maurizio ein. »Hat Leonies Mutter nicht erzählt, sie wäre von einem Stalker belästigt worden?«

»Da sagst du was. Ist die Akte mittlerweile da, um die wir gebeten haben? So lange kann das doch nicht dauern«, wollte Uwe wissen.

»Ich kann mich darum kümmern«, bot Hubsy an.

»Ja, mach das.«

»Auch wenn Reimers den Schritt unbedingt vermeiden möchte, bin ich der Ansicht, dass wir an die Öffentlichkeit gehen sollten. Vielleicht wurde Leonie gesehen oder jemand hat etwas beobachtet.«

»Nick hat recht. Und ganz ehrlich: So groß ist ihr Bekanntheitsgrad nun auch wieder nicht, dass gleich alle Welt durchdreht.« Hubsy rollte die Augen mit ausladender Geste.

»Guter Vorschlag. Ich werde mit Reimers sprechen.« Uwe erhob sich von seinem Platz und blickte zur Uhr. »Aber bevor ich mich in die Höhle des Löwen wage, brauche ich etwas zwischen die Kiemen. Wer von euch kommt mit?«

KAPITEL 38

»Kann ich fernsehen, Mum?«, fragte Christopher.

»Meinetwegen, aber nur solange bis Papa kommt, dann wird gegessen.«

»Okay.«

Zehn Minuten später kam Nick nach Hause und wurde gleich an der Tür stürmisch von den Hunden begrüßt.

»Hallo, Sweety!« Er gab mir einen Kuss zur Begrüßung.

»Wie war's heute bei dir? Seid ihr im Fall Leonie weitergekommen?«, fragte ich, während ich den Abendbrottisch deckte.

»Nicht besonders weit. Wir haben zwar den zweiten Hinweis geknackt, aber trotz allem wissen wir nach wie vor nicht, wo sie steckt«, erwiderte er und rieb sich den Nacken.

»Wo und was war es diesmal?«, wollte ich wissen und folgte anschließend aufmerksam seinen Ausführungen.

»Uwe konnte Reimers letztlich überzeugen, an die Öffentlichkeit zu gehen. Gleich für morgen früh ist eine Pressekonferenz angesetzt.«

»Na, das wird für einiges Aufsehen sorgen. Andererseits führt der eine oder andere Hinweis aus der Bevölkerung vielleicht sogar auf die richtige Spur. Ich finde es merkwürdig, dass der Entführer keine Gegenleistung für die Freilassung seiner Geisel verlangt. Das ist doch untypisch für ein Kidnapping. Oder?«

»Genau dieselbe Frage stellen wir uns auch.« Nick nahm zwei Gläser aus dem Schrank und stellte sie auf den Tisch.

»Glaubst du, die Sache könnte womöglich eskalieren? Immerhin hat er ihr eine Haarsträhne abgeschnitten.«

»Mal den Teufel nicht an die Wand. Aber du hast recht, wir wissen nicht, wie der tickt. Daher ist es schwer einzuschätzen, wie weit er gehen würde.«

»Was ist denn mit ihrem Freund? Er muss doch wissen, wo sie abgeblieben ist.«

»Er hat ausgesagt, dass er die Veranstaltung frühzeitig verlassen hat. Angeblich fühlte er sich an dem Abend nicht gut. Am nächsten Morgen hat er festgestellt, dass Leonie nicht zurück ins Hotel gekommen ist.«

»Gibt es Zeugen dafür?«

»Ja, einige Gäste haben das bestätigt. So auch ein Mitarbeiter des Hotels.«

»Klingt für mich eher nach einem schwachen Alibi«, sagte ich, worauf Nick die Schultern zuckte.

»Hey, Dad!« Christopher tauchte plötzlich in der Küche auf.

»Na, mein Großer? Alles okay?« Nick wuschelte ihm über den Kopf.

»Ist der Fernseher kaputt? Du kommst doch sonst nicht freiwillig da weg?«, fragte ich.

»Nee, der Film ist zu Ende«, gab er zurück. »Außerdem kannte ich den schon.«

»Heute Abend sind wir zwei allein, wenn Mum ins Konzert geht.«

»Oh Gott!« Mein Blick fiel auf die Küchenuhr. »Ich muss mich sputen, sonst komme ich am Ende zu spät. Abendessen schafft ihr ohne mich?«

»Logisch!«, waren sich meine beiden Männer einig.

»Können wir Pizza bestellen?« Christopher sah seinen Vater flehend an. Dieser zögerte für einen kurzen Augenblick, willigte dann jedoch ein. »Na gut. Aber keine Cola. Okay?«

»Viel Spaß, Anna!« Nick drückte mir einen Kuss auf die Wange und flüsterte mir ins Ohr: »Du siehst rattenscharf aus. Dass dieser Bergedorf schön die Finger von dir lässt.«

»Eifersüchtig?«, neckte ich ihn.

»Nur wachsam.«

Ich musste lachen.

Meine Mutter erwartete mich bereits und winkte mir zu, als sie meinen Wagen erkannte.

»Da bist du ja endlich. Ich hatte schon befürchtet, du hast es vergessen«, wurde ich von ihr begrüßt, als sie neben mir auf der Beifahrerseite einstieg.

»Hallo, Mama! Ich freue mich auch, dich zu sehen.«

»Ach, du weißt, wie ich das meine. Es wäre mir außerordentlich peinlich, wenn wir ausgerechnet heute zu spät kommen würden.« Dann musterte sie mich. »Das Kleid hast du schon länger, nicht wahr?«

»Ja, schon. Ist irgendetwas nicht in Ordnung damit?«

»Nein, alles gut.«

Ich beschloss, das Thema nicht weiter zu vertiefen.

»Ich kann Herrn von Bergedorf nirgends sehen.« Meine Mutter blickte sich suchend in der Menschenmenge um, die sich vor dem Eingang versammelt hatte.

»Er kommt bestimmt jeden Augenblick.«

»Das hoffe ich. Ansonsten kommen wir nicht rein, oder hast du die Karten?«

»Nein. Wie gesagt, er müsste jede Minute eintreffen. Außerdem beginnt das Konzert erst in 20 Minuten. Uns bleibt also noch genügend Zeit«, versuchte ich, sie zu beruhigen.

Plötzlich gesellte sich ein Mann zu uns, den ich neulich bei Falk von Bergedorf getroffen hatte: Axel Windling.

»Guten Abend, die Damen!« Er reichte uns nacheinander die Hand. »Ich soll Ihnen von Falk ausrichten, er verspätet sich etwas.«

»Ihm ist doch nichts zugestoßen?«, fragte meine Mutter mit besorgter Miene.

»Nein, er wurde bloß aufgehalten. Ein geschäftlicher Termin.« Er setzte ein Lächeln auf und reichte uns die Eintrittskarten.

»Wieso vereinbart man einen Geschäftstermin, wenn man Konzertkarten hat? Ein bisschen seltsam ist das schon, oder?«, raunte meine Mutter mir zu, nachdem wir auf unseren Plätzen saßen.

»Ach, Mama! Vielleicht hat der Termin einfach länger gedauert. Ich kann nichts Seltsames daran finden.«

Das Licht wurde gelöscht. Einzig der schwarze Flügel glänzte im Licht eines Scheinwerfers und zog die erwartungsvollen Blicke auf sich. Axel Windling saß zwei Plätze von mir entfernt. Ich konnte erkennen, dass er sein Smartphone aus der Tasche zog. Für den Bruchteil einer Sekunde wurde sein Gesicht von dem hellen Display beleuchtet. Dann steckte er das Telefon zurück in die Tasche seines Jacketts.

In der Pause entdeckte ich Falk von Bergedorf. Er kam schnurstracks auf uns zu und reichte jedem von uns ein Glas Sekt.

»Es tut mir unendlich leid, dass ich aufgehalten wurde. Ich hoffe, Sie konnten den ersten Teil genießen?«, entschuldigte er sich.

»Die Musik ist einfach wunderbar! Ich liebe Chopin«, schwärmte meine Mutter.

»Das freut mich zu hören, Gnädigste. Dann habe ich nicht zu viel versprochen.« Er prostete uns zu.

»Ganz im Gegenteil. Die junge Frau ist ein wahres Ausnahmetalent«, flötete meine Mutter. Ein Gong läutete das Ende der Pause ein.

»Ich glaube, wir sollten langsam zu unseren Plätzen zurückkehren«, schlug ich vor. Ich hakte mich bei meiner Mutter unter und zog sie sanft, aber bestimmt mit mir.

Die Rückkehr der Pianistin wurde mit tosendem Applaus und vereinzelten Beifallsrufen aus dem Publikum gefeiert. Falk hatte auf dem freien Stuhl neben mir Platz genommen. Während wir der Musik lauschten, schielte ich hin und wieder in seine Richtung. Seine Hände ruhten auf den Oberschenkeln, die Finger bewegten sich im Takt. Die Augen hielt er andächtig geschlossen. Und trotzdem ließ mich das seltsame Gefühl nicht los, er sei mit seinen Gedanken ganz woanders.

KAPITEL 39

Die aufgehende Sonne tauchte die Insel in ein zartviolettes Licht. Ein kräftiger Westwind wehte vom Meer her über den Strand und die Dünen. Es war kurz nach 6 Uhr, als Ben sein Fahrrad in der Nähe des Strandübergangs Brandenburger Strand anschloss und anschließend losmarschierte. Das Kontrollhäuschen, an dem jeder Passant seine Gästekarte vorzeigen musste, um an den Strand zu gelangen, war noch unbesetzt. Außer einigen Radfahrern auf dem Weg zur Arbeit oder Fußgängern, die ihre Hunde ausführten, begegnete Ben niemandem. Als er sich der Surfschule näherte, war sein Freund Finn damit beschäftigt, das Material für ihre frühmorgendliche Kitesurf-Runde zusammenzustellen. Zu dieser Zeit hatten sie den Strand beinahe ganz für sich allein.

»Moin, Ben! Optimale Bedingungen, würde ich sagen.« Finn deutete auf die Nordseewellen, die angerauscht kamen und sich mit lautem Krachen auf den Strand warfen. Gischt spritzte auf.

»Besser geht nicht! Kommt Tobi noch?«

»Nee, der muss seinen Eltern im Bistro helfen.«

»So ist das, wenn man auf einer Ferieninsel lebt. Viel Zeit habe ich leider heute auch nicht. Ich habe meinem Vater versprochen, nachher im Hotel mit anzupacken. Du weißt ja, Fachkräftemangel.« Er verzog den Mund.

»Ich weiß auch nicht, wo die alle geblieben sind.« Finn zuckte die Achseln. »Aber jetzt ab aufs Wasser!«

Die beiden Jugendlichen packten ihre Bretter und stapften durch den noch kühlen Sand in Richtung Wasserkante. Als sie an einem der Strandkörbe vorbeikamen, stoppte Ben. Zwei Füße ragten heraus in den Sand.

»Was ist?«, erkundigte sich sein Freund und kam neugierig näher.

»Ich glaube, da sitzt jemand.«

»Um diese Zeit? Kann ich mir nicht vorstellen, und übernachten am Strand ist untersagt.«

Die beiden gingen ein Stück näher an den Korb heran und umrundeten ihn.

»Scheiße! Ist die tot?« Finn stieß lautstark die Luft aus und machte ein Schritt auf die Gestalt zu, als Ben ihn am Arm zurückhielt.

»Nichts anfassen! Sonst vernichtest du womöglich irgendwelche Spuren. Ich rufe die Polizei.«

KAPITEL 40

»Na, Langschläferin?«, wurde ich von Nick begrüßt, als ich leicht verschlafen in die Küche geschlurft kam.

»Morgen, Nick.« Ich beugte mich von hinten über ihn und schlang meine Arme um seinen Hals. »Oh, du hast schon Tee für mich gekocht.«

»Ich dachte, ich wecke dich nicht und gönne dir noch ein paar Minuten. Du hast so schön geschlafen.«

»Ich wäre gerne noch länger liegen geblieben, aber das geht leider nicht.« Mein Blick wanderte zu der Uhr über der Tür. »Spätestens in einer halben Stunde muss Christopher aufstehen, sonst verpasst er den Ausflug.«

»Ausflug?«

»Jonas' Familie macht heute einen Ausflug nach Helgoland.«

»Stimmt, ich hatte ganz vergessen, dass das schon heute ist. Sollte da nicht Besuch mit von der Partie sein?«

»Genau, die beiden kleinen Cousinen von Jonas. Deshalb wollte er unbedingt, dass Christopher auch mitkommt. Sozusagen als Verstärkung.«

»Das kann ich gut verstehen.« Nick lachte.

»Haben sich deine Eltern gemeldet?

»Ja, Mum hat gestern angerufen, als du schon weg warst. Dad geht es besser. Er hat offensichtlich Glück gehabt und soll sich in nächster Zeit schonen. Jill weiß inzwischen Bescheid. Laut meiner Mutter soll sie für ihre Verhältnisse relativ entspannt reagiert haben.« Nick malte bei dem Wort entspannt imaginäre Anführungszeichen in die Luft.

»Dann tut ihr der Urlaub mit Frank scheinbar richtig gut. Die beiden kommen bald zurück. Meine Güte, wie die Zeit rast. Christophers Einschulung rückt auch immer näher.« Intuitiv fasste ich nach seiner Hand und drückte sie fest.

»Ja, er ist ein richtig großer Junge geworden.« Nick legte eine nachdenkliche Pause ein. »Du hast noch gar nicht erzählt, wie dir das Konzert gestern gefallen hat. Ich habe so fest geschlafen, dass ich dich nicht gehört habe, als du nach Hause gekommen bist.« Nick schenkte mir Tee ein.

»Ich war auch besonders leise. Das Konzert war genial. Die Pianistin ist einsame Spitze! Ihre Finger sind nur so über die Tastatur geflogen. Großartig! Das Publikum war begeistert und hat eine Zugabe nach der nächsten gefordert.«

»Du klingst noch immer begeistert. War von Bergedorf auch da?«

»Ja, aber er kam erst in der Pause.«

Nick schenkte mir einen fragenden Blick. »Warum?«

»Er hatte einen Termin, der länger als geplant gedauert hat«, erklärte ich und kratzte den letzten Rest Müsli aus der Schale.

»Wart ihr anschließend noch gemeinsam weg?«

Ich kam nicht dazu, Nicks Frage zu beantworten, denn im gleichen Moment klingelte sein Handy. »Ja? – Wo? – Ich komme. Fasst bitte nichts an und wartet auf uns.«

»Ist etwas passiert?«

»Das war Ben Hansen. Er und sein Freund haben am Strand eine Frauenleiche gefunden.«

»Das ist ja furchtbar!« Mir lief augenblicklich ein kalter Schauer über den Rücken.

»Ich mache mich gleich auf den Weg.«

»Meinst du, es könnte sich um die verschwundene Influencerin handeln?«

»Das werden wir in Kürze wissen. Ich gebe von unterwegs gleich Uwe und den Kollegen Bescheid.« Nick stand auf, leerte den Kaffeebecher in einem Zug und drückte mir einen flüchtigen Abschiedskuss auf die Wange. »Bis später!«

KAPITEL 41

Nick und Uwe trafen nahezu zeitgleich am Leichenfundort ein, wo sich mittlerweile etliche Schaulustige eingefunden hatten. Das Areal war weiträumig abgesperrt, sodass niemand in die Nähe der Toten gelangen konnte.

»Moin, Nick! Kennen wir schon die Identität des Opfers?«, erkundigte sich Uwe.

»Moin! Nein, aber lass uns mal näher rangehen. Uwe?«

»Hm?«

»Du hast da was.« Nick deutete auf Uwes Bart, in dessen Dickicht sich einige Brötchenkrümel verfangen hatten.

Uwe fuhr mit den Fingern durch seinen Bart. »Weg?«

»Yes.«

»Ich glaube, ich leide unter Halluzinationen.« Uwe kniff die Augen zusammen. »Der Mann da hinten sieht aus wie Luhrmaier.«

Jetzt blickte Nick ebenfalls in die Richtung. »Du täuschst dich nicht. Das ist unser Rechtsmediziner, Doktor Luhrmaier.«

»Was macht der auf Sylt? Und wer hat ihn informiert?«

Die beiden Kripobeamten passierten die Absperrung und marschierten direkt auf den Strandkorb zu, in dem die Leiche gefunden worden war. Nick erkannte im Näherkommen Ben und einen weiteren Jugendlichen. Die beiden Jungen sprachen gerade mit Hubsy Westermann. Doktor Josef Luhrmaier beugte sich indes über die Tote im Strandkorb, um sie näher zu untersuchen.

»Gehst du zu unserem Doktor, während ich mich um die beiden Jungen kümmere?«, schlug Nick vor.

»Geht klar.« Uwe steuerte auf den Rechtsmediziner zu, während Nick auf die Jugendlichen zuging.

»Moin, Hubsy!« Er nickte der jungen Kollegin zu. Dann wandte er sich an die beiden Kitesurfer, die betroffen die Köpfe hängen ließen. »Hallo, ihr beiden! Ihr habt also die Frau gefunden.«

»Ja. Wir dachten erst, sie schläft, aber dann …« Ben sprach nicht weiter. Sein Blick streifte kurz den Strandkorb.

»Habt ihr sonst jemanden in der Nähe gesehen? Oder ist euch irgendetwas aufgefallen?«

Auf Nicks Fragen schüttelten beide den Kopf. »Nein, weder noch. So früh am Morgen ist hier normalerweise kaum ein Mensch unterwegs. Die meisten Leute pennen noch«, bemerkte Finn.

»Ich habe ihre Aussagen bereits aufgenommen«, warf Hubsy ein. »Einen Polizeiseelsorger haben sie abgelehnt«, raunte sie Nick zu.

»Okay. Dann war's das fürs Erste. Ihr könnt gehen. Wir können euch nach Hause bringen lassen, wenn euch das lieber ist«, vergewisserte sich Nick, während er die beiden einem prüfenden Blick unterzog.

»Nee, geht schon«, bestätigte Ben in zuversichtlichem Ton. »Wirklich, Nick.«

»Na gut. Wenn euch im Nachhinein etwas einfallen sollte, meldet euch bitte bei uns. Und zögert auch nicht, wenn es im ersten Moment unwichtig erscheinen mag. Selbst eine Kleinigkeit könnte am Ende ausschlaggebend sein.«

»Machen wir, versprochen«, beteuerte Finn. Dann packten sie ihre Bretter und kehrten zur Promenade zurück.

»Kommst du mit? Ich würde mir jetzt gerne die Tote ansehen«, forderte Nick die junge Kollegin auf.

»Warte mal, Nick. Siehst du den Typen da hinten?« Sie deutete mit dem Kopf zu einem Mann, der ganz hinten in der Gruppe der Neugierigen stand und zu ihnen herübersah.

»Ein Neugieriger. Oder kennst du ihn?«

»Das ist derselbe Typ, der gestern in Kampen war, als wir nach dem Hinweis gesucht haben.«

»Bist du sicher?«

»Absolut. Ein merkwürdiger Zufall, oder?«

»Sylt ist eine Insel, da kreuzen sich die Wege schnell. Trotzdem kann es nicht schaden, wenn du mit ihm redest. Vielleicht hat er etwas gesehen.«

»Sofern er überhaupt mit mir reden will.«

»Schnapp dir Maurizio und fühlt dem Kerl mal auf den Zahn.«

»Okay. Versuchen wir unser Glück.« Sie winkte ihrem Kollegen zu, der gerade damit beschäftigt war, einige Passanten am Fotografieren zu hindern.

»Um wen handelt es sich bei der Toten? Kann man etwas zur Todesursache sagen?«, erkundigte sich Nick, als er Uwe am Fundort erreichte.

»Die sind aber diesmal fix«, bemerkte Uwe und deutete zur Promenade, von wo sich gerade der Dienststellenleiter Peter Reimers und Staatsanwalt Matthias Achtermann näherten.

»Dann handelt es sich bei der Toten doch um Leonie Mahnke?«

»Nein. Die Tote ist Martina Engelhorst«, erwiderte Uwe zu Nicks Erstaunen.

»Die Stiftungsvorsitzende?«

»Genau die. Sie wurde offensichtlich erwürgt.«

»Diesbezüglich möchte ich mich zum jetzigen Zeitpunkt noch nicht endgültig festlegen. Obwohl die Petechien, also die zahllosen kleinen Blutungen im Gesichtsbereich, eindeutig dafür sprechen. Guten Morgen, Herr Scarren!« Luhrmaier stellte sich neben die Kommissare und streifte sich die Gummihandschuhe ab.

»Hallo, Herr Doktor Luhrmaier. Schön, Sie zu sehen! Was führt Sie zu dieser frühen Stunde nach Sylt, wenn ich fragen darf?«

»Das dürfen Sie. Eine Hochzeit ist der Anlass für meinen Besuch auf der Insel«, erklärte er kurz.

»Oh, darf man Ihnen gratulieren?«, entfuhr es Uwe.

»Mir? Um Himmels willen! Meine Nichte heiratet. Ferner bat mich Herr Achtermann darum, Sie zu unterstützen. Wir trafen uns gestern zufällig in der Kaffeerösterei in Rantum. Und da ich ohnehin für ein paar Tage hier bin, ist das kein Problem.« Der Rechtsmediziner warf einen Blick über die Schulter zu der toten Martina Engelhorst. »Ich wäre fertig. Den Rest übernehmen die Kollegen auf dem Festland.« Dann sah er auf seine Armbanduhr. »Nun muss ich mich beeilen. In einer Stunde beginnt die Trauung.« Hastig packte er seine Sachen zusammen.

»Wohin genau müssen Sie denn? Wir können Sie fahren«, bot Uwe an.

»Nach Keitum. Ich bin selbst mit dem Wagen da, aber haben Sie trotzdem vielen Dank für ihr Angebot«, bedankte er sich und marschierte in südliche Richtung am Strand entlang.

»Soso, Achtermann hat ihn also um Unterstützung gebeten. Ich gehe jede Wette ein, der dachte, es handle sich bei der Toten um Leonie«, mutmaßte Uwe.

»Gut möglich. Da kommen die beiden.«

»Und?« Reimers Gesicht war aschfahl.

»Guten Morgen, die Herren! Wer ist die Tote?« Auch Staatsanwalt Achtermanns Miene wirkte angespannt.

»Bei der Toten handelt es sich um Martina Engelhorst. Sie ist beziehungsweise war die Vorständin der *Stiftung für Kunst und Kultur* in Kampen«, klärte Uwe die Männer auf.

»Gott sei Dank! Ich meine ...«, Reimers räusperte sich, als ihn die verstörten Blicke der Beamten trafen, »... das ist äußerst tragisch.«

»Konnte Doktor Luhrmaier Angaben zur Todesursache machen?«, lenkte Achtermann schnell von Reimers' unqualifizierter Äußerung ab, der sich einige Meter entfernt hatte, um zu telefonieren. »Unser geschätzter Doktor schien eben sehr in Eile zu sein. Ich hatte gehofft, ihn persönlich sprechen zu können.«

»Er musste dringend zu einer Trauung.«

»Ach ja, richtig. Seine Nichte heiratet.«

»Um zu Ihrer Frage zurückzukehren, das Opfer wurde allem Anschein nach erwürgt. Ob das tatsächlich die Todesursache ist, kann erst die Obduktion eindeutig bestätigen.«

»Danke, Herr Wilmsen. Haben Sie einen Verdacht, wer für die Tat infrage kommen könnte? Handelt es sich eventuell um eine Beziehungstat? Oder einen Raubmord?«

»Letzteres können wir mit hoher Wahrscheinlichkeit ausschließen, da sich alle Wertsachen bei der Leiche befanden«, erwiderte Uwe.

»Könnte es sogar einen Zusammenhang zwischen der Entführung von Leonie Mahnke und dem Tod der Frau geben? Immerhin hatte Frau Engelhorst den Vorsitz der Stiftung inne«, insistierte Achtermann und blinzelte gegen die Sonne.

»Auch das lässt sich momentan nicht sagen. Wir werden das Umfeld des Opfers näher beleuchten müssen. Wir werden Sie stets auf dem neuesten Stand halten«, betonte Uwe.

»Das weiß ich. Wer hat die Tote denn gefunden? Bitte sagen Sie jetzt nicht, dass es Ihre Frau war. Wundern würde ich mich jedenfalls nicht.« Achtermann sah zu Nick.

»Nein, meine Frau hat damit nichts zu tun. Zwei Jugendliche haben sie entdeckt, als sie zum Kitesurfen wollten.«

Reimers kehrte zu ihnen zurück. Bei jedem Schritt rutschte er mit den glatten Ledersohlen seiner Schuhe im Sand weg. Er ruderte mit den Armen und erinnerte entfernt an einen Albatros mit Startschwierigkeiten.

»Ich muss zurück zur Dienststelle. Die Pressekonferenz beginnt in einer halben Stunde. Willst du bleiben oder soll ich dich wieder mitnehmen, Matthias?«

»Ich komme selbstverständlich mit. Meine Herren, ich denke, wir haben für den Augenblick alles Wesentliche besprochen.« Dann folgte er dem Dienststellenleiter.

Nach einigen Metern blieb Reimers plötzlich stehen und drehte sich um.

»Herr Wilmsen! Die Pressekonferenz! Wo bleiben Sie denn?« Mit einem Kopfschütteln setzte er seinen Weg fort.

»Oh, Mann! Ich hatte gehofft, der Kelch geht an mir vorüber«, stöhnte Uwe mit gequälter Miene.

»Du machst das schon«, sagte Nick und sah seinem Freund nach, der den beiden Männern hinterherstapfte.

KAPITEL 42

Alina zog den Reißverschluss ihrer Regenjacke bis zum Kinn. Vor einer halben Stunde waren dunkle Wolken aufgezogen, und leichter Regen hatte eingesetzt. Sie wischte mit der Handfläche die feinen Wassertropfen, die sich wie ein Perlenmantel auf den Cellokasten gelegt hatten, weg. Endlich näherte sich der Bus, und sie befand sich im Trockenen. Während die Dünenlandschaft auf der einen und die Wiesen mit grasenden Rindern auf der anderen Seite an ihr vorbeizogen, wanderten ihre Gedanken zu Lubo. Er hatte sie gestern einfach in dem Restaurant sitzen lassen und war nicht mehr aufgetaucht. Zu allem Überfluss hatte sie auch noch sein teures Getränk bezahlen müssen. Seit diesem Vorfall hatte sie nichts mehr von ihm gehört. Zunächst hatte sie sich Sorgen gemacht, ihm könnte etwas zugestoßen sein, was im Nachhinein betrachtet Unsinn war. Er entpuppte sich als unzuverlässig und hatte sie obendrein eiskalt abserviert, und das ärgerte sie. Das würde ihr kein zweites Mal passieren. Der Bus hielt im Ortskern von Kampen, und sie stieg aus. Gleich würde sie Ivo Barnovski treffen, einen der erfolgreichsten Cellisten der Gegenwart. Vor einigen Jahren hatte er einen Unfall erlitten und musste seine aktive Karriere vorzeitig beenden. Seitdem hatte er sich vollkommen der Förderung junger Talente verschrieben. Alina hatte das große Glück, ihn als Mentor und Lehrer während ihrer Zeit auf Sylt an ihrer Seite zu wissen. Ab sofort sollte sie sich einzig auf ihre musikalische Arbeit konzentrieren und Lubo schnell vergessen. Er lenkte sie bloß ab und erwies sich als äußerst flatterhaft. Immer öfter beschlich sie das Gefühl, dass es Lubo gar nicht um sie, sondern um Leonie ging. Ständig fragte er sie nach ihr aus oder machte Bemerkungen. Allein dieser seltsame Name. Lubo. Kein Mensch hieß so. Alina fasste den Beschluss, ihren Fokus ab sofort allein auf das Cellospielen zu legen. Deswegen war sie auf die Insel gekommen. Sie musste dankbar für diese Chance sein und durfte niemanden enttäuschen. Der Regenschauer war abgezogen, und die Sonne blinzelte zwischen den Wolkenlücken hervor, als sie die Stiftung erreichte. Der nasse Asphalt dampfte, als die kräftigen Sonnenstrahlen das Wasser verdunsten ließen. Als Alina die Eingangshalle betrat, erkannte sie Thorsten Block, der mit einem Mann sprach.

»Ich melde mich bei dir!«, sagte dieser und verließ das Gebäude, wobei er Alina versehentlich anrempelte. »Sorry«, nuschelte er im Vorbeigehen.

»Wer war das?«, wollte Alina wissen. Erst jetzt erkannte sie, dass Thorsten Blocks Gesicht schneeweiß war.

»Ein befreundeter Kunsthändler«, erwiderte er geistesabwesend.

»Herr Block, geht es Ihnen nicht gut? Sie sind ganz blass im Gesicht. Wollen Sie sich hinsetzen?«

»Alina, es ist etwas Schreckliches passiert.« Er schluckte. »Frau Engelhorst ist tot. Sie wurde ermordet.«

KAPITEL 43

Eines unserer Firmenautos fuhr auf den Hof. Gleich darauf betrat Hagen mein Büro.

»Moin, Anna! Da bin ich. Wir können los.«

»Wohin?« Ich verstand kein Wort.

»Hat Piet dir nicht Bescheid gegeben? Hat er wohl nicht«, beantwortete er seine Frage selbst.

»Offenbar nicht. Worum geht es?«

»Vladimir hat sich verletzt, und Piet bringt ihn gerade zum Arzt«, erklärte Hagen.

»Oh nein, ich hoffe, er ist nicht schwer verletzt? Was ist passiert?«

»Ich glaube, so schlimm ist es nicht.« Hagen winkte ab. »Er hat sich die Hand eingeklemmt und kann jetzt nicht mehr fahren. Der kleine Bagger müsste aber dringend zu einer anderen Baustelle. Heute noch. Verladen ist er schon. Ich habe keine Zeit, sonst würde ich das ja machen. Alle anderen sind unterwegs.«

»Ah, verstehe. Ich soll das übernehmen?«, vermutete ich.

»Piet meint, du kannst das. Ich soll dich abholen und hinbringen. Deshalb bin ich gekommen. Können wir?«

»Na, wenn Piet das meint.« Ich klappte den Laptop zu, schnappte mir meine Tasche und folgte Hagen zu seinem Wagen.

Wir fuhren ein kurzes Stück, bis wir Kampen erreicht hatten. Hagen hielt in einer Sackgasse, deren Grundstücke in unmittelbarer Nähe zum Watt lagen. Ruhig und von der Straße nicht einsehbar.

»Da vorne ist es!« Er deutete auf ein weißes Haus mit Reetdach. Davor stand eines unserer Fahrzeuge mit einem Anhänger, auf dem der Bagger bereits festgezurrt war.

»Wenigstens ist er aufgeladen. Das hätte ich auf keinen Fall hinbekommen.«

»Klar, Chefin, das hättest du locker geschafft.« Hagen grinste mich mit seinem jungenhaften Charme an.

»Wie komme ich eigentlich wieder zurück?«, fragte ich, nachdem Hagen mir die Adresse gegeben hatte, zu der ich das Gefährt bringen sollte.

»Piet wartet da auf dich und nimmt dich mit zurück ins Büro. Bis später!«

»Das habt ihr euch ja fein ausgedacht!«, sagte ich zu mir selbst und setzte mich hinter das Steuer des Wagens.

In dem Augenblick, in dem ich losfahren wollte, näherte sich ein Lieferwagen von vorn, wendete und parkte unmittelbar vor mir an der engsten Stelle der Straße.

»He!«, rief ich dem Fahrer zu. »Können Sie ein Stück vorfahren, ich komme sonst nicht vorbei.«

Doch der Fahrer ignorierte mich und verschwand auf dem Grundstück gegenüber. Mir blieb nichts anderes übrig, als zu versuchen, mich durchzuquetschen, ohne irgendwo gegenzufahren. Ich kurbelte die Seitenscheibe komplett herunter und lehnte mich hinaus, um besser sehen zu können. Zentimeter für Zentimeter tastete ich mich an der engen Stelle vorbei. Als ich es fast geschafft hatte, musste ich noch einmal zurücksetzen. Da hörte ich ein schleifendes Geräusch. Ich stieg aus, um nachzusehen, und musste feststellen, dass ich den Zaunpfahl eines Nachbargrundstückes mit dem Radkasten des Anhängers gerammt hatte. Der

Pfahl stand völlig schief, und die Oberfläche war beschädigt. Kurzerhand ging ich zum Gartentor und betätigte den Klingelknopf. Ich wartete, doch niemand öffnete. Ich klingelte ein zweites Mal. Plötzlich hörte ich hinter mir eine Stimme und drehte mich um. Der Fahrer des Lieferwagens war zurückgekommen und telefonierte lautstark, während er in seinen Wagen stieg und wegfuhr.

»Na toll! Hätte er auch gleich sagen können, dass er gleich wiederkommt«, schimpfte ich vor mich hin, als ich bemerkte, dass die Gartenpforte nicht verschlossen war. Ich marschierte zum Hauseingang. Das Anwesen machte einen verwilderten Eindruck, Unkraut sprießte zwischen den Platten des Weges, die weitläufige Rasenfläche war auch länger nicht gemäht worden. An der Haustür befand sich ein weiterer Klingelknopf, jedoch kein Namensschild, das Aufschluss über die Bewohner geben konnte. Ich klingelte und wartete erneut ab. Wieder tat sich nichts. Es schien tatsächlich niemand da zu sein.

»Da klingeln sie vergeblich«, erklang eine Stimme von der Straße, als ich gerade den Rückzug antreten wollte. Eine ältere Dame mit einem kleinen Hund an der Leine stand an der Gartenpforte und sah zu mir herüber.

»Das habe ich auch festgestellt. Kennen Sie zufällig die Eigentümer des Hauses?«, fragte ich.

»Bis vor ein paar Monaten hat eine alte Dame in dem Haus gewohnt, aber sie ist gestorben. Seitdem steht dieses Prachtstück leer. Ein Jammer, mit anzusehen, wie es verwildert!« Sie deutete auf das riesige Haus und schüttelte dabei den Kopf.

»Mir ist mit dem Zaunpfahl ein kleines Missgeschick passiert. Ich komme selbstverständlich für den Schaden auf, aber ich weiß nicht, an wen ich mich wenden soll.«

»Vor ein paar Tagen habe ich Licht im Haus gesehen. Ich drehe meistens kurz vor Mitternacht eine Runde mit meinem Helmut.« Sie zeigte auf ihren vierbeinigen Begleiter, der neugierig an meinem Hosenbein schnüffelte. »Sie müssen wissen, ich wohne gleich um die Ecke. Das zweite Haus auf der rechten Seite von hier aus gesehen. Ich gehöre zu den wenigen Hausbesitzern, die das ganze Jahr über auf der Insel leben.«

»Dann wohnt doch jemand hier?«, wollte ich wissen.

»Nein. Wahrscheinlich war das der Neffe der Verstorbenen, der nach dem Rechten geschaut hat. Er wird wohl alles geerbt haben. Sie müssen wissen, die alte Dame hat sehr zurückgezogen gelebt. Früher habe ich sie ab und zu im Garten gesehen, dann haben wir ein paar Worte gewechselt. Einmal hat sie mich sogar zu einem Tee auf der Terrasse eingeladen. Das ist lange her.« Sie machte eine andächtige Pause. »Aber in den letzten beiden Jahren habe ich sie gar nicht mehr zu Gesicht bekommen. Dass sie gestorben ist, weiß ich von meinem Hausarzt«, vertraute sie mir an.

»Das ist traurig. Ich werde einfach einen Zettel mit meiner Adresse und Telefonnummer in den Briefkasten werfen. Dann kann sich der Neffe, oder wer auch immer sich um das Anwesen kümmert, bei mir melden.«

»Das ist eine gute Idee. So ehrliche Menschen wie Sie gibt es heute immer seltener.«

KAPITEL 44

»Na, alles überstanden?«, fragte Nick, als Uwe ihr gemeinsames Büro betrat.

»Ja, das Interesse hielt sich in Grenzen. Reimers hat kurz und knapp berichtet. Insgesamt sind nur wenige Journalisten gekommen. Offenbar ist Leonies Popularität nicht so groß, wie wir dachten. Jedenfalls bei den älteren Pressevertretern.«

»Komisch, ich dachte, die wittern die ganz große Story. Bleibt abzuwarten, ob uns die Presse bei der Suche nach Leonie behilflich sein wird.«

»Gibt es im Fall Martina Engelhorst schon Neuigkeiten?«, erkundigte sich Uwe und zerrte an einer Tüte getrockneter Pflaumen herum. Neuerdings reduzierte er den Konsum von Süßigkeiten deutlich und griff auf Alternativen zurück. »Das Mistding lässt sich nicht öffnen!«, fluchte er verhalten. In diesem Augenblick riss die Tüte auf, und einige der schrumpeligen Früchte flogen quer über die Schreibtischplatte. Uwe sammelte sie ein, wobei er eine Pflaume zwischen Daumen und Zeigefinger eingehend betrachtete. »Wirklich appetitlich sehen die Teile ja nicht aus.«

»Stell dir einfach vor, es wäre Lakritze.«

»Witzbold! Aber zurück zum Thema. Warst du zwischenzeitlich bei der Stiftung?«

»Das wollte ich lieber mit dir zusammen erledigen. Ich bin auf dem Rückweg vom Strand bei Martina Engelhorsts Wohnung vorbeigefahren. Das Wohnungsschloss war aufgebrochen, Schranktüren standen offen, und ein paar Schubladen waren herausgerissen. Sonst schien alles unversehrt. Laptop und andere Wertgegenstände waren noch da.«

»Jemand ist bei ihr eingebrochen und hat nichts mitgenommen?«

»Für meinen Geschmack wirkte es eher, als hätte der Jemand gezielt nach etwas Bestimmtem gesucht und es anschließend nach einem gewöhnlichen Einbruch aussehen lassen.«

»Hm. Und das hat niemand mitbekommen? Wohnt sie dort allein?«

»Nein, niemand will etwas gesehen oder gehört haben. Laut Aussage der Nachbarn hat sie allein gelebt. Regelmäßigen Herrenbesuch hatte sie scheinbar auch keinen. Ich habe ein paar Leute der Spurensicherung hingeschickt, ebenso zur Stiftung. Hubsy und Maurizio sind vor Ort. Vielleicht finden wir auf ihrem Laptop oder in sonstigen Unterlagen Hinweise, die uns Aufschluss über das Motiv geben könnten.«

»Sehr gut. Dann lass uns jetzt erst mal zur Stiftung fahren.« Uwe erhob sich und steckte sich schnell eine Hand voll Pflaumen in den Mund.

»Dir ist klar, dass die eine durchschlagende Wirkung haben?« Nick verzog amüsiert den Mund.

»Die paar Dinger machen mir nichts aus! Außerdem sagst du selbst immer, ich soll mehr Obst essen.«

Im Foyer der Stiftungsgalerie begegneten sie Thorsten Block. »Sind Sie verantwortlich für das, was hier geschieht? Ihre Leute stellen Martinas Büro auf den Kopf! Was hat das bitte schön mit ihrem Tod zu tun?« Seine Missbilligung über die polizeiliche Maßnahme hätte nicht deutlicher ausfallen können.

»Moin, Herr Block. Ich kann Ihnen versichern, dass alles seine Ordnung hat«, versuchte Uwe, den aufgebrachten Mann zu beruhigen. »Können wir uns irgendwo ungestört unterhalten? Wir hätten ein paar Fragen an Sie.«

»Meinetwegen. Folgen Sie mir, wir können in mein Büro gehen!«

Die Beamten folgten dem Mann die Treppe hinauf in den ersten Stock in sein Büro. »Setzen Sie sich!« Block deutete auf zwei Stühle.

»Herr Block, wann haben Sie Frau Engelhorst das letzte Mal gesehen?« Während Uwe sprach, machte sich Nick Notizen.

»Das war gestern so gegen 17 Uhr. Ich habe mich noch von ihr verabschiedet und bin dann nach Hause gefahren. Martina blieb meistens bis in die frühen Abendstunden in der Galerie.«

»Gab es gestern oder an den Tagen zuvor besondere Vorkommnisse? Verhielt sich Frau Engelhorst anders als sonst? Hatte sie Angst oder wurde bedroht?«

Block ließ sich mit der Antwort Zeit. »Nein, jedenfalls habe ich nichts mitbekommen. Martina war wie immer. Außerdem ließ sie sich nicht schnell einschüchtern.«

»Dann gab es also doch eine Drohung?«, hakte Nick nach.

»Das meinte ich nur generell. Aber jetzt, wo Sie es sagen …« Er zog die Stirn kraus. »Sie war mittags eine Weile weg. Länger als gewöhnlich. Anschließend hat sie sich in ihr Büro zurückgezogen und wollte unter keinen Umständen gestört werden. Ein bisschen komisch war das schon«, erinnerte sich Block.

»Sie wissen nicht zufällig, wo sie war oder mit wem sie sich getroffen hat? Hat sie vielleicht im Vorfeld eine Bemerkung gemacht?«, insistierte Uwe, doch Block zuckte ratlos mit den Schultern.

»Keine Ahnung! Sie hat sich oft mit Robert zum Mittagessen getroffen, aber ansonsten hat sie nicht viel über ihr Privatleben gesprochen.«

»Waren die beiden ein Paar?«, erkundigte sich Uwe.

»Nein!« Zur Verwunderung der beiden Beamten lachte Block laut auf.

»Was ist daran so abwegig?«

»Die beiden teilten zwar ihre Leidenschaft für Kunst, aber ansonsten hätten die beiden nicht unterschiedlicher sein können.«

»Gegensätze ziehen sich an«, bemerkte Uwe.

»Nein, Herr Kommissar, nicht bei den beiden, glauben Sie mir.«

»Robert – und weiter?«, wollte Nick wissen.

»Robert Kreyzinger, ein Kunstexperte und -händler. Wir arbeiten seit Jahren eng mit ihm zusammen. Eine echte Koryphäe auf dem Gebiet. Martina hat seine Expertise sehr geschätzt.«

»Wo finden wir diesen Herrn Kreyzinger?«

»Warten Sie.« Block holte sein Portemonnaie aus der Hosentasche und reichte Nick eine zerknitterte Visitenkarte. »Ist nicht mehr die Neueste, aber die Adresse stimmt noch.«

»Wie war Ihr Verhältnis zu Frau Engelhorst? Sie war Ihre Vorgesetzte, wenn ich das richtig verstanden habe«, wollte Nick wissen.

»Frau Engelhorst war die Vorständin der Stiftung, nicht meine Chefin«, stellte Thorsten Block unmissverständlich klar.

»Wenn Sie es sagen«, brummte Nick und machte sich eine Notiz.

»Wie würden Sie das Arbeitsklima zwischen Ihnen beschreiben? Oder anders gefragt: Kamen Sie gut miteinander aus?«, erkundigte sich Uwe, während es in seinem Bauch vernehmbar rumorte.

»Das war sehr gut. Jeder konnte sich stets auf den anderen verlassen. Wir waren ein eingespieltes Team.«

»Gab es nie Unstimmigkeiten? Wie sind Sie in solch einem Fall damit umgegangen?«

»Hören Sie, ich habe keine Ahnung, worauf Sie eigentlich hinauswollen. Natürlich kann es gelegentlich zu Meinungsverschiedenheiten kommen. Das ist vollkommen normal, oder wollen Sie mir weismachen, Sie sind immer einer Meinung?« Block sah zwischen den beiden Kommissaren hin und her. »Wenn es ein Problem gegeben hat, haben wir es aus dem Weg geräumt und gut.«

»Zum Beispiel bei der Stipendienauswahl?« Nick wartete gespannt auf Blocks Reaktion.

Dessen Gesichtsfarbe wechselte schlagartig auf Rot. »Ich weiß nicht, was Sie mit der Frage meinen. Die Entscheidung fällt der Stiftungsrat und nicht Frau Engelhorst oder ich.« Er versuchte zu lächeln, doch der Versuch misslang. »Wenn Sie jetzt keine weiteren Fragen haben, würde ich gern mit meiner Arbeit weitermachen. Ich habe sehr viel zu tun, jetzt wo Martina …« Er beendete den Satz nicht und senkte den Blick.

»Bitte halten Sie sich weiter zu unserer Verfügung«, sagte Uwe, dessen Eingeweide sich abermals lautstark bemerkbar machten. Kleine Schweißperlen standen ihm auf der Stirn. Er versuchte krampfhaft, sich nichts anmerken zu lassen. »Eine Frage wäre da noch: Wo waren Sie gestern Abend in der Zeit zwischen 21 Uhr und Mitternacht?«

»Zu Hause. Und nein, dafür gibt es keine Zeugen, ich lebe allein.« Eine Portion Trotz schwang in seiner Antwort mit.

»Danke, Herr Block. Sagen Sie, gibt es hier eine Toilette?«

»Na, geht's wieder besser?«, fragte Nick mit einem Grinsen, als sie gemeinsam im Auto saßen.

»Kein Kommentar.«

Nick lachte und tippte auf seinem Smartphone.

»Wen rufst du an?«, erkundigte sich Uwe.

»Hubsy. Ihr war vorhin am Strand ein Mann aufgefallen. Sie wollte seine Personalien aufnehmen, weil sie sicher war, ihn schon in Kampen gesehen zu haben. Unmittelbar in der Nähe, wo wir nach dem zweiten Hinweis gesucht haben«, erklärte Nick und hielt sich das Handy ans Ohr.

»Und?«, fragte Uwe nach Beendigung des Telefonates.

»Er ist ihnen entwischt.«

»Hm, und jetzt?«

»Reden wir mit Robert Kreyzinger.«

KAPITEL 45

Mittlerweile hatte sie jegliches Zeitgefühl verloren. Sie wusste nicht, wie lange sie in diesem Kellerraum schon ausharrte. Es fühlte sich wie eine Ewigkeit an. Zwischendurch fiel sie immer wieder in einen unruhigen Schlaf. Jetzt saß sie an dem Tisch und starrte auf die neue Aufgabe, die der Fremde unter der Tür durchgeschoben hatte. Dieses Mal sollte sie drei Werke von Thomas Mann nennen. Sie hatte nicht den blassesten Schimmer, was sie schreiben sollte. Immerhin hatte sie den Namen irgendwann gehört. Vermutlich in der Schule, das war lange her. Sie überlegte angestrengt, doch ihr Kopf war wie leer. Plötzlich erinnerte sie sich, dass Alina den Namen erwähnt hatte. Aber in welchem Zusammenhang? Er musste etwas mit der Insel Sylt zu tun haben, davon war sie überzeugt. Aber was? War er Musiker? Maler? Tänzer? Selbst, wenn sie es wüsste, was zum Teufel hatte das alles mit ihr zu tun? Mit einer Mischung aus Wut und Verzweiflung knüllte sie das Stück Papier zusammen und warf es quer durch den Raum. Warum kam niemand, um sie zu befreien? Suchten sie denn nicht nach ihr? Erschöpft legte sie die Stirn auf die Tischplatte. Dann schlug sie wütend mit den Fäusten auf die Platte, bis sie schmerzten.

KAPITEL 46

»Es tut mir leid, Piet. Die Stelle war doch enger, als ich gedacht habe. Das wäre auch gar nicht passiert, hätte dieser Idiot nicht die halbe Straße mit seinem Van blockiert.« Erneuter Ärger über den Fahrer des Lieferwagens flammte in mir auf.

»Alles halb so wild, Anna. Das ist nicht die erste Beule an dem Hänger. Und den Schaden am Zaunpfahl sehe ich mir gleich morgen früh an. Vielleicht kann ich das sogar selbst reparieren. Hauptsache, du bist unverletzt geblieben, das ist das Wichtigste.«

»Wie geht es Vladimir?«, fiel mir bei der Bemerkung ein.

»Er hat sich gehörig die Hand gequetscht, aber alle Finger sind noch dran. Die nächsten zwei Wochen werden wir ohne ihn auskommen müssen.« Piet verzog den Mund.

»Das bekommen wir schon gewuppt. Aber jetzt zu dir. Habe ich das richtig verstanden, du ziehst aus deiner Wohnung aus?«

Ich ahnte bereits den Grund für Piets Auszug, wollte es jedoch gern von ihm selbst hören, bevor ich womöglich in ein Fettnäpfchen trat.

»Das kannst du dir sicher denken, ich ziehe zu Inka.«

»Das freut mich für euch. Ich finde, ihr seid ein schönes Paar.«

»Danke.« Piet wirkte verlegen und spielte an dem silbernen Verschluss seines Lederarmbandes, das er am rechten Handgelenk trug. Ein Geschenk seiner Freundin Inka.

Sie war Goldschmiedin und führte seit ein paar Jahren ein Geschäft mit angeschlossener Werkstatt auf Sylt. Ich hatte sie kennengelernt, als sie mich mit der Außengestaltung ihres Grundstücks beauftragt hatte. Seitdem waren wir befreundet.

»So, ich muss los. Höchste Zeit für die Hunderunde, sonst machen sie sich ins Höschen. Du erreichst mich jederzeit auf dem Handy, falls etwas sein sollte. Die Rechnungen und die Angebote habe ich erledigt«, rief ich ihm auf dem Weg zu meinem Wagen zu.

»Danke! Auch dafür, dass du eingesprungen bist!«

»Gern geschehen!«

Zu meinem Erstaunen stand Nicks Wagen in der Einfahrt, als ich nach Hause kam.

»Hallo! Nick?«, rief ich, nachdem die Tür hinter mir ins Schloss gefallen war. Chili und Pepper wuselten schwanzwedelnd um mich herum. »Ja, ihr beiden! Wir gehen gleich!«

»Hey, Sweety! Da bist du ja«, wurde ich von meinem Mann begrüßt. Er hielt einen Kaffeebecher in der einen, ein Brötchen in der anderen Hand.

»Wieso bist du um diese Zeit zu Hause?«, fragte ich erstaunt.

»Wir waren verabredet, um gemeinsam eine Schultüte für Christopher zu besorgen. Schon vergessen?«

»Oh Gott, das habe ich tatsächlich vergessen. Entschuldige!« Ich schlug mir mit der flachen Hand gegen die Stirn.

»Ist etwas passiert?«

Daraufhin berichtete ich von meinem Missgeschick mit dem Zaunpfahl.

»Das klingt nicht weiter tragisch. Hauptsache, du hast dir nichts getan. Der Eigentümer wird deine Nachricht finden und sich bei dir melden.«

»Hoffentlich. Nicht, dass es am Ende so aussieht, als hätte ich mich heimlich aus dem Staub gemacht.«

»Ach, Anna! Du machst dir wie so oft viel zu viele Gedanken.« Nick schenkte mir einen liebevollen Blick.

»Wahrscheinlich hast du recht.«

»Ganz sicher sogar.«

»Die Hunde müssen noch raus, bevor wir loskönnen«, wechselte ich das Thema.

»Ich war mit ihnen. Meinetwegen können wir starten.« Er leerte den Becher und steckte sich anschließend den letzten Bissen in den Mund.

»Der arme Ben! Das muss schrecklich für die Jungs gewesen sein, die Tote zu finden. Damit rechnet ja niemand«, sagte ich, nachdem Nick mir von den näheren Umständen des morgendlichen Leichenfundes berichtet hatte.

»Ja, das war ein Schock. Sie wollten zwar keinen Seelsorger, aber wir haben trotzdem jemanden zu ihnen nach Hause geschickt. Sie sind noch minderjährig. Hat sich Britta schon bei dir gemeldet?«

»Nein, bislang nicht. Glaubst du, die Entführung dieser Influencerin und der Tod der Stiftungsvorsitzenden könnten im Zusammenhang stehen? Vielleicht hatte Frau Engelhorst etwas mit der Entführung zu tun?«

»Willst du damit andeuten, sie hat Leonie entführt und die Nachrichten verfasst?«, knüpfte Nick an meinen Gedanken an.

»Wäre immerhin möglich. Über ausreichende kulturelle Bildung dürfte sie verfügt haben, um diese Rätsel zu verfassen.«

»Wenn die Engelhorst etwas mit Leonies Entführung zu tun hätte, wie passt dann ihre Ermordung ins Bild? Nein, in diesem Fall fehlt mir einfach das Motiv.«

»Sie hat einen Komplizen. Es kommt zum Streit – und zack! Ermordet er sie.«

Nick machte einen nachdenklichen Eindruck. »Das wäre auch eine Möglichkeit. Aber nehmen wir an, sie hat die Sache allein durchgezogen. Die Gründe lassen wir mal außen vor, dann würde uns das vor ein weiteres Problem stellen.« Er sah mir direkt in die Augen.

»Leonie zu finden, würde noch schwieriger werden. Niemand weiß, wo sie sie versteckt hat. Sie muss versorgt werden, sonst ... Oh, Gott! Ich möchte den Gedanken besser nicht zu Ende denken.«

»Ich muss dringend mit Uwe sprechen.«

»Gab es in der Zwischenzeit ein neues Rätsel«, erkundigte ich mich.

»Bislang nicht. Still ruht der See. Ich hoffe für Leonie, dass du mit deiner Vermutung falsch liegst und Frau Engelhorst nichts mit der Entführung zu tun hat.«

KAPITEL 47

»Da bist du ja endlich.«

»Sorry, Uwe, hat ein bisschen länger gedauert«, entschuldigte sich Nick. »Gibt es Neuigkeiten?«

»Allerdings. Wir haben unter anderem das hier im Büro der Engelhorst gefunden. Ein paar Seiten habe ich ausgedruckt.« Uwe reichte dem Kollegen einen Stapel Papier.

»Ah, interessant. Offenbar hat sie sich nach anderen Räumlichkeiten für die Stiftung umgesehen. Aber das finde ich nicht besonders ungewöhnlich.«

»Blättere mal weiter.«

»Ups. Die Stiftung steht finanziell gar nicht gut da.«

»Eben.«

»Trotzdem erkenne ich auf den ersten Blick kein klares Mordmotiv«, gab Nick zu. »Hat sich die Rechtsmedizin gemeldet?«

»So schnell sind die nicht. Schon gar nicht ohne ihren Vortänzer.«

»Wie ich Luhrmaier einschätze, fährt er vom Standesamt schnurstracks in die Rechtsmedizin.«

»Zuzutrauen wäre es ihm jedenfalls«, pflichtete Uwe seinem Kollegen bei.

»Wie wollen wir weiter vorgehen? Wir sollten auf jeden Fall mit den engsten Vertrauten von der Engelhorst sprechen. Und mit diesem Kunsthändler Robert Kreyzinger. Hoffentlich erwischen wir ihn dieses Mal.«

»Laut seiner Mitarbeiterin hält er sich auf dem Festland auf. Daher schlage ich vor, ich spreche zunächst mit Axel Windling, und du fühlst diesem von Bergedorf auf den Zahn.«

»Apropos. Was macht er?«

»Wer?«

»Dein Zahn. Warst du beim Zahnarzt?«

»Da gibt es gerade wirklich Wichtigeres zu erledigen«, wehrte Uwe ab. »Ich habe Hubsy und Maurizio Bescheid gegeben, sie warten unten auf uns.«

»Okay. Weißt du, was mir Kopfschmerzen bereitet?«

»Nein. Was denn?«

»Anna hat den Gedanken aufgebracht. Was ist, wenn die Engelhorst für Leonies Entführung verantwortlich ist? Zusammen mit einem Komplizen.«

»Dann könnten der Mord und die Entführung in einem Zusammenhang stehen«, überlegte Uwe und biss auf seiner Unterlippe herum. »Es ist zum Haare raufen!«

»Wir sollten diese Möglichkeit auf jeden Fall im Hinterkopf behalten. Vielleicht stoßen wir bei der Durchsicht ihrer Unterlagen auf eine wichtige Spur. Hat die KTU den Laptop schon ansehen können?«

»Bislang habe ich keine Rückmeldung erhalten.«

Uwe und Hubsy trafen Axel Windling auf der Terrasse des Restaurants *Sturmhaube* in Kampen an. Ein gekühltes Glas Weißwein stand vor ihm auf dem Tisch. Trotz des sommerlichen Wetters trug er ein Jackett mit klassischem Einstecktuch und einen Seidenschal um den Hals. An seinem linken kleinen Finger fiel ein Siegelring auf.

»Haben Sie Leonie zwischenzeitlich gefunden?«, fragte er, nachdem sie ihn begrüßt hatten.

»Nein, leider nicht. Wir müssten Sie in einer anderen Angelegenheit sprechen«, erwiderte Uwe und sah sich um.

»Bitte setzen Sie sich doch!«

Die beiden Polizisten kamen der Aufforderung nach.

»Wie Sie vielleicht wissen, wurde Martina Engelhorst heute Morgen tot am Strand aufgefunden«, begann Uwe, nachdem er sich vergewissert hatte, dass sich außer ihnen keine Gäste in unmittelbarer Nähe befanden.

»Ja, ich habe davon gehört. Schrecklich.« Axel Windling wirkte betroffen. »Wissen Sie, wer ihr das angetan hat?«

»Haben Sie denn einen Verdacht?«, stellte Uwe die Gegenfrage.

»Ich? Nein.« Er lachte kurz auf und spielte an dem Siegelring, der seinen linken kleinen Finger zierte.

»Wissen Sie, ob Frau Engelhorst mit jemandem Streit hatte? Innerhalb der Stiftung oder auch sonst? Ist Ihnen in dieser Richtung etwas bekannt?«

Ehe Windling antworten konnte, brachte eine Bedienung einen großen gemischten Salat und stellte den Teller vor ihm ab.

»Da muss ich Sie enttäuschen. Martinas Arbeit wurde ausnahmslos geschätzt. Sie hatte stets das richtige Händchen bei ihren Entscheidungen. Auch ich habe ihre Entscheidungen niemals infrage gestellt. Sie hinterlässt eine schwer zu schließende Lücke.« Er blickte direkt in die Gesichter der beiden Polizeibeamten.

»Sie sprachen von ihr als Geschäftsfrau. Wie war Frau Engelhorst als Mensch?«, wollte Uwe wissen.

»Großherzig, engagiert …«, begann Axel Windling aufzuzählen. »Ihre Expertise wurde hoch geschätzt, und sie kam mit allen gut aus.«

»Gut. Dann sagen Sie uns bitte noch, wo Sie gestern Abend in der Zeit zwischen 21 Uhr und Mitternacht waren?«

»In meinem Apartment. Allein.«

»Danke für Ihre Zeit, Herr Windling. Sollten wir weitere Fragen haben, kommen wir auf Sie zu.«

»Jederzeit. Ich hoffe, dieses Verbrechen kann schnell aufgeklärt werden.«

»Wir tun, was wir können.«

Dann verließen Uwe und Hubsy die Restaurantterrasse und begaben sich zu Uwes Wagen.

»Schließt du nicht ab?«, wunderte sich Hubsy, als sie nach der Wagentür griff und diese sich ohne Weiteres öffnen ließ.

»Den klaut keiner.«

»Da wäre ich mir nicht so sicher.«

»Frau Engelhorst scheint so etwas wie Mutter Theresa der Künste gewesen zu sein«, bemerkte Uwe mit einem ironischen Unterton.

»Für mich klingt das alles ein bisschen zu harmonisch«, pflichtete Hubsy ihm bei. »Nur nett gibt es nicht.«

»Ich bin gespannt, was Nick und Maurizio nachher zu berichten haben.«

KAPITEL 48

Für den Rest des Tages hatte Alina frei. Der Cellounterricht bei ihrem neuen Lehrer und Mentor war anstrengend, aber sehr effektiv gewesen. Sie konnte zufrieden mit ihrer Leistung sein. Daher beschloss sie, einen ausgedehnten Strandspaziergang zu unternehmen. Sie lief in südliche Richtung am Flutsaum entlang. Bald erreichte sie *Onkel Johnny's Strandwirtschaft* und ergatterte mit Glück einen freien Platz draußen. Nachdem sie gegessen und bezahlt hatte, wollte sie ihren Weg fortsetzen, als sie plötzlich unten am Strand Lubo erkannte. Er steuerte geradewegs auf das Restaurant zu. Einem ersten Impuls folgend, wollte sie nach ihm rufen, entschied sich jedoch dagegen. Stattdessen sah sie, wie er die hölzernen Stufen zum Restaurant heraufkam. Sie drehte ihm den Rücken zu, beobachtete ihn aber weiterhin aus dem Augenwinkel. Er schien unschlüssig zu sein und entschied, das Restaurant zu verlassen. Alina folgte ihm unauffällig und mit ausreichend Abstand den schmalen Weg durch die Dünen zum Campingplatz. Sie konnte sehen, wie er zu einem Wohnmobil ging, sich kurz umsah und darin verschwand. Aus unerklärlichem Grund wagte Alina sich nicht näher an das Gefährt heran. Warum hatte sie Angst, entdeckt zu werden? Vielleicht freute sich Lubo sogar, sie zu sehen. Als sie gerade den Rückweg antreten wollte, öffnete sich die Tür des Wohnmobils, und Lubo trat ins Freie. Er hatte eine Tasche dabei, setzte eine Baseballkappe auf und marschierte los. Sie konnte noch sehen, wie er am Anmeldehäuschen vorbeiging, bevor er aus ihrem Blickfeld verschwand. Eigentlich wollte Alina zurück zum Strand gehen, doch ihre Neugierde war stärker. Als sie Lubos Wohnmobil erreichte, nahm sie allen Mut zusammen und versuchte, die Tür zu öffnen. Vergeblich. Er hatte sie verschlossen, das hätte sie sich ja denken können. Sie wollte gehen, als sie bemerkte, dass sich der Schnürsenkel ihres Sneakers gelöst hatte. Sie bückte sich, um ihn zu binden, als sie etwas Kaltes am Oberarm berührte. Erschrocken drehte sie sich um und wäre beinahe umgefallen. Dann blickte sie in zwei braune Kulleraugen, die sie abwartend ansahen. Im gleichen Moment ertönte ein Pfiff, dann rief eine Stimme: »Amy! Hier!« Alina sah einen Mann mit einer Leine in der Hand auf sie zukommen. »Entschuldigen Sie! Sie ist immer ein bisschen stürmisch, aber ganz friedlich«, versicherte er und befestigte die Leine am Halsband des Labradors, der fröhlich mit dem Schwanz wedelte.

»Schon gut, ich habe mich bloß erschrocken«, erwiderte Alina und streichelte dem Tier über das Fell.

Nachdem das Duo gegangen war, schnürte Alina ihren Schuh zu. Als sie gerade aufstehen wollte, sah sie etwas am Vorderrad des Wohnmobils aufblitzen. Ein Schlüssel. Diese Leichtsinnigkeit hätte sie Lubo nicht zugetraut. Sie konnte der Versuchung nicht widerstehen, griff danach und öffnete mit klopfendem Herzen die Tür. Dann schlüpfte sie schnell hindurch und zog sie sicherheitshalber hinter sich zu. Nun begann sie, sich im Inneren des Wagens umzusehen. Was sie entdeckte, ließ ihr einen eisigen Schauer über den Rücken fahren.

KAPITEL 49

Für den späten Nachmittag hatte Uwe eine Lagebesprechung einberufen. Auf dem Weg zum Besprechungsraum traf er Hubsy. »Na, hattest du bei der Wohnungssuche Erfolg?«

»Nein, es scheint aussichtslos, eine Wohnung zu finden, die einigermaßen bezahlbar ist.«

»Das tut mir leid. Wie gesagt, unser Angebot steht.«

»Danke, das weiß ich zu schätzen.«

Am Besprechungsraum angekommen, öffnete er die Tür und überließ der Kollegin den Vortritt. »Immer herein in die gute Stube.«

Neben Nick, Klara Böel und Maurizio war auch Staatsanwalt Matthias Achtermann anwesend.

»Da wir vollzählig sind, schlage ich vor, fangen wir am besten gleich an«, eröffnete Uwe die Runde.

»Was ist mit Herrn Reimers? Haben Sie ihm nicht Bescheid gesagt?«, wollte Achtermann wissen.

»Doch, er lässt sich entschuldigen, ihm ist etwas Dringendes dazwischengekommen«, erklärte Uwe, ohne näher auf die Gründe einzugehen. »Da wir neben dem Verschwinden von Leonie Mahnke einen Mordfall aufzuklären haben, halte ich es für sinnvoll, uns gegenseitig auf den neuesten Stand zu bringen. Es ist nicht auszuschließen, dass beide Fälle in Zusammenhang stehen.«

»Das halte ich ebenfalls für sehr sinnvoll«, meldete sich Achtermann erneut zu Wort.

»Beginnen wir mit Leonie Mahnke.« Uwe stellte sich neben ein Whiteboard, an dem mehrere Notizzettel in unterschiedlichen Farben hefteten. »Nach wie vor wissen wir nicht, wo sich die junge Frau derzeit befindet. Bislang sind wir zwei Anhaltspunkten nachgegangen, die uns an zwei unterschiedliche Stellen geführt haben. Dabei handelte es sich in beiden Fällen um die Stele eines Künstlers im Rahmen des *Kampener Kunst- und Kulturpfades*. Einmal wurde das Handy der Vermissten gefunden, beim nächsten Mal eine Haarsträhne, die eindeutig Leonie zuzuordnen ist.«

»Weitere Rätsel gab es nicht?«, erkundigte sich Klara Böel.

»Bislang nicht«, bestätigte Uwe. »Wir haben mit allen Personen gesprochen, mit denen Leonie Mahnke kurz vor ihrem Verschwinden Kontakt hatte. Keiner hat etwas mitbekommen, was uns auf eine Spur bringen könnte.«

»Was ist mit den Alibis?«, hakte der Staatsanwalt nach.

»Haben wir überprüft. Bis auf das des Kunsthändlers Robert Kreyzinger. Mit ihm haben wir noch nicht sprechen können. Seine Mitarbeiterin hat gesagt, dass er heute gegen 18 Uhr in seinem Atelier anzutreffen ist. Ich fahre auf dem Heimweg dort vorbei und rede mit ihm.«

»Machen Sie das, Herr Scarren. Was ist mit dem Freund der jungen Frau? Er müsste am ehesten wissen, mit wem Leonie zuletzt Kontakt hatte«, fragte Achtermann und blickte interessiert in die Runde.

»Lennard Schacht hat die Veranstaltung aus gesundheitlichen Gründen vorzeitig verlassen und ist ins Hotel gefahren. Das haben mehrere Zeugen bestätigt.«

»Hm«, überlegte Achtermann. »Das ist nicht viel. Was hat die nähere Untersuchung dieser Schreiben ergeben? Lassen sich Rückschlüsse auf den Verfasser ziehen?«

»Sie meinen die Rätsel, die an die Stiftung adressiert waren?«, vergewisserte sich Uwe, worauf der Staatsanwalt nickte. »Die Nachrichten wurden mit einem handelsüblichen Drucker gedruckt, den es vermutlich Dutzende Male auf der Insel gibt. Auch das Papier bekommt man in jedem Supermarkt. Das bringt uns in diesem Fall leider nicht weiter.«

»Wenn ich kurz unterbrechen dürfte«, meldete sich Klara Böel zu Wort. »Mittlerweile liegt die Akte zu dem Stalker vor, der Leonie belästigt hat.«

»Und? Steht etwas Interessantes drin?« Uwe sah die Kollegin erwartungsvoll an.

»Wenn du einen konkreten Namen erwartest, muss ich dich enttäuschen.«

»Wäre ja auch zu schön gewesen«, seufzte Uwe. Auch den anderen im Raum war die Niedergeschlagenheit anzusehen. »Hilft uns nichts davon weiter?«

»Vor einem halben Jahr wurde Leonie nachts auf dem Nachhauseweg von einer Feier von einem Unbekannten angegriffen«, berichtete Klara weiter.

»Wo war das?«, wurde sie von Achtermann unterbrochen.

»Kurz vor Erreichen ihres Wohnortes. Sie hatte eine Abkürzung durch den Wald und die Feldmark genommen. Der Angreifer muss ihr gefolgt sein.«

»Mitten in der Nacht durch den Wald? Was für 'ne doofe Nuss!«, machte Hubsy ihrem Unverständnis Luft.

»Frau Westermann!« Achtermann bedachte sie mit einem tadelnden Blick.

»Entschuldigung. Sie müssen zugeben, dass das ziemlich leichtsinnig von ihr war, da sie im Vorfeld offensichtlich beobachtet wurde.«

»Da hat die Kollegin recht«, beeilte sich Maurizio zu sagen.

»Jedenfalls wurde sie in letzter Minute von einem Autofahrer gerettet, der zufällig vorbeifuhr und im Scheinwerferlicht verdächtige Bewegungen wahrgenommen hatte. Der Täter konnte unerkannt fliehen. Auch die sofort eingeleitete Fahndung nach ihm blieb ergebnislos«, fuhr Böel fort. »Danach wurde der Fremde auch nicht mehr in der Nähe des Elternhauses der jungen Frau gesichtet. Daher gehen die Kollegen stark davon aus, dass es sich um den besagten Stalker gehandelt haben muss.«

»Leonies Mutter sagte doch, ihre Tochter hätte außerdem Geschenke erhalten. Wurden die auf Spuren untersucht?«

»Ja, Nick, untersucht wurden sie schon, aber die wenigen Fingerabdrücke darauf konnten niemandem zugeordnet werden.«

Für einen Moment herrschte Schweigen, bis Hubsy das Wort ergriff.

»Es ist nur eine Idee und hat vielleicht auch nichts mit den aktuellen Fällen zu tun …«, begann sie, »aber mir ist in letzter Zeit zweimal ein Mann aufgefallen, den ich jedes Mal in der Nähe eines Fundortes gesehen habe.« Alle Augenpaare waren auf sie gerichtet. »Einmal in Kampen, als wir die Haarsträhne gefunden haben, und das zweite Mal am Strand, als Martina Engelhorst gefunden wurde.«

»Das könnte Zufall sein«, überlegte Achtermann.

»Oder auch nicht. Maurizio und ich sind ihm gefolgt. Als er uns bemerkt hat, ist er weggelaufen. Wir haben ihn dann in der Menschenmenge aus den Augen verloren.«

»Sie glauben, bei dem Mann könnte es sich um den besagten Stalker handeln?« Der Staatsanwalt zog fragend die Augenbrauen zusammen.

»Gut möglich. Für mich stellt sich in diesem Zusammenhang jedoch die Frage, woher er gewusst haben soll, wo und wonach wir suchen?«, stellte Nick die Frage in den Raum.

»Für mich kommt er auf jeden Fall als potenzieller Täter infrage«, verkündete Maurizio.

Uwe rieb sich mit den Händen über das Gesicht. »Oh Mann, gefühlt stochern wir im Nebel.«

Das Klingeln eines Handys war zu hören.

»Das ist meines.« Klara Böel hielt sich das Telefon ans Ohr und lauschte. »Okay, ich komme runter.« Als sie in die fragenden Gesichter der Anwesenden blickte, fügte sie hinzu: »Unten steht eine Frau Alina Tottmann. Sie will eine Aussage im Fall Leonie machen.«

»Etwa die zweite Stipendiatin?« Uwe glaubte, sich verhört zu haben.

»Genau die.«

»Na, da bin ich aber gespannt. Wenn es dir nichts ausmacht, kommen Nick und ich dazu.«

»Meinetwegen gern.«

Uwe wandte sich an den Staatsanwalt. »Herr Achtermann, Sie entschuldigen uns? Wir halten Sie wie gewohnt auf dem aktuellen Stand.«

»Ja, ja, gehen Sie nur.«

KAPITEL 50

Am Horizont türmten sich dunkle Wolken auf und drohten, dem herrlichen Sommertag ein jähes Ende zu bereiten.

»Da kommt gleich ordentlich was runter«, bemerkte Piet mit Blick zum Himmel, als wir uns auf dem Weg zu Falk von Bergedorf befanden.

»Sieht ganz danach aus.«

»Herr von Bergedorf ist nicht da«, teilte uns die Haushälterin, Frau Nielsen, mit, als wir wenig später angekommen waren. Ein Blitz zuckte in diesem Augenblick am dunklen Gewitterhimmel, gefolgt von einem lauten Donnergrollen.

»Wir hatten einen Termin.« Irritiert sah ich sie an.

»Das weiß ich. Leider ist Herr von Bergedorf aufgehalten worden und bittet Sie, auf ihn zu warten.« Sie bedeutete uns einzutreten.

»Na prima«, hörte ich Piet hinter mir maulen.

Frau Nielsen führte uns ins Wohnzimmer. »Wenn Sie hier bitte warten möchten. Darf ich Ihnen etwas anbieten?«

»Danke, für mich nicht«, erwiderte ich.

»Gegen ein Glas Wasser hätte ich nichts einzuwenden. Dürfte ich Ihre Toilette benutzen?«, fragte Piet.

»Selbstverständlich. Kommen Sie!«

Piet folgte der Haushälterin, während ich im Wohnzimmer blieb und mich ein bisschen umsah. Der Wind peitschte den Regen gegen das große Panoramafenster.

Auf dem sonst eher ruhigen Wattenmeer kräuselten sich weiße Schaumkronen auf den Wellen. Blitz und Donner folgten zeitgleich aufeinander. Bestimmt hatte sich Pepper zu Hause in einer Ecke verkrochen. Chili verhielt sich bei Gewitter um einiges entspannter. Ich betrachtete die Bilder an den Wänden und ging weiter zu einem Bücherregal. Hier standen Kunstbildbände zeitgenössischer Künstler neben denen mit Werken alter Meister. Darüber hinaus entdeckte ich Lexika und Romane unterschiedlicher Epochen. Ich konnte Piet hören, wie er mit Frau Nielsen sprach. Offensichtlich hatte er einen Scherz gemacht, denn sie lachte fröhlich. Neugierig wollte ich mich zu ihnen gesellen, als ich im Vorbeigehen gegen ein Sideboard stieß, auf dem eine Dokumentenmappe lag. Sie fiel zu Boden. Umgehend bückte ich mich, um die herausgefallenen Blätter einzusammeln. Darunter befanden sich Fotografien von Bronzetafeln sowie handgeschriebene Textfragmente, mit denen ich auf Anhieb nichts anfangen konnte. Ich wollte mir einige Zeilen näher ansehen, als sich die Haustür öffnete und Falk von Bergedorf in Begleitung von Axel Windling hereinkam. Hastig legte ich alles zurück in die Mappe und legte sie zurück auf ihren Platz.

»Anna! Es tut mir leid, dass ich Sie habe warten lassen«, begrüßte er mich, als er das Wohnzimmer betrat. »Wir sind einfach nicht eher von der Stiftung weggekommen. Ich nehme an, Sie haben gehört, was passiert ist? Unsere Vorsitzende wurde ermordet.«

»Ja, das ist furchtbar. Mein Beileid.«

»Die Nachricht von ihrem Tod hat uns alle sehr mitgenommen, nicht wahr, Falk?«, betonte Windling mit bestürzter Miene.

»Ihr Tod bedeutet einen unendlichen Verlust, menschlich wie auch für unsere Stiftung. In den nächsten Wochen wird es eine Menge neu zu regeln geben.«

»Sieht aus, als sei die Front abgezogen, es regnet nicht mehr«, drängelte Piet mit Blick aus dem Fenster. »Ich würde mir jetzt ganz gern das Grundstück näher ansehen, wenn Sie erlauben.«

»Natürlich, deswegen sind Sie schließlich hier.« Falk von Bergedorf öffnete die große Schiebetür, und wir traten hinaus auf die Terrasse.

»Du wirkst bedrückt, was ist los? Eigentlich solltest du dich freuen, dass wir diesen lukrativen Auftrag an Land gezogen haben. Darüber hinaus scheint der Typ dir aus der Hand zu fressen. Egal was du vorschlägst, er willigt ein. Der steht auf dich!«, stellte Piet auf der Rückfahrt fest.

»Blödsinn!«, wehrte ich entschieden ab.

»Sei doch nicht gleich so angriffslustig.«

»Bin ich nicht.«

»Na, ein bisschen schon. Ist da doch was zwischen euch?«, neckte er mich und grinste breit.

»Pass auf, mein Lieber! Sonst erzähle ich Inka, dass du vorhin mit der Haushälterin geflirtet hast. Ich habe euch gehört.«

»Das war doch kein Flirten«, protestierte er.

»Da siehst du, wie schnell Gerüchte entstehen.«

»Wer war eigentlich dieser vornehme Pinsel? Wohnt er auch da?«

»Du meinst Axel Windling?«

»Wenn das sein Name ist.«

»Soweit ich weiß, sind die beiden alte Freunde. Herr Windling ist ebenfalls in der Stiftung tätig. Was er allerdings genau macht, kann ich dir nicht sagen.«

»Für meinen Geschmack ist der zu überkandidelt. Der hat in seinem ganzen Leben wahrscheinlich noch nie richtig mit angepackt.«

»Kann halt nicht jeder so ein Naturbursche sein wie du«, erwiderte ich, als mein Handy klingelte. »Ja, mein Schatz? – Ach herrje!«

KAPITEL 51

Der Regen hatte sein Sweatshirt sowie die Jeans komplett durchnässt. Aufgrund der milden Temperaturen würde er sich keine Erkältung zuziehen. Diesbezüglich war er seit Kindestagen an empfindlich. Er stapfte den Weg zwischen den Dünen entlang in Richtung seines Wohnmobils. Als es in Sichtweite kam, blieb er stehen. Zwei Männer, ein großer sportlicher und ein kleinerer dicker, liefen gerade zielstrebig darauf zu. Jetzt erkannte er sie. Das waren die beiden Bullen von neulich. Was wollten sie hier? Sie hielten sich bestimmt nicht zufällig auf dem Campingplatz auf.

»Hey, geh weiter oder willst du Wurzeln schlagen?«, hörte er hinter sich eine Stimme.

Ohne ein Wort trat er ein Stück zur Seite und machte den Weg für die Gruppe Jugendlicher frei. Er überlegte fieberhaft, was er tun sollte. Die Polizisten hatten mittlerweile seine Behausung erreicht. Die Tür des Campers war geöffnet, sie mussten den Schlüssel gefunden haben. Vielleicht war er in diesem Punkt zu leichtsinnig gewesen, ihn auf dem Reifen des Hinterrades zu deponieren. Eines stand fest, dorthin zurück konnte er nun nicht mehr. Obwohl – warum nicht? Was konnten Sie ihm schon anhaben. Nichts. Viel mehr beschäftigte ihn die Frage, wie sie ihm auf die Spur gekommen waren. Aber natürlich! Alina! Dieses kleine Biest war ihm heimlich gefolgt und hatte ihn verpfiffen. Er hätte sie nicht unterschätzen dürfen, diesen Fehler musste er sich im Nachhinein eingestehen. Doch ungeschoren käme sie ihm nicht davon. Bei nächster Gelegenheit würde sie es bitter bereuen, ihn verraten zu haben.

KAPITEL 52

»Ich glaube das nicht! Guck dir das an!« Uwe stand vor einer Wand mit unzähligen Fotografien und Zeitungsartikeln von und über Leonie Mahnke. Etliche der Fotos schienen heimlich und aus größerer Entfernung aufgenommen worden zu sein. Davon zeugte auch die Fotoausrüstung samt Teleobjektiven, die in einer Plastikbox unter dem kleinen Tisch stand. Einen Laptop nebst Drucker gab es in der engen Behausung auch.

»Mir scheint, wir sind Leonies Entführer auf die Spur gekommen. Lass uns besser nichts anfassen. Ich verständige gleich die Spurensicherung.« Nick hielt das Handy ans Ohr.

»Was für ein kranker Typ! Das gleicht einem Altar, fehlen nur noch die Kerzen. Glaubst du, dass wir es mit diesem Stalker zu tun haben, der Leonie seit Langem nachstellt?«, zog Uwe in Erwägung.

Nick hatte das Telefonat beendet. »Gut möglich. Wir sollten den Camper ab sofort observieren lassen für den Fall, dass er zurückkommt. Die Spurensicherung kommt nicht vor morgen früh. Die haben alle Hände voll zu tun.«

»Na großartig. Dann ist es eben so, wie es ist. Ich gebe Klara Bescheid, damit sie zwei von ihren Leuten abstellt. Und dann freue ich mich auf meinen Feierabend. Tina und ich wollen heute gemeinsam mit den neuen Nachbarn grillen. Ich habe versprochen, ihr bei den Vorbereitungen zu helfen.«

»Dann setze ich dich zu Hause ab und fahre weiter zu Robert Kreyzinger.«

»Mist, das habe ich glatt vergessen.« Uwe tippte sich gegen die Stirn.

»Kein Problem, das schaffe ich auch allein.«

»Musst du aber nicht, ehrlich. Ich kann Tina auch …«

»Lass, Uwe, das ist okay. Du hast mir oft genug den Rücken freigehalten«, unterbrach Nick seinen Freund.

»Danke. Aber jetzt rufe ich erst mal Klara an.«

Während sie auf die Streifenkollegen warteten, hatte sich die Gewitterfront endgültig verzogen und die Sonne hatte sich ihren Platz zurückerobert.

»Schade, das mit Hubsy«, sagte Uwe.

»Was meinst du? Bist du immer noch enttäuscht, dass sie nicht deine Tochter ist?«

»Das meine ich nicht. Sie will weg von Sylt.«

»Ach, das höre ich zum ersten Mal. Warum? Gefällt es ihr hier nicht? Gibt es Probleme mit Kollegen?«, erkundigte sich Nick.

»Ihr Vermieter hat ihr gekündigt. Eigenbedarf. Wer's glaubt!« Uwe zog eine Grimasse.

»Das ist blöd. Hat sie versucht, eine andere Wohnung zu bekommen?«

»Natürlich, aber du weißt ja selbst, wie hoch die Chancen stehen, eine adäquate und bezahlbare Wohnung auf der Insel zu finden. Da ist es wahrscheinlicher, einen Sechser im Lotto zu haben.«

»Hm. Kann sie nicht vorübergehend bei Maurizio wohnen? Der hat, soweit ich weiß, eine große Wohnung.«

»Das will sie auf keinen Fall. Ich habe ihr angeboten, eine Weile bei uns einzuziehen, bis sie etwas Passendes gefunden hat, aber das wollte sie auch nicht.«

»Tja, da kann man wohl nichts machen.«

Nachdem Nick seinen Kollegen zu Hause abgesetzt hatte, fuhr er weiter zu der Adresse des Kunsthändlers Robert Kreyzinger nach Keitum. Da die Eingangstür nicht verschlossen war, trat er ein. Der Raum war nach oben hin offen, wo sich eine Galerie befand, die über eine stählerne Wendeltreppe erreichbar war. Die Brüstung selbst bestand aus mehreren übereinander angebrachten Metallseilen. Überall an den Wänden hingen Bilder in unterschiedlichen Größen und Stilen. Außer einem großen Schreibtisch mit einer Glasplatte, auf dem sich ein Bildschirm mit einer Tastatur befand, und einem halbhohen Aktenschrank gab es keine weiteren Möbel in dem Raum.

»Hallo? Herr Kreyzinger?«

Niemand reagierte auf das Rufen. Stattdessen waren sowohl weibliche als auch männliche Stimmen aus den oberen Räumen zu hören. Plötzlich tauchte ein Mann an der Brüstung auf und sah nach unten.

»Hallo! Was kann ich für Sie tun?«, fragte er barsch, als er Nick erblickte. »Wir haben eigentlich längst geschlossen.«

»Guten Abend! Ich hätte gern mit Robert Kreyzinger gesprochen.«

»Der bin ich. Worum geht es?«

»Mein Name ist Nick Scarren, Kripo Westerland. Ich hätte ein paar Fragen an Sie.«

»Das ist natürlich etwas anderes.« Die Gesichtszüge des Mannes entspannten sich, als er leichtfüßig die Treppe nach unten kam.

»Herr Kreyzinger, wie Sie vielleicht wissen, wurde Martina Engelhorst heute Morgen tot am Strand aufgefunden.«

»Ja, Herr Block hat mich informiert. Sie soll ermordet worden sein. Wer macht denn so etwas?«

»Das versuchen wir herauszufinden. Wo waren Sie gestern Abend in der Zeit zwischen 21 Uhr und Mitternacht?«

»Zu Hause. Zeugen gibt es keine außer meiner Katze, aber das hilft Ihnen vermutlich nicht weiter.« Er lachte kurz. »Gleich morgens habe ich den ersten Zug aufs Festland genommen, ich hatte einiges zu erledigen.«

»Wann haben Sie Frau Engelhorst das letzte Mal gesehen oder gesprochen?«, erkundigte sich Nick.

»Da muss ich kurz nachdenken. Das war neulich bei der Begrüßungsfeier der neuen Stipendiatinnen in Kampen. An diesem Abend habe ich auch Leonie das letzte Mal gesehen, das hatte ich Ihren Kollegen schon gesagt. Stehen die beiden Fälle eventuell in Zusammenhang?«

»Dazu kann ich Ihnen keine Angaben machen«, blockte Nick ab.

»Ah, verstehe schon.«

»Wie war Ihr Verhältnis zu Frau Engelhorst?«

»Gut. Sehr gut. Sie war zwar manchmal eine knallharte Geschäftsfrau, aber das hat mir imponiert.« Ein zaghaftes Lächeln huschte über sein Gesicht. »Darüber hinaus war sie eine exzellente Kunstkennerin, sie hatte stets den richtigen Riecher.«

»Inwiefern?« Nick machte sich nebenbei Notizen.

Plötzlich erschien eine junge Frau oben auf der Galerie. »Robert?«

»Ich kann jetzt nicht! Du siehst doch, dass ich Besuch habe«, brüllte er nach oben. Auf Nicks fragenden Blick erklärte er: »Meine Mitarbeiterin, manchmal etwas einfältig, wenn Sie verstehen, was ich meine. Wo waren wir stehen geblieben?«

»Sie sagten, Frau Engelhorst hätte stets den richtigen Riecher gehabt. Bezüglich was genau?«

»Das meinte ich eher allgemein.«

»Gab es in letzter Zeit Streit oder Meinungsverschiedenheiten zwischen Ihnen?«

»Nein, absolut nicht. Wollen Sie andeuten, ich hätte etwas mit Martinas Tod zu tun?« Seine Augenbrauen hoben sich überrascht.

»Ist Ihnen sonst bekannt, ob Frau Engelhorst mit jemandem Streit hatte? Vielleicht auch außerhalb der Stiftung?«, fuhr Nick ungerührt fort.

Kreyzinger verzog den Mund und schüttelte den Kopf. »Nein. Was Martina privat gemacht hat, darüber kann ich Ihnen keine Auskunft geben. Fragen Sie doch mal Falk von Bergedorf, die beiden waren ziemlich eng. Sie sollen mal ein Paar gewesen sein, aber wie gesagt, das ist bloß ein Gerücht. Ich habe nie nachgefragt.« Er hob abwehrend die Hände.

»Danke, Herr Kreyzinger, mehr Fragen habe ich momentan nicht. Bitte halten Sie sich zu unserer Verfügung, falls wir weitere Fragen haben sollten.«

»Sie wissen, wo Sie mich finden.« Mit diesen Worten geleitete er Nick zur Tür und schloss hinter ihm ab.

KAPITEL 53

»Nick hat erzählt, dass Ben und sein Freund die Tote gefunden haben. Das muss ein Schock für die beiden gewesen sein«, sagte ich zu meiner Freundin Britta am Telefon.

»Auf jeden Fall, aber er scheint es besser verkraftet zu haben, als ich dachte. Übrigens kennst du die Frau auch.«

»Ich?«

»Sie hat sich mit einem Mann bei mir im Café laut gestritten. Erinnerst du dich? Du warst mit deiner Mutter da wegen der Torte.«

»Aber woher weißt du, dass es genau diese Frau war?«

»Ich habe sie auf einem Foto in der Online-Ausgabe der Zeitung wiedererkannt«, erklärte Britta. »Du, ich muss Schluss machen, Jan kommt nach Hause. Wir müssen gleich zu einer Geburtstagsfeier. Ich melde mich in den nächsten Tagen bei dir wegen der Einschulungsfeier, okay?«

»Mach das. Viel Spaß auf der Feier!«

»Danke. Eigentlich habe ich wenig Lust. Einer von Jans Geschäftsfreunden feiert seinen 70. Geburtstag ganz groß in der *Sansibar*.«

»Gerade wenn man keine Lust hat, wird es meistens richtig gut. Dann misch die alten Knochen mal richtig auf!« Ich konnte sie lachen hören, bevor sie auflegte.

Die Haustür wurde geöffnet, und Nick kam herein.

»Hallo, Anna!« Er gab mir einen Kuss und streichelte anschließend die beiden Hunde. »Bist du allein? Wo ist

Christopher?«, fragte er und legte das Schlüsselbund in die Schale auf der Anrichte neben der Tür.

»Auf Helgoland.«

»Aber sollte er nicht heute Abend wieder hier sein?«

»Ursprünglich war das der Plan, aber das Schiff musste wegen eines technischen Defektes umkehren. Sie müssen die Nacht auf der Insel verbringen. Ich habe vorhin mit Jonas' Mutter telefoniert«, ließ ich ihn wissen.

»Na, dann ist das der reinste Abenteuerurlaub für Christopher.«

»Er klang ziemlich begeistert, als er angerufen hat.«

»Das ist gut. Besser als Heimweh.«

»Du siehst müde aus«, stellte ich fest.

»Der Tag war echt anstrengend. Ich könnte im Stehen einschlafen.«

»Hm. Kaffee?«

»Lieber ein kaltes Bier. Willst du auch eins?«, fragte er auf dem Weg in die Küche.

»Nein, danke. Ich mach mir einen *Andalö Sprizz*«, erwiderte ich und folgte ihm in die Küche. Pepper und Chili liefen hinter uns her. »Jaja, ihr beiden. Ihr bekommt auch gleich euer Futter.«

Wenig später hatten wir es uns auf der Terrasse gemütlich gemacht. Auf dem Tisch züngelten die Flammen des Tischfeuers und verbreiteten eine wohlige Atmosphäre. Nick berichtete von den Geschehnissen des Tages.

»Dann glaubt ihr, dass dieser Lubo Leonies Entführer sein könnte?«, wollte ich wissen.

»Völlig ausschließen können wir es jedenfalls nicht. Es ist offensichtlich, dass er vollkommen verrückt nach Leonie ist. Das hättest du sehen müssen, er hat sich einen regelrechten Altar mit Fotos und Zeitungsartikeln von ihr aufgebaut. Außerdem passt seine Beschreibung zu dem Stalker, der ihr seit geraumer Zeit nachstellt. Wir hoffen, wir schnappen ihn, wenn er zu seinem Wohnmobil zurückkommt. Bisher ist er allerdings nicht wieder aufgekreuzt.«

»Wahrscheinlich hat er längst mitbekommen, dass die Polizei nach ihm sucht, und hat das Weite gesucht«, nahm ich an. »Habt ihr denn schon einen Verdacht, wer die Stiftungsleiterin umgebracht haben könnte?«

»Da stehen wir erst am Anfang der Ermittlungen. Zwischenzeitlich haben wir mit mehreren Leuten gesprochen, mit denen sie in der letzten Zeit Kontakt hatte, aber niemand will etwas gesehen oder gehört haben. Streit soll es keinen gegeben haben, aber das muss nicht der Wahrheit entsprechen.« Nick nahm einen kräftigen Zug aus der Bierflasche.

»Du hast gesagt, bei ihr wurde eingebrochen, aber nichts gestohlen. Zumindest nichts Offensichtliches. Dann hat der Einbrecher wahrscheinlich gezielt nach etwas gesucht.«

»Ja, vermutlich.« Nick rieb sich mit einer Hand den Nacken, mit der anderen kraulte er Pepper am Ohr, der neben ihm saß und genüsslich die Augen schloss.

Einen Moment saßen wir schweigend da. Ich zog am Strohhalm meines Getränkes. Die Eiswürfel hatten sich in der Zwischenzeit aufgelöst, und der Rest schmeckte verwässert. Ich stellte das Glas auf den Tisch.

»Möchtest du noch einen?«, fragte Nick.

»Nein danke. Ich war heute mit Piet bei Falk von Bergedorf wegen der Gartenneugestaltung.« Nick hob eine Augenbraue. »Guck nicht so, ich weiß, dass du ihn nicht sonderlich leiden kannst.«

»Ich sage doch gar nichts. Und?«

»Er hat sich verspätet und wir haben wegen des Gewitters im Haus auf ihn gewartet. Da ist mir zufällig eine Mappe mit Unterlagen runtergefallen«, begann ich.

»Zufällig?«, wiederholte Nick mit einem Anflug von Skepsis.

»Wirklich, ich bin aus Versehen dagegen gestoßen. Jedenfalls lagen in der Mappe mehrere Fotos von diesen Bronzetafeln vom *Kampener Kunst- und Kulturpfad* und handschriftliche Notizen. Könnten Zitate gewesen sein.«

»Und das sagst du erst jetzt? Ich habe gleich geahnt, dass er etwas mit der Sache zu tun haben könnte.« Nick wirkte schlagartig hellwach.

»Glaubst du ernsthaft, Falk hat etwas mit der Entführung zu tun?«

»Nach dem, was du gerade gesagt hast, erhärtet sich der Verdacht«, bestätigte Nick.

»Aber welches Motiv sollte er haben? Mit dem Verschwinden von Leonie schadet er der Stiftung, und die bedeutet ihm alles«, gab ich zu bedenken.

»Vielleicht ist es genau das.«

»Das verstehe ich nicht.«

»Ich habe das Gefühl, dass viele mit Leonie nicht einverstanden sind und eine Rufschädigung der Stiftung befürchten.«

»Das kann ich mir nicht vorstellen. Die Entscheidung, wer ein Stipendium erhält, wird vom Stiftungsrat getroffen. Das hat Falk mir erklärt. Wenn man Leonie nicht gewollt hätte, hätte man sie sicher nicht gewählt«, hielt ich dagegen. »Aber da gibt es noch etwas anderes.«

»Oh, Anna! Was denn noch?« Nick gähnte hinter vorgehaltener Hand.

»Bevor du vorhin gekommen bist, habe ich mit Britta

telefoniert. Sie hat Martina Engelhorst auf einem Foto im Internet wiedererkannt. In der *Sylter Rundschau*.«

»Das ging ja fix«, murmelte Nick.

»Frau Engelhorst war in ihrem Café, und ich war auch gerade mit meiner Mutter da.«

»Aha.«

»Sie saß erst allein am Tisch, dann kam ein Mann. Sie waren anscheinend verabredet.«

»Was ist dann passiert? Nun spann mich nicht länger auf die Folter!«

»Sie haben sich im Laufe des Gesprächs furchtbar gestritten. Leider konnte ich nicht hören, worum es ging. Dafür saßen wir zu weit entfernt. Bevor sie gegangen ist, hat sie ihn angeschrien. Sie war ziemlich aufgebracht.«

»Was sie genau gesagt hat, weißt du nicht mehr?«

Ich versuchte, mich zu erinnern. »Sie ist von ihrem Platz aufgesprungen und hat laut gerufen: Du spinnst wohl! Ja, ich glaube, das waren exakt ihre Worte.«

»Dann kannte sie den Mann vermutlich näher, sonst hätte sie ihn nicht geduzt«, vermutete Nick. »Kannst du den Mann näher beschreiben? Wie alt war er ungefähr? Wie war er gekleidet?«

»Du weißt, ich bin schlecht im Schätzen, aber ich vermute, er war so Mitte 40? Er war so um die ein Meter 75. Er war ganz in Schwarz gekleidet bis auf ein buntes Halstuch in Regenbogenfarben.«

Während ich den Mann beschrieb, scrollte Nick über das Display seines Handys. »War er das?« Er hielt mir ein Foto vor die Nase.

»Ja! Das ist er.«

»Du bist die Beste!« Er drückte mir einen dicken Kuss auf den Mund.

KAPITEL 54

Durch die Fenster des Besprechungsraums drang helles Sonnenlicht und verlieh dem ansonsten steril anmutenden Raum etwas Heimeliges. Uwe hatte neben Nick die Kollegin Böel sowie den Staatsanwalt zu einer aktuellen Lagebesprechung eingeladen.

»Moin in die Runde! Danke, Herr Achtermann, dass Sie gekommen sind«, begann Uwe.

»Selbstverständlich. Mir liegt ebenso viel an der schnellen Aufklärung der Fälle wie Ihnen.« Achtermanns Haar war nach der morgendlichen Dusche noch feucht. Der Geruch seines Aftershaves erfüllte den Raum, was bei Klara einen Niesanfall auslöste.

»Alles in Ordnung mit Ihnen? Sollen wir ein Fenster öffnen?«, erkundigte sich Achtermann besorgt.

»Gute Idee! Ich mach schon.« Sie stellte das Fenster auf Kipp und blieb davor stehen.

»Klara, wie weit seid ihr in der Sache Lubo? Herrn Achtermann habe ich diesbezüglich abgeholt«, sagte Uwe.

»Das ist gut. Bei dem Wohnmobil handelt es sich um ein Mietfahrzeug. Der Mieter heißt Daniel Lubowski.«

»Daher der Spitzname Lubo. Nicht gerade einfallsreich«, befand Achtermann. »Aber bitte fahren Sie fort.«

»Viel mehr haben wir im Augenblick noch nicht. Die Spurensicherung ist erst heute früh angekommen. Lubowski hat sich nicht mehr in der Nähe des Campingplatzes blicken lassen. Er muss von der Observierung Wind bekommen haben.«

»Der geht uns nicht durch die Lappen. Das ist bloß eine Frage der Zeit«, bemerkte Uwe.

»Was macht dich da so sicher?« Klara Böel schien weniger überzeugt.

»Solange Leonie sich auf der Insel befindet, wird er nicht abhauen. Und wenn er sie gefangen halten sollte, dürfte es für ihn umso schwieriger sein, unbemerkt mit ihr zu verschwinden.«

»Das sehe ich genauso. Wie weit sind die Ermittlungen im Fall Martina Engelhorst gediehen?«, vollführte Achtermann einen Themenwechsel. »Herr Scarren? Können Sie etwas dazu sagen? Was sagt die Rechtsmedizin?«

»Die brauchen noch etwas Zeit. Bislang haben wir mit mehreren Personen gesprochen, die in engerem Kontakt zu der Toten standen. Alle kamen nach eigenen Angaben bestens mit ihr aus. Auch der Einbruch in ihre Wohnung lässt auf kein Tatmotiv schließen. Außer, dass der Täter oder die Täterin etwas gesucht haben muss. Was, ist vollkommen offen. Wir erhoffen uns Hinweise von dem Laptop, den die Spusi zur Untersuchung mitgenommen hat.«

»Wie war dein Besuch gestern Abend bei diesem Kunsthändler?«, wollte Uwe wissen.

»Robert Kreyzinger.«

»Ja, den meine ich. Wahrscheinlich war zwischen den beiden auch nur eitel Sonnenschein«, nahm Uwe an.

»Das hat er jedenfalls behauptet, was definitiv gelogen war, wie sich herausgestellt hat«, erwiderte Nick.

»Inwiefern?«, hakte Uwe nach.

»Anna hat ihn in Brittas Café zusammen mit der Engelhorst gesehen. Sie haben sich derart heftig gestritten, dass Frau Engelhorst aufgesprungen und gegangen ist.«

»Da war Ihre Frau wieder zur rechten Zeit am rechten Ort«, ließ es sich Achtermann nicht nehmen, einen Kommentar abzugeben.

»Klingt auf jeden Fall danach, als sollten wir uns mit dem Herrn dringend unterhalten.«

»Herr Kreyzinger hat darüber hinaus eine Andeutung gemacht«, wollte Nick erneut ansetzen, als ihm Achtermann ins Wort fiel.

»Eine Andeutung? Was für eine?«

»Er vermutet, Frau Engelhorst und Herr von Bergedorf hätten eine Affäre gehabt.«

»Ach, das wird ja immer besser«, platzte es aus Uwe heraus.

»Da kommt einiges an Arbeit auf Sie zu. Daher lasse ich Sie jetzt am besten weiterarbeiten. Melden Sie sich, wenn Sie meine Unterstützung benötigen. Angenehmen Tag noch!« Achtermann verabschiedete sich mit einem Kopfnicken und verließ den Besprechungsraum.

»Ich mach dann auch mal weiter. Ihr wisst, wo ihr mich findet, falls was ist. Hubsy und Maurizio müssten auch mittlerweile eingetroffen sein, wenn ihr sie braucht«, bot Klara Böel an und ließ die beiden Polizisten allein.

»Was machen wir zuerst?«, fragte Uwe.

»Ich schlage vor, wir nehmen uns noch mal diesen Kreyzinger vor.«

»Na, dann lass uns keine Zeit verlieren.«

KAPITEL 55

Ihr Kopf drohte zu zerspringen. Sie wurde von einer der heftigsten Migräneattacken der letzten Zeit heimgesucht. Zusammengerollt lag sie auf ihrer Liege, die Decke über dem Gesicht, denn selbst das schwächste Licht verursachte zusätzlich Schmerzen. Mehrmals hatte sie sich übergeben müssen. Zu allem Übel musste sie dieses Mal komplett ohne Medikamente auskommen. Immer, wenn sie glaubte, der Anfall wäre vorbei, wurde sie von einer neuerlichen Welle erfasst. Sie fühlte sich so elend wie selten. Dazu kam das Eingesperrtsein, ohne zu wissen, wann und ob sie jemals wieder freikam. Vorsichtig bewegte sie ihren Kopf, als der Schmerz sie abermals übermannte. Als sie sich zurück in das Kissen fallen ließ, spürte sie etwas Nasses darauf. Sie zwang sich abermals, den Kopf zu heben, und erkannte Blut. Sie erinnerte sich.

KAPITEL 56

Da Christopher erst am späten Nachmittag aus Helgoland zurückerwartet wurde, entschloss ich mich, zum Arbeiten ins Büro zu fahren. Die Hunde nahm ich mit, da ich sie bei dem herrlichen Wetter nicht allein zu Hause lassen wollte.

»Moin, Anna!«, wurde ich bei meiner Ankunft von Piet begrüßt, der im Begriff war, seinen Pick-up zu beladen.

»Hallo, Piet! Alles klar?«

»Logisch. Hast du Verstärkung mitgebracht?«, fragte er mit Blick auf Pepper und Chili, die aus dem Wagen sprangen.

»Bei dem Wetter wollte ich sie nicht einsperren.«

»Das machst du richtig. Sie können im Garten rumlaufen, da können sie nicht ausbüxen, und Schatten gibt es auch genügend. Ich muss dann!« Er hob die Hand und stieg in sein Auto.

Ich saß erst wenige Minuten am Schreibtisch, als mein Handy klingelte.

»Guten Morgen, Frau Scarren«, meldete sich Falk von Bergedorf. »Ich würde Sie gern sprechen. Hätten Sie gleich Zeit?«

Sein förmlicher und ernster Tonfall irritierte mich. »Worum geht es denn?«

»Das würde ich ungern am Telefon besprechen.«

Ich sah in meinen Terminkalender. »In Ordnung. Ich könnte in einer halben Stunde bei Ihnen sein.«

»Nein, wir treffen uns im Restaurant *Sturmhaube*.«

»Okay, dann komme ich dorthin.« Damit war das sonderbare Gespräch beendet.

Mir blieb kaum Zeit zum Nachdenken, als mein Handy erneut klingelte.

»Mama! Alles in Ordnung bei euch?«

»Guten Morgen, mein Kind! Natürlich, warum denn nicht?«

»Weil du selten um diese Zeit anrufst.«

»Stell dir vor, was gerade passiert ist.« Da ich nicht antwortete, fuhr meine Mutter fort. »Ich habe eben bei einem Radiorätsel mitgemacht und gewonnen!«, berichtete sie begeistert.

»Herzlichen Glückwunsch! Und was hast du gewonnen?«

»Drei Karten für die *Elbphilarmonie* samt Übernachtung in Hamburg. Da bist du platt, was?« Ihre Freude kannte keine Grenzen.

»Das ist ja großartig!«

»Die Verlosung fand im Rahmen eines Ferienprogramms statt, aber ich dachte, als Oma kann ich trotzdem mitmachen. Das Konzert ist speziell für Kinder. Dein Vater und ich würden gerne mit Christopher dorthin fahren.«

»Oh, da freut er sich bestimmt. Wann soll es denn losgehen?«

»Morgen Vormittag.«

»Das ist knapp.«

»Wieso? Wir fahren erst um 11 Uhr los«, entgegnete meine Mutter irritiert.

»Ich meinte weniger die Uhrzeit als die Tatsache, dass Christopher erst heute Nachmittag von Helgoland zurückkommt.«

»Ach, das ist ja blöd. Glaubst du, er will nicht mitkommen?«

»Bestimmt will er mitfahren. Noch kann er das unter der Woche. Wenn er erst in der Schule ist, geht das nicht mehr.«

»Genau das habe ich auch gedacht. Gibst du mir bitte bis heute Abend Bescheid, ob es klappt? Sonst müssen wir die Karten zurückgeben oder verschenken. Oder wir müssen uns ein Kind ausleihen.« Sie lachte schallend.

Ich musste ebenfalls lachen. »Kein Problem. Ich frage Christopher. Er wird sich bei euch melden.«

»Danke, Anna. Dann will ich dich nicht länger bei der Arbeit stören. Tschüss!«

Jetzt musste ich mich sputen, wenn ich rechtzeitig in Kampen sein wollte. Ich griff nach meiner Tasche und verschloss die Eingangstür. Dann rief ich nach den Hunden und fuhr zur *Sturmhaube*.

Ich stellte meinen Wagen auf dem Parkplatz unterhalb der *Sturmhaube* ab. Die Hunde sprangen aus der Heckklappe und wären am liebsten direkt an den Strand gelaufen.

»Sorry, der Strand muss warten.« Ich befestigte die Leinen an den Halsbändern, und sie liefen neben mir her zum Restaurant.

KAPITEL 57

»Sie schon wieder! Und Verstärkung haben Sie auch gleich mitgebracht. Was wollen Sie? Ich habe alles gesagt.« Robert Kreyzinger stand auf einer Leiter und hängte mithilfe seiner Mitarbeiterin ein riesiges Bild an die Wand. In seinem Mundwinkel klemmte eine selbstgedrehte Zigarette. »Weiter links!«, raunzte er die junge Frau an.

»Nicht ganz. Sie haben einen entscheidenden Aspekt vergessen«, begann Nick.

»Der wäre?« Kreyzinger stieg von der Leiter.

»Sie hatten einen heftigen Streit mit Frau Engelhorst.«

»Sagt wer?«

»Herr Kreyzinger, bitte ersparen Sie uns allen das Hin und Her. Dafür gibt es mehrere Zeugen.« Uwe platzte der Kragen.

»Ach, die Sache im Café meinen Sie? Das hatte ich vollkommen vergessen.« Ein bemühtes Grinsen umspielte seine Mundwinkel.

»Worum ging es bei dem Streit?«, insistierte Nick.

»Ich wüsste nicht, was Sie das angeht. Das ist meine Privatsache.«

»Wir ermitteln in einem Mord, da gibt es keine Privatsachen«, gab ihm Nick zu verstehen.

»Na schön.« Er holte tief Luft. »Es ging um ein Bild. Wir waren unterschiedlicher Meinung, was meine Arbeit betrifft.«

»Und das ist derart eskaliert, dass Frau Engelhorst wutentbrannt das Lokal verlassen hat? Tut mir leid, aber das erscheint mir etwas unglaubwürdig.«

»Das ist die Wahrheit. Martina neigte manchmal zur Dramatik.« Kreyzinger zuckte die Achseln.

»Um welches Bild ging es, und was hatte Frau Engelhorst an Ihrer Arbeit auszusetzen?«, wollte Uwe wissen.

»Spielt das eine Rolle?«

»Wenn ich etwas sagen dürfte?«, meldete sich Kreyzingers Mitarbeiterin zu Wort, die sich bislang im Hintergrund gehalten hatte.

Der Kunsthändler fuhr ihr sofort über den Mund. »Du hältst dich da raus! Hast du nichts zu tun?«, fauchte er sie an.

»Herr Kreyzinger, wir bitten Sie, uns aufs Revier zu begleiten, damit Sie erkennungsdienstlich erfasst werden können. Anschließend unterhalten wir uns weiter«, beschloss Uwe und gab Maurizio und Hubsy ein Zeichen, die draußen neben der Eingangstür Stellung bezogen hatten. Kreyzinger folgte der Aufforderung zähneknirschend. Dann wandte sich Uwe an die Angestellte. »So, Frau …«

»Fischbach. Svenja Fischbach.«

»Also, Frau Fischbach, was wollten Sie eben sagen?«

»Vor Kurzem hat mein Chef ein Bild von Leonie Mahnke gerahmt, damit es in der Stiftungsgalerie ausgestellt werden kann. Frau Engelhorst hat es persönlich bei uns abgeholt«, begann sie leicht verunsichert.

»Das erscheint auf den ersten Blick nicht ungewöhnlich.«

»Nein, das ist es auch nicht. Bilder zu rahmen ist schließlich Teil unseres Jobs.« Sie lächelte. »Kurz nachdem sie das Bild abgeholt hat, rief sie an und wollte Robert sprechen.

Sie war richtig sauer am Telefon. So habe ich sie vorher noch nie erlebt. Normalerweise war sie immer sehr freundlich und sachlich«, erinnerte sich die Frau.

»Warum sie verärgert war, hat sie Ihnen nicht gesagt?«

»Nein. Wie gesagt, Sie wollte, dass der Chef sie umgehend anruft. Mehr hat sie nicht gesagt. Tut mir leid.«

»Danke, Frau Fischbach, Sie haben uns sehr weitergeholfen. Wissen Sie zufällig, wo sich das Bild jetzt befindet?«, fragte Uwe.

»Nein, das weiß ich leider nicht.«

KAPITEL 58

»Falk, wie schön, dass du meiner Einladung gefolgt bist.« Axel Windling war aufgestanden, um seinen Freund zu begrüßen.

»Hallo, Axel! Du hast mich neugierig gemacht, als du am Telefon von einer Überraschung gesprochen hast.«

»Setz dich erst mal. Ich habe mir erlaubt, zur Feier des Tages eine Flasche Champagner zu bestellen.« Er gab der Bedienung ein Zeichen, die sogleich mit einem Edelstahlkühler und einer Flasche des edlen Getränks an ihren Tisch kam und die Gläser füllte.

»Dann gibt es etwas zu feiern? Du hast doch erst im Februar Geburtstag?« Falk von Bergedorf sah sein Gegenüber fragend an.

»Nein, nein, kein Geburtstag oder Jubiläum.«

»Eigentlich ist mir wenig zum Feiern zumute. Die Sache mit Martina geht mir sehr nah. Dazu die verschwundene Leonie Mahnke. Das ist kein gutes Aushängeschild für unsere Stiftung. Wir müssen uns dringend etwas überlegen. Finanziell sieht es momentan alles andere als rosig aus. Ich verstehe das nicht. Ich muss mit Block ein ernstes Wort reden.«

»Sicher«, erwiderte Axel Windling. »Wir werden bestimmt eine Lösung finden. Ich unterstützte dich, wo ich nur kann.«

»Danke. Es ist gut, einen Freund wie dich zu haben. Aber du hast mich nicht wegen der Stiftung hierher bestellt, nehme ich an.«

»Nein. Ich muss dir etwas sagen. Erinnerst du dich an …« Plötzlich brach er mitten im Satz ab. Sein Blick wanderte zum Eingangsbereich des Restaurants. »Was will die hier?«

Falk von Bergedorf drehte den Kopf. »Ah, da ist sie ja! Ich habe mir erlaubt, Frau Scarren herzubestellen. Du hast doch nichts dagegen? Ich wollte ihr einen Vorschlag unterbreiten, der unserer Stiftung sehr helfen könnte.«

KAPITEL 59

»Herr Doktor Luhrmaier! Offensichtlich haben wir das gleiche Ziel«, begrüßte Staatsanwalt Achtermann den Rechtsmediziner, als er ihn vor dem Eingang des Westerländer Polizeireviers antraf.

»Scheint so.«

»Wie war die Hochzeitsfeier Ihrer Nichte? Die Kirche in Keitum ist wie für eine Trauung gemacht. Finden Sie nicht auch?«

»Bislang fand nur die standesamtliche Trauung statt. Die kirchliche folgt kommenden Samstag«, erklärte Luhrmaier eher emotionslos.

»Dann bleiben Sie noch einige Tage auf der Insel?«

»Ja. Ich wollte gerade zu den Kommissaren, um sie über das Obduktionsergebnis in Kenntnis zu setzen.«

»Das trifft sich gut, zu den beiden muss ich auch. Es gibt einen Tatverdächtigen im Fall der ermordeten Stiftungsvorständin.« Der Staatsanwalt überließ dem Rechtsmediziner den Vortritt. »Bitte nach Ihnen!«

Auf dem Flur zum Vernehmungsraum trafen sie Klara Böel.

»Ah, Frau Böel! Wissen Sie, ob die Herren Wilmsen und Scarren bereits da sind?«, erkundigte sich Achtermann bei der Kommissarin.

»Gesehen habe ich sie noch nicht, aber sie müssten gleich da sein. Wenn Sie mögen, können Sie gerne in dem Büro warten.« Sie deutete auf eine geöffnete Tür.

»Danke, das machen wir. Sagen Sie …«, fragte Achtermann an Luhrmaier gewandt, »… können Sie schon Details zu der genauen Todesursache des Opfers sagen?«

»Ja natürlich. Aber ist es nicht besser, auf die Kommissare zu warten? Dann muss ich nicht alles zweimal erklären«, erwiderte Luhrmaier.

»Natürlich, natürlich«, murmelte der Staatsanwalt, während Luhrmaier konzentriert über das Display seines Handys scrollte.

Schweigend warteten sie auf die Ankunft von Nick und Uwe. Als die beiden eintrafen, sprang Achtermann förmlich von seinem Platz auf.

»Da sind Sie ja endlich. Herr Doktor Luhrmaier ist ebenfalls anwesend, wir können also sofort beginnen«, nahm er die beiden Kripobeamten in Empfang.

»Moin zusammen. Als Allererstes brauche ich einen Kaffee und etwas zwischen die Kiemen, sonst geht gar nichts«, stellte Uwe unmissverständlich klar und marschierte in Richtung Pausenraum los. Die anderen folgten ihm.

»Wenn ich mich recht erinnere, wollten Sie abnehmen?«, fragte Luhrmaier, als Uwe ein Schokocroissant zur Hälfte aufgegessen hatte.

»Ach wissen Sie, Herr Doktor, ein schöner Körper kann nicht groß genug sein«, konterte Uwe und mampfte fröhlich weiter.

Die anderen sahen demonstrativ in eine andere Richtung, um nicht in schallendes Gelächter auszubrechen.

»Könnten wir bitte zum sachlichen Teil übergehen«, mahnte der Staatsanwalt.

»Wenn ich das richtig verstanden habe, wurde das Opfer zunächst betäubt und anschließend erwürgt. Damit war es praktisch wehrlos«, machte Nick den Anfang und fasste zusammen.

»Nicht ganz. Im Blut der Toten wurden Benzodiazepine festgestellt. In diesem Fall handelt es sich um den Wirkstoff Diazepam.«

»Das kommt in Schlafmitteln vor«, bemerkte Achtermann.

»Korrekt. Dieser Wirkstoff macht innerhalb weniger Wochen sogar abhängig. Doch das ist nicht fallrelevant. Dem Opfer wurde eine ausreichende Menge zusammen mit Alkohol verabreicht, um die Reaktionsfähigkeit herabzusetzen«, führte der Rechtsmediziner weiter aus.

»Dann war es nicht genug, um die Frau vollkommen auszuschalten?« Uwe steckte sich einen Keks in den Mund.

»Genau das heißt es. Wir haben Faserspuren unter ihren Fingernägeln nachweisen können sowie weitere Abwehrspuren. Es bedarf einiger Kraft, um einen Menschen mit bloßen Händen zu erwürgen. Je mehr er sich wehrt, je schwieriger ist es. Man muss mit beiden Händen die Stimmritze im Kehlkopf des Opfers zudrücken. In etwa so.« Luhrmaier legte beide Hände an Nicks Hals, um das Vorgehen zu demonstrieren.

»Wie viel Zeit braucht es, bis ein Mensch daran erstickt?«, wollte Klara Böel wissen, die sich instinktiv an den Hals fasste.

»Bis zu zehn Minuten.« Für einen kurzen Moment herrschte Stille. Dann ergriff Luhrmaier erneut das Wort. »Wenn ich mir eine abschließende Bemerkung erlauben darf?«

»Bitte, nur zu!«, forderte Uwe ihn auf und fegte mit der Handfläche einige Krümel vom Tisch.

»Meines Erachtens hatte der Täter – und ich wähle bewusst die männliche Form, da ich fest von einem Mann als Täter ausgehe – geplant, sein Opfer zu töten. Sonst hätte er es nicht betäubt. In den meisten Fällen, in denen das Opfer erwürgt wird, ist ein Streit vorausgegangen, der anschließend eskaliert ist. Was meine These noch untermauert, ist die Tatsache, dass der Täter Handschuhe getragen hat. Daher konnten auch keine Hautpartikel unter den Fingernägeln des Opfers nachgewiesen werden. Allerdings gibt es genügend andere Spuren, mit denen der Täter überführt werden kann.«

»Danke, Herr Doktor Luhrmaier, auch dafür, dass Sie extra persönlich vorbeigekommen sind.« Uwe nickte ihm zu.

»Sehr gerne. Wenn Sie keine weiteren Fragen haben, würde ich mich für heute verabschieden. Sie können mich jederzeit erreichen, ausgenommen Samstag zwischen 15.30 Uhr und 17 Uhr.« Auf die fragenden Blicke der Anwesenden ergänzte er. »Da findet die kirchliche Trauung meiner Nichte statt.« Ohne eine Miene zu verziehen, verabschiedete er sich.

»Der ist schon ein seltsamer Kauz.« Uwe schüttelte amüsiert den Kopf.

»Aber auf seinem Gebiet unschlagbar«, fügte Nick hinzu.

»Meine Herren, Frau Böel, meines Erachtens sollten wir uns von nun an wieder vollends auf den Tatverdächtigen konzentrieren. Wie war gleich der Name?« Achtermann war aufgestanden und blickte voller Tatendrang in die Runde.

»Robert Kreyzinger.« Uwe strich sich über seinen Vollbart.

»Erkennungsdienstlich haben wir ihn erfasst«, bestätigte Klara. »Außerdem hat die Spurensicherung im Rahmen der Untersuchung in der Wohnung von Frau Engelhorst einen interessanten Fund gemacht. Das werdet ihr nicht glauben!« Sie wedelte mit einer Aktenmappe in ihrer Hand.

»Nun sag schon!«, drängelte Uwe.

»Ich schlage vor, wir treffen uns in zehn Minuten zur Vernehmung von Herrn Kreyzinger. Ich müsste nur kurz mal wohin.« Der Staatsanwalt verließ das Büro.

»Wenn Achtermann die Ermittlungen ab sofort leitet, können wir getrost Feierabend machen?« Uwe grinste schief.

»So, Herr Kreyzinger. Nun erzählen Sie uns doch bitte, wonach Sie in der Wohnung von Frau Engelhorst gesucht haben«, fragte Uwe, nachdem alle Formalitäten erledigt waren.

»Ich war nicht in der Wohnung«, widersprach Kreyzinger.

»Doch, das waren Sie. Die Kollegen der Spurensicherung haben Katzenhaare und Tabakkrümel gefunden. Sie haben doch eine Katze? Im Übrigen stimmen die Fingerabdrücke, die wir in der Wohnung gefunden haben, mit Ihren überein. Also, wonach haben Sie gesucht?«

Der Kunsthändler überlegte kurz, gab seinen Widerstand dann auf. »Jetzt ist es auch schon egal. Okay, ja, ich war in der Wohnung, weil ich nach einem Bild gesucht habe. Ich hatte es in ihrem Auftrag gerahmt.«

»Warum wollten Sie es zurückhaben?«

Keine Antwort.

»Herr Kreyzinger?«

»Frau Engelhorst war mit meiner Arbeit nicht einverstanden. Sie hat mich gebeten, Nachbesserungen vorzunehmen. Das war ihr gutes Recht.«

»Und deswegen sind Sie bei ihr eingebrochen? Das erscheint nicht sehr glaubwürdig.«

»Kann ich eine rauchen?«

»Tut mir leid, hier herrscht absolutes Rauchverbot.«

»Das Bild war nicht da. In der Stiftung war es auch nicht.«

»Woher wissen Sie das?«

»Von Block.« Kreyzinger trommelte nervös mit den Fingern auf der Tischplatte. »Keine Ahnung, was sie damit gemacht hat!« Seine anfängliche Coolness begann zu bröckeln.

»Frau Engelhorst hatte ihre Nachbarin gebeten, das Bild in ihre Obhut zu nehmen. Diese hat es an unsere Kollegen übergeben«, erklärte Uwe.

Kreyzinger schluckte. Sämtliche Farbe war aus seinem Gesicht gewichen.

»Wir wissen mittlerweile, warum Sie dieses Bild unbedingt zurückhaben wollten«, fuhr Uwe fort.

»Ich habe keine Ahnung, wovon Sie sprechen.« Der Kunsthändler fuhr sich mit der Zunge über die Lippen und rutschte auf seinem Stuhl hin und her.

»Ich denke, das wissen Sie sehr genau. Bei dem Bild handelt es sich nicht um ein Gemälde von Leonie Mahnke«, konfrontierte Nick ihn mit dem, was Klara Böel ihnen kurz zuvor mitgeteilt hatte. »Das war bloß Fassade. Darunter befand sich ein Werk von Emil Nolde, das erst neulich hier auf Sylt bei einem Einbruch entwendet wurde. Sie haben es bloß mit einem Werk von Frau Mahnke überspannt.«

Robert Kreyzinger schwieg.

»Wahrscheinlich ist Ihnen Frau Engelhorst auf die Schliche gekommen. Daher auch der Streit im Café. Sie wollte Sie auffliegen lassen. Deshalb haben Sie sie an den Strand gelockt, betäubt und anschließend erwürgt, als sie wehrlos war«, fasste Uwe zusammen.

»Ich wollte sie am Gewinn beteiligen, wenn ich das Bild verkauft hätte. Es sollte erst Gras über die Sache wachsen, bis ich das Bild verkaufen konnte. Martina war immer so korrekt. Die Kunst war ihr ein und alles.« Er sprach leise und hielt den Kopf gesenkt.

»Dafür musste sie sterben.«

»Nein!« Kreyzingers Kampfgeist war zurückgekehrt. »Mit ihrem Tod habe ich nichts zu tun!«

»Das wird sich noch herausstellen. Sie sind vorläufig festgenommen.« Uwe erhob sich.

»Gute Arbeit, meine Herren! Das gilt selbstverständlich auch für Sie, Frau Böel. Damit wäre der Fall so gut wie gelöst.« Achtermann blickte zufrieden in die Runde. »Oder haben Sie Zweifel? Herr Scarren? Was denken Sie?«

»Endgültige Gewissheit haben wir erst, wenn seine Spuren mit denen an der Leiche übereinstimmen.«

»Das werden wir in Kürze wissen«, hielt der Staatsanwalt dagegen.

»Ich frage mich, ob Kreyzinger gleichzeitig auch der Entführer von Leonie ist. Wäre immerhin denkbar, dass sie ihn dabei erwischt hat, wie er den Diebstahl des Nolde mit ihrem Werk vertuschen wollte.«

»Damit könnten Sie recht haben. Womöglich befinden sich weitere gestohlene Bilder in seinem Besitz«, überlegte der Staatsanwalt.

»Ich bin mir sicher, dass die Gemäldediebstähle der letzten Wochen und Monate ebenfalls auf Kreyzingers Konto gehen. Ich bin gespannt, was wir finden werden, wenn wir seine Galerie auf den Kopf stellen«, wandte Klara Böel ein.

KAPITEL 60

»Worüber wollten Sie mit mir reden?«, wollte ich von Falk von Bergedorf wissen, während die Kellnerin Champagner in mein Glas goss. »Danke, bitte nicht so viel, ich muss noch fahren.«

»Es passt hervorragend, dass Axel ebenfalls anwesend ist, schließlich liegt ihm die Stiftung ebenso am Herzen wie mir.«

»Das tut sie«, bestätigte dieser.

»Nachdem Frau Engelhorst ihre Aufgabe nun nicht mehr erfüllen kann, habe ich darüber nachgedacht, ob nicht …«

Axel Windling bekam einen Hustenanfall. »Ist es dafür nicht noch etwas zu früh, über einen Nachfolger nachzudenken?«

Von Bergedorf sah seinen Freund erstaunt an. »Darum geht es nicht. Ich verfolge den Gedanken, die Ausrichtung unserer Stiftung zu verändern. Martina und ich hatten kurz darüber gesprochen, bevor sie …« Er ließ den Satz offen.

»Und woran hast du gedacht?«

»Wir müssen moderner werden. Kunst wieder lebendig machen, auch für jüngere Leute. Anna, könnten Sie sich vorstellen, uns dabei zu unterstützen?« Seine hellen Augen ruhten auf mir.

»In welcher Form?«, fragte ich.

»Der Bereich der Musik könnte Unterstützung vertragen.«

»Aber wir haben doch gerade eine junge Cellistin, Alina Tottmann. Ist das nicht genug?« Axel Windling schien der Vorschlag seines Freundes nicht zu überzeugen.

»Sicher, aber ich dachte an mehr. Frau Scarren spielt sehr gut Klavier. Wir könnten regelmäßig Workshops geben. Wusstest du, dass sie von John Woodbrook unterrichtet wurde?«

»Du erwähntest es.« Windling schien sich nach wie vor nicht für die Idee begeistern zu können.

»Ich finde den Gedanken generell gut, aber ich bin definitiv nicht die Richtige für die Aufgabe.« Beide sahen mich überrascht an. »Es tut mir leid, wenn ich Sie enttäusche, aber ich verfüge weder über die ausreichende Qualifikation noch über die Zeit, die für solch eine Aufgabe notwendig wäre.«

»Das ist bedauerlich.« Von Bergedorf wirkte enttäuscht.

»Meiner Meinung nach sollten wir alles lassen, wie es ist. Kunst und Kultur sind nicht jedermanns Sache. Mit Laien zu arbeiten, kann am Ende mehr schaden, als es hilft. Entschuldigen Sie, Frau Scarren, ich wollte Ihnen nicht zu nahetreten, aber das ist nun mal die Realität. Außerdem haben wir die Aufgabe, das Erbe großartiger Kunstschaffender für die Zukunft zu verwalten und zu sichern.« Er griff nach seinem Glas und leerte es in einem Zug.

»Im Grunde hast du recht, es war nur so eine Idee. Gibt es eigentlich Neuigkeiten im Fall Leonie Mahnke? Ihr Mann ist, soweit ich weiß, in die polizeilichen Ermittlungen involviert«, erkundigte sich Falk.

»Nein. Zudem bin ich in polizeiliche Ermittlungen generell nicht eingebunden. Mein Mann spricht grundsätzlich nicht über seine Arbeit«, versuchte ich, mich elegant aus der Affäre zu ziehen. Dabei fielen mir die Unterlagen wieder ein, die ich in von Bergedorfs Haus entdeckt hatte.

»Ich kann nur hoffen, dass sie bald gefunden wird und somit weiterer Schaden von der Stiftung abgewendet werden kann.« Axel Windling winkte die Servicekraft zu sich, um eine weitere Bestellung aufzugeben.

»Bestimmt können Sie mir eine Frage beantworten, die ich mir seit Längerem stelle: Ist Ihre Stiftung eigentlich für das Aufstellen dieser Bronzetafeln zuständig, die überall in Kampen verteilt sind? Die Entscheidung, wer eine Tafel erhält, ist gewiss nicht leicht. Auch die Auswahl der Texte, die auf den Tafeln stehen, muss sorgsam getroffen werden«, lenkte ich vom Thema ab, worauf die beiden Männer kurze Blicke tauschten.

»Wieso kommen Sie darauf? Gibt es einen besonderen Grund dafür?«, hakte Falk nach.

»Einen Grund? Nein, das ist reine Neugierde.« Ich versuchte, mich so entspannt wie möglich zu geben.

»Der *Kunst- und Kulturpfad* geht auf den Künstlerphilosophen Siegward Sprotte zurück. Er hatte sich gewünscht, etwas an das Dorf Kampen zurückgeben zu können, in dem er viele Jahrzehnte gelebt und gewirkt hat. Seine Frau und sein Sohn haben ihm diesen Wunsch in Zusammenarbeit mit der Tourismuszentrale erfüllt«, erwiderte Axel Windling.

»Wir stehen immer mal wieder beratend zur Verfügung«, ergänzte von Bergedorf.

»Danke, das habe ich nicht gewusst.« Ich sah auf mein Handy. »Schon so spät! Ich fürchte, ich muss mich verabschieden. Falk, Herr Sanders wird sich in den nächsten Tagen bei Ihnen melden, wann es mit den Arbeiten auf Ihrem Grundstück losgehen kann.«

»In Ordnung.«

Dann machte ich mich mit den Hunden auf den Weg zu meinem Wagen. Leider war es mir nicht gelungen, mehr über die Unterlagen in Erfahrung zu bringen. Vielleicht konnte ich beim nächsten Mal mehr herausfinden, denn aufgeben kam für mich nicht infrage.

KAPITEL 61

Wir standen am Hörnumer Strand und hielten Ausschau nach dem Katamaran, mit dem unser Sohn von Helgoland zurückkommen sollte. Das Hafengelände mit dem angrenzenden großen Parkplatz war gut gefüllt, sodass wir Schwierigkeiten hatten, einen freien Platz zu finden. Bis zum Eintreffen des Schiffes hatten wir es uns am Strand gemütlich gemacht. Auf dem Wasser schipperte ein kleines Segelschiff der Hörnumer Segelschule vorüber. Eine Gruppe Stand-up-Paddler übte, das Gleichgewicht zu halten.

»Hier bitte!« Nick reichte mir eine Limonade. »Ich hoffe, die schmeckt. Etwas anderes hatten sie nicht mehr.«

»Bestimmt, danke. Das sieht so einfach aus, ist es aber anscheinend nicht.« Ich deutete zu einem Board, dessen Paddler eben unfreiwillig abgestiegen war.

»Wenn du einmal den Dreh raushast, macht es richtig Spaß. Du brauchst ein gutes Gleichgewicht. Willst du es ausprobieren?«

»Jetzt?«

Er lachte. »Nicht sofort. Ich meinte eher generell.«

»Vielleicht wenn ich mehr Zeit habe. Momentan ist viel zu tun. Es ist doch einiges liegen geblieben während unseres Urlaubs. Manchmal möchte ich am liebsten gleich wieder die Koffer packen und in den Flieger steigen.«

»Dann hat es dir in Kanada gut gefallen?« Nick musterte mich. Durch die dunklen Gläser seiner Sonnenbrille konnte ich seine Augen nicht sehen.

»Ja, was nicht heißen soll, dass es mir auf Sylt nicht gefällt. Sylt ist mittlerweile meine Heimat geworden. Haben sich deine Eltern zwischenzeitlich wieder gemeldet?«

»Nein. Das ist hoffentlich ein gutes Zeichen.« Nick setzte die Flasche an den Mund und trank von seiner Limonade. »Ganz schön süß!« Er verzog das Gesicht.

»Jeden Tag bräuchte ich das auch nicht, aber ab und zu finde ich sie ganz lecker. Du hast vorhin gesagt, ihr habt den Mörder der Stiftungsleiterin gefasst. Das ging schnell.«

»Sicher ist es nicht, aber vieles spricht dafür.«

Ich überlegte kurz, ob ich noch mal die Sache mit den Unterlagen ansprechen sollte.

»Raus mit der Sprache, irgendetwas beschäftigt dich. Ich kenne dich.« Ein Grinsen erschien auf seinem Gesicht.

»Ich habe heute Falk von Bergedorf in der *Sturmhaube* getroffen. Sein Freund Axel Windling war auch dabei. Ich glaube, die beiden hatten etwas zu feiern«, berichtete ich.

»Aha. Warst du zufällig dort?«

»Nein, er wollte sich mit mir treffen. Stell dir vor, er hat mir einen Job in der Stiftung angeboten.« Gespannt verfolgte ich Nicks Mienenspiel.

»Was für einen Job?«

»In der Stiftung soll zukünftig mehr die Musik gefördert werden. Daher möchte Falk gerne, dass ich diesbezüglich unterstütze.«

»Wirst du es machen?«

»Das schaffe ich zeitlich nicht. Deshalb habe ich von Vorneherein abgelehnt.« Für einen Augenblick hatte ich das Gefühl, die Erleichterung bei Nick zu spüren.

»Das hätte dir bestimmt Spaß gemacht. Dann hättest du etwas nur für dich.«

Verwundert sah ich ihn an. »Wie meinst du das?«

»Ich habe das Gefühl, dass du in der letzten Zeit ständig unter Druck stehst. Du willst es allen recht machen und vergisst dabei dich selbst. Wann hast du das letzte Mal Klavier gespielt?« Nick nahm die Sonnenbrille ab und sah mir tief in die Augen.

Im ersten Moment wusste ich nicht recht, was ich sagen sollte. »Das ist lange her.«

»Siehst du? Das müssen wir ändern.«

Ich nahm seine Hand und drückte sie. »Danke! Aber was ich dir noch erzählen wollte. Ich weiß nicht, ob es wichtig ist, aber ich hatte heute das Gefühl, dass Falk etwas verheimlicht.«

»Was denn?« Nick hob die Augenbrauen.

»Ich habe dir doch gestern von den Unterlagen erzählt, die ich in seinem Haus gesehen habe. Als ich vorhin das Gespräch in diese Richtung lenken wollte, hat er sofort abgeblockt. Das ist doch seltsam, oder? Obwohl ich mir beim besten Willen nicht vorstellen kann, dass er ein Entführer sein könnte. Geht ihr meiner Entdeckung jetzt nach?«

»Ach, Anna! Dein Spürsinn in allen Ehren, aber ich fürchte, du verrennst dich in eine fixe Idee. Wir haben nichts gegen ihn in der Hand, was ausreichen würde, einen richterlichen Beschluss für eine Hausdurchsuchung erwirken zu können. Momentan konzentrieren wir uns auf diesen Stalker, der Leonie seit Langem belästigt. Von ihm fehlt jedoch bislang jede Spur. Er ist zur Fahndung ausgeschrieben.«

»Gab es zwischenzeitlich einen neuen Hinweis?«

»Nein, das beunruhigt uns etwas.« Nick sah auf die Uhr und dann aufs Meer. »Eigentlich müsste das Schiff gleich da sein.«

»Da drüben! Da kommt es!« Ich erhob mich und klopfte den Sand von den Beinen.

»Dann lass uns zum Anleger gehen. Ich bin gespannt, was unser kleiner Matrose zu berichten hat.« Er zwinkerte und reichte mir seine Hand.

KAPITEL 62

»Was für ein Tag«, seufzte Uwe, als sie die Treppe in den ersten Stock hochgingen.

»Er hat gerade angefangen. Was ist los?«

»Ach, nicht genug, dass der Nachbar heute früh um Punkt 7 Uhr den Rasenmäher angeschmissen, Tina geschnarcht hat, als würde sie einen ganzen Wald abholzen wollen, hat auch noch die Kaffeemaschine ihren Geist aufgegeben.«

»Du bist wirklich gebeutelt.« Nick konnte sich ein Grinsen kaum verkneifen.

»Du sagst es.« Uwe schlurfte den Gang entlang zu ihrem Büro.

»Herr Wilmsen, Herr Scarren! Warten Sie!« Hinter ihnen ertönte die Stimme des Dienststellenleiters Peter Reimers.

»Der hat mir gerade noch gefehlt!«, murrte Uwe und drehte sich um. »Moin, Herr Reimers! Wo brennt's denn?«

»Bei der Stiftung ist ein weiterer Hinweis eingegangen.« Er wirkte abgehetzt. »Wie weit sind Sie denn in Sachen des Stalkers? Ich weiß nicht, wie lange Franziska diese Ungewissheit über den Verbleib ihrer Tochter noch aushalten soll?«

»Verständlich, aber weit wichtiger ist doch, wie es Leonie selber geht«, merkte Nick an.

»Wie dem auch sei. Am besten fahren Sie sofort nach

Kampen. Herr Block wartet bereits auf Sie.« Mit diesen Worten machte er auf dem Absatz kehrt und verschwand um die nächste Ecke.

»Der hat leicht reden. Na gut, gibt es eben keinen Kaffee. Machen wir uns gleich auf den Weg.« Uwes Laune steuerte einem Tiefpunkt entgegen.

»Okay, ich gebe Hubsy und Maurizio Bescheid. Sie sollen ebenfalls zur Stiftung fahren.«

Als Nick und Uwe das Foyer der Stiftung betraten, wurden sie bereits von Thorsten Block erwartet.

»Guten Morgen, den habe ich vorhin im Briefkasten gefunden. Er sieht genauso aus wie die, die bisher gekommen sind. Ich habe ihn extra nicht geöffnet, weil ich keine möglichen Spuren vernichten wollte.« Er reichte ihnen das Kuvert mit spitzen Fingern.

»Danke, Herr Block.« Nick hatte Einmalhandschuhe übergezogen und nahm den Briefumschlag an sich. Vorsichtig öffnete er ihn und zog einen Zettel heraus.

»Was haben wir denn diesmal?«, fragte Uwe und versuchte, einen Blick auf die Nachricht zu erhaschen.

Inspiration
tosende Gischt
dem Abgrund nah
der Blick zum Horizont
Zauberhaft

»Ich wette, das ist wieder ein Hinweis auf eine der Stelen. Fragt sich nur, auf welche?«, überlegte Nick, nachdem er die Zeilen laut vorgelesen hatte.

»*Tosende Gischt* klingt für mich nach der Westseite der

Insel. Vielleicht sollten wir uns in erster Linie darauf konzentrieren«, erwiderte Uwe.

»Gute Idee. Lass mal sehen, was wir dort haben.« Nick öffnete das Foto des Plans, den er abfotografiert hatte. »Hier erinnert eine Stele an Wilhelm Waetzhold.«

»Sagt mir ehrlich gesagt nichts«, gab Uwe zu.

»Ein Kunsthistoriker«, erklärte Block mit vorwurfsvollem Blick.

»Ah, danke, Herr Block. Wen gibt es noch?«

»Da wären noch Max Frisch, Ernst Rowohlt …«, begann Nick aufzuzählen, »… und weiter nördlich Thomas Mann sowie Emil Nolde.«

»Nolde«, wiederholte Uwe nachdenklich. »Wurde nicht bei dem Einbruch neulich ein Bild von ihm gestohlen? Oder habe ich jetzt irgendetwas verwechselt bei der geballten Ladung Kultur in der letzten Zeit?«

»Du täuschst dich nicht. Bei dem gestohlenen Bild handelte es sich tatsächlich um ein Werk von ihm. Der Text auf der Stele könnte zu unserem Rätsel passen.« Nick sah auf das Display seines Smartphones und zitierte: *»Es war, als ob die frische Luft, der salzige Geschmack, die tosenden Wogen mich anspornten und beglückten, die Wanderungen auf dem festen Sand das Meer entlang waren meine Lust.«*

»Könnte durchaus sein. Aber wie passen *Abgrund* und *Zauberhaft* dazu?«, überlegte Uwe.

»Thomas Mann! Der ist es!«, meldete sich Thorsten Block unerwartet zu Wort.

Nick und Uwe sahen ihn überrascht an.

»Damit könnten Sie recht haben«, pflichtete Nick dem Mann bei. »Von Thomas Mann stammt der Roman *Der Zauberberg*. Außerdem hat er im *Haus Kliffende* logiert, das sich in unmittelbarer Nähe der Stele befindet. Sylt soll für Thomas Mann ein Ort der Inspiration gewesen sein.«

Uwe sah den Kollegen verblüfft an. »Respekt, mein Lieber. Jetzt überraschst du mich aber. Wo genau befindet sich seine Bronzetafel?«

»Die Nummer 22 liegt zwischen dem Quermarkenfeuer und dem *Haus Kliffende*.«

»Dann los. Wir sollten keine Zeit verlieren. Einen Streifenwagen und die Spurensicherung informieren wir von unterwegs. Was will denn Reimers schon wieder?« Mit einem Augenrollen nahm Uwe das Gespräch an.

Sie stellten den Wagen direkt am Tor zum *Haus Kliffende* ab und gingen den Rest des Weges zu Fuß.

»Da kommen auch schon die Kollegen.« Uwe deutete zu dem Streifenwagen, der sich dem Parkplatz näherte.

»Sehr gut. Die können hier gleich alles weiträumig absperren.«

»Das Ding sieht ziemlich verwittert aus«, stellte Uwe fest, als sie die Bronzetafel erreicht hatten.

»Die Tafel wurde bereits im Jahr 2008 aufgestellt.« Nick zeigte auf die Inschrift unten links.

»Nicht Glück oder Unglück, der Tiefgang des Lebens ist es, worauf es ankommt. An diesem erschütternden Meere habe ich tief gelebt, und was es aufregte, das wird, gebe es Gott, irgendwie einmal ehrenhaft fruchtbar werden«, zitierte Uwe den Text auf der Tafel. »Das klingt schon mal tiefgründig. Jetzt müssen wir nur noch den Hinweis auf Leonie finden. Was machst du da?«

Nick hockte vor einem der beiden großen Steine, die rechts und links eines Laternenpfahls lagen. »Ich suche nach einem möglichen Hinweis.«

»Und? Kannst du etwas entdecken?«

»Nein, aber vielleicht hier.« Im kleineren der beiden Findlinge befand sich ein Loch. Nick steckte zwei Finger hindurch.

»Ich glaube, da ist was.« Mit einiger Mühe beförderte er einen orangefarbenen Beutel zutage. »Da haben wir etwas.«

»Schon wieder ein Schietbüttel. Ich hoffe, da hat sich nicht bloß jemand einen Scherz erlaubt und das Ding samt Inhalt in dem Loch entsorgt.« Uwe verzog angewidert das Gesicht und warf einen vorsichtigen Blick in die Tüte. »Oh Scheiße!«

»Also doch?«

»Was? Nein. Sieh selbst!« Uwe hielt Nick den geöffneten Beutel hin.

»Das ist ein Ohrring. Klebt da Blut dran?«

»Ich fürchte, ja. Wahrscheinlich wollte die Besitzerin das Schmuckstück nicht freiwillig hergeben.«

»Wie es aussieht, schlägt unser Entführer eine härtere Gangart ein. Verdammt! Wir müssen das Mädchen endlich finden, bevor noch mehr passiert.«

»Jedenfalls können wir ausschließen, dass sie von der Engelhorst festgehalten wird.«

»Das ist eher ein schwacher Trost.«

»Hallo! Habt ihr schon etwas gefunden?«, erkundigte sich Hubsy, als sie zusammen mit Maurizio an der Stelle ankamen.

»Ja, einen blutigen Ohrring. Kommt gleich in die KTU.« Mit diesen Worten verstaute Uwe das Fundstück in einem Asservatenbeutel.

»Oha, klingt nicht gut«, bemerkte Maurizio.

»Schaut mal unauffällig in Richtung Quermarkenfeuer«,

sagte Hubsy plötzlich. »Da ist dieser Typ wieder. Er sitzt auf der Bank und schaut zu uns herüber.«

»Welcher Typ?«, fragte Uwe, der nicht sofort verstand.

»Na, der Typ, der immer dann auftaucht, wenn wir nach einem Hinweis suchen. Ich gehe jede Wette ein, dass das Daniel Lubowski ist. Er versteckt den Hinweis und will sehen, ob wir etwas finden. Wenn ihr mich fragt, ist das ein Psychopath.«

»Dieses Mal darf er uns nicht wieder entwischen. Wir nehmen ihn in die Zange. Hubsy, du läufst in Richtung Hauptstraße und schneidest ihm den Weg ab, falls er in diese Richtung entkommen will.« Nick deutete querfeldein.

»Das ist Naturschutzgebiet, da darf man nicht durch«, äußerte Maurizio Bedenken.

»Mann, Maurizio. Hast du Angst, dass jemand die Polizei ruft?«, feixte Hubsy.

»Haha.«

»Maurizio, du nimmst den Weg am Wärterhäuschen vorbei zum Strand«, instruierte Nick den jungen Kollegen.

»Was mache ich?«, fragte Uwe.

»Du fängst ihn ab, falls er hier entlangkommen sollte.«

»Okay. Und du?«

»Ich laufe ihm hinterher.«

»Na, dann los!«, erteilte Uwe das Startzeichen.

Nick nahm die Verfolgung auf und rannte den Weg zum Quermarkenfeuer. Um ein Haar wäre er über eine lange Hundeleine gestolpert, die quer über den Weg gespannt war und an der eine Französische Bulldogge am Wegesrand schnüffelte. Am anderen Ende standen zwei junge Frauen, die gerade ein Selfie vor der Kulisse des kleinen Leuchtturms machten. Erschrocken sahen sie zu Nick, der laut fluchend seinen Weg fortsetzte. Oben am Turm angekommen, hielt er an, um Luft zu holen und nach dem Flüchtenden Ausschau zu halten. Doch von ihm war weit und breit nichts zu sehen. Als Nick gerade das Bauwerk aus Backsteinen umrunden wollte, nahm er eine Bewegung wahr und sah, wie eine Person den Bretterweg auf der anderen Seite hinunterlief. Sofort nahm er die Verfolgung auf. Am Fuß des Weges bog der Mann nach links zum Strand ab. Nick rannte ihm hinterher und musste dabei immer wieder Urlaubern ausweichen, die sich ihm unbeabsichtigt in den Weg stellten. Der Abstand zwischen den beiden Männern blieb lange Zeit in etwa gleich. Erst als das Strandrestaurant *Kaamps 7* in Sichtweite kam, schien dem Gejagten allmählich die Puste auszugehen, sodass sich der Abstand verringerte.

»Stehen bleiben! Polizei!«, rief Nick, dessen Kräfte sich ebenfalls dem Ende zuneigten.

Unerwartet tauchte von links ein Mann auf, stellte sich dem Davonlaufenden in den Weg und brachte ihn schließlich zu Fall.

»Danke!« Nick keuchte und wischte sich den Schweiß von der Stirn. Seine Kehle fühlte sich staubtrocken an.

»Keine Ursache. Ich bin zwar im Urlaub, aber Kollegen lässt man nie im Stich«, sagte der Helfer mit einem fröhlichen Lachen.

»Ah, auch Polizist? Woher kommst du?«

»Aus der Nähe von Hannover. Wir machen Urlaub auf Sylt.« Er deutete zu einer Frau mit einem kleinen Mädchen. »Warte, ich helfe dir!«

Gemeinsam halfen sie dem Mann auf die Beine. Um sie herum hatte sich in Windeseile eine beachtliche Menschenmenge versammelt, die das Geschehen mit neugierigen Blicken verfolgte.

»Was hat er ausgefressen?«

»Ganz genau wissen wir das noch nicht«, erwiderte Nick.

Maurizio traf ein. »Da haben wir ihn ja.« Ihm standen ebenfalls Schweißperlen auf der Stirn.

»Nur mithilfe des Kollegen.« Nick wies auf den Mann in Shorts und T-Shirt neben ihm.

»Keine Ursache. Ich will mal wieder. Viel Erfolg noch!« Er tippte sich an die imaginäre Hutkrempe und kehrte zu seiner Frau und der kleinen Tochter zurück.

»Danke noch mal und schönen Urlaub!«, rief Nick ihm nach.

»Ist der Mann ein Verbrecher?«, konnte Nick die Kleine fragen hören.

Maurizio legte Daniel Lubowski Handschellen an. »So, Endstation.«

»Scheiß Bullen!«, presste der Festgesetzte hervor und spuckte neben Nick in den Sand.

»Na, na, na! Das lassen Sie besser, oder wollen Sie eine Anzeige wegen Beamtenbeleidigung kassieren?«, kommentierte Maurizio die Reaktion des Mannes.

»Ihr könnt mich mal!«

KAPITEL 63

Nachdem ich Christopher am Vormittag bei meinen Eltern abgeliefert hatte, fuhr ich nach Braderup in unser Büro. Auf dem Parkplatz herrschte nahezu gähnende Leere. Alle unsere Mitarbeiter waren auf der Insel unterwegs. Auch Piets Wagen war nicht da. Lediglich Noras Fahrrad stand im Fahrradständer neben unseren drei Firmenrädern.

»Guten Morgen! Schön, dass du wieder da bist. Wie war dein Urlaub?«, fragte ich.

»Schön, aber leider zu kurz«, erwiderte sie. »Und deiner?«

»Auch sehr schön.«

»Ich habe gesehen, dass du das meiste an Post schon erledigt hast. Danke!«

»Du sollst dich ja nicht gleich am ersten Tag verausgaben. Oh, mein Telefon klingelt. Lass uns später sprechen.« Ich kramte mein Handy hervor.

»Guten Morgen! Wir sind uns neulich in Kampen begegnet, als ich mit Helmut unterwegs war. Sie haben mir Ihre Karte gegeben, als Sie gegen den Zaunpfahl meiner Nachbarin gefahren sind. Erinnern Sie sich?«

»Ja, natürlich!«, erwiderte ich, obwohl ich einen Augenblick gebraucht hatte, um die Anruferin einzuordnen.

»Ich wollte Ihnen nur Bescheid geben, dass er jetzt da ist.«

»Wer?«

»Der Neffe meiner verstorbenen Nachbarin. Ich dachte, das interessiert Sie bestimmt. Dann können Sie die Sache mit dem kaputten Zaun klären.«

»Oh, danke für die Info. Ich werde mich gleich auf den Weg machen.«

»Sehr gerne!«

Ich sah auf die Uhr. Bis zu meinem nächsten Kundentermin blieb genügend Zeit, um einen Abstecher nach Kampen zu machen.

»Ich muss kurz weg. Kann ich die Hunde bei dir lassen?«, fragte ich unsere Mitarbeiterin.

»Klar, kein Problem.«

»Danke. Ich fahre bei dem schönen Wetter mit dem Fahrrad, dann tue ich gleich etwas für meine Gesundheit.«

Draußen auf dem Hof nahm ich eines unserer Fahrräder, die wir unseren Angestellten bei Bedarf zur Verfügung stellten. Nach knapp zehn Minuten erreichte ich das Grundstück. Ich stellte das Rad ab und klingelte. Niemand öffnete. Hatte ich den Neffen verpasst, oder hatte sich die Frau getäuscht und es handelte sich nicht um den neuen Hauseigentümer? Ich ging ein paar Meter an der Grundstücksgrenze entlang bis zur Tiefgarageneinfahrt. Das Tor war nicht verschlossen, sondern stand einen Spalt offen. Kurzerhand schlüpfte ich hindurch und bewegte mich auf das weit geöffnete Garagentor zu. In der Garage stand ein schwarzes Cabriolet mit geöffnetem Verdeck neben einem Oldtimer, der zum Teil von einer Schutzhülle verdeckt war.

»Hallo? Ist hier jemand?«, rief ich, um nicht für eine Einbrecherin gehalten zu werden.

Doch ich erhielt weder eine Antwort, noch rührte sich etwas. Niemand war zu sehen oder zu hören. Im Inneren der Garage brannte die Deckenbeleuchtung, woraus ich schloss, dass jemand anwesend sein musste. Wahrscheinlich war der Bewohner oben im Haus und hatte mich nur nicht gehört.

»Hallo?«, rief ich ein weiteres Mal.

Ich beschloss, noch einen Moment zu warten, und sah mich um. In der Garage roch es nach Gummi und Kraftstoff. An einer der Wände waren Leisten angebracht, an denen diverse Werkzeuge und Gartengeräte hingen. Am anderen Ende der Garage stand eine Tür weit offen, die vermutlich in den Keller des Hauses führte. Der Gang war ebenfalls hell erleuchtet. Vielleicht sollte ich doch besser an der Haustür klingen, als hier zu warten. Als ich mich gerade an dem Cabriolet vorbeiquetschte, blieb mein Blick auf dem Beifahrersitz hängen, auf dem eine Mappe lag. Sie erinnerte mich an die Mappe, die mir in Falk von Bergedorfs Haus versehentlich heruntergefallen war. Neugierig griff ich in das Wageninnere, nahm sie heraus und öffnete sie. Ein Zettel mit einem handgeschriebenen Text lag obenauf. Ich begann zu lesen:

Natur
unsterbliche Kraft
für immer bewahrt
im Zentrum des Lebens
Wunschgedanke

Am Rand befanden sich weitere Notizen, unter anderem der Name »Avenarius«. Auf der nächsten Seite fand ich das Foto einer Bronzetafel des *Kampener Kunst- und Kulturpfads* mit der Aufschrift: *»Meine Damen und Herren, ich pfeif auf einen unsterblichen Namen, doch ein stilles Werk unsterblicher Kraft, das leise weiter und weiter schafft, das wär', was ich mir wünschen könnt.«* Sofort beschlich mich der Gedanke, dass es sich hierbei um ein weiteres Rätsel von Leonies Entführer handeln könnte. Womöglich sollte der nächste Hinweis an der Stele von Ferdinand Avenarius, dem Vorkämpfer des Naturschutzes auf Sylt und Ehrenbürger von Kampen, versteckt werden. Meine Eltern waren regelmäßige und begeisterte Besucher des gleichnamigen Parks in Kampens Dorfkern. In der ganzjährig geöffneten Anlage fanden sich neben einer Buddha-Statue und einem Teich mit Seerosen auch das eine oder andere Plätzchen, um die Seele baumeln zu lassen. Ich wollte umgehend Nick über meine Entdeckung in Kenntnis setzen, als ich von einem klopfenden Geräusch aus meinen Gedanken gerissen wurde. Schnell klappte ich die Mappe zusammen und legte sie zurück auf den Sitz. Ich verharrte einen Moment und lauschte. Da war es wieder. Das Klopfen schien aus einem der Kellerräume zu kommen. War da sogar eine Stimme, oder täuschte ich mich? Vielleicht war der Hausbesitzer verunglückt und brauchte dringend Hilfe, schoss es mir durch den Kopf. Neugierig folgte ich den Lauten, bis ich vor einer Tür stand, hinter der ich erneut ein Geräusch vernahm. Der Gang endete an dieser Stelle. Von hier aus führte eine Treppe nach oben in das Haus. Von dort hörte ich durch die angelehnte Tür jemanden sprechen, offenbar handelte es sich um ein Telefongespräch. Neben mir hörte ich ein Schaben oder Kratzen hinter der Tür. War dort ein Tier eingesperrt und suchte vergeblich den Weg ins Freie? Ich drehte den Schlüssel, der im Schloss steckte, und drückte vorsichtig die Tür auf.

KAPITEL 64

»Eines Tages klauen sie dir den Wagen noch, wenn du ihn immer offen rumstehen lässt«, bemerkte Nick, als sie an der Dienststelle in Westerland ausstiegen.

»Wer sollte den klauen? Schon gar nicht hier. Hast du ein Taschentuch?«, fragte Uwe, dessen Nase zu kitzeln begann. Gleich würde er einen heftigen Niesanfall bekommen.

»Tut mir leid, ich habe keine bei mir«, entschuldigte sich Nick.

»Im Wagen müssten welche sein.« Uwe öffnete die Wagentür und griff in die Ablage in der Tür. Zunächst hielt er eine leere Kaugummidose in der Hand, gefolgt von einer Halbliterflasche Cola. Er nieste laut. Weitere heftige Nieser folgten.

»Oh, Gott! Normalerweise erwischt mich das nur nach dem Essen.« Er griff abermals in die Ablage. »Was ist das denn?«, fragte er und betrachtete das kleine eckige Kästchen in seiner Hand.

»Zeig mal!« Nick besah das Objekt von allen Seiten. »Das ist ein Peilsender.«

»Wie kommt der in mein Auto?« Uwe war sprachlos.

»Viel interessanter finde ich, wer ihn dort versteckt hat und warum? Am besten sehen sich die Kollegen das gleich an«, schlug Nick vor. »Vielleicht solltest du deinen Wagen doch nicht überall offen herumstehen lassen.«

»Glückwunsch! Wie ich gehört habe, habt ihr ihn erwischt.«

»Moin, Klara! Danke. Willst du zu uns?«, erkundigte sich Uwe, als sie die Kollegin auf dem Flur trafen.

»Ja, ich habe ein paar interessante Details für euch, Daniel Lubowski betreffend«, erklärte sie.

»Dann her damit!«

»Auf seinem Laptop haben wir unzählige Fotos von Leonie gefunden. Er muss sie auf Schritt und Tritt verfolgt und heimlich fotografiert haben. Darüber hinaus hat er eine Art Tagebuch geführt, in dem er alles, was sie gemacht hat, dokumentiert hat. Jedenfalls soweit er Einblick in ihren Alltag hatte.«

»Der Typ ist echt krank.« Nick schüttelte den Kopf. »Hat er einen Job?«

»Er hatte einen Job bei einem IT-Unternehmen. Da er mehrfach zu spät oder gar nicht zur Arbeit erschienen ist, wurde ihm gekündigt. Außerdem soll er eine Kollegin sexuell belästigt haben. Seitdem geht er keiner geregelten Tätigkeit nach«, wusste Klara zu berichten.

»Hm.« Nick überlegte. »Haben die Kollegen irgendetwas gefunden, das darauf schließen lässt, dass er Leonies Entführer sein könnte? Hat er die Rätsel verfasst?«

»Fehlanzeige. Aber …« Sie machte eine bedeutsame Pause. »Wir wissen jetzt, warum er immer am Fundort der Hinweise aufgetaucht ist.«

»Ein Peilsender, nehme ich an?«

»Jetzt überrascht du mich, Nick. Ich dachte, ich könnte euch etwas besonders Spektakuläres präsentieren.«

»Lubowski muss mir unbemerkt einen Peilsender ins Auto gelegt haben. Wir haben ihn vor wenigen Minuten entdeckt«, gab Uwe widerwillig zu.

»Wie hat er das denn geschafft?« Klara Böel zog fragend die Augenbrauen hoch. »Man schließt sein Auto doch ab, wenn man es irgendwo abstellt.«

»Gieß ruhig noch Öl ins Feuer.«

»Oh. Na, jedenfalls soll ich euch von Reimers ausrichten, dass er bei der Vernehmung des jungen Mannes unbedingt dabei sein will.«

»Ehrlich gesagt, halte ich das für keine gute Idee«, widersprach Uwe prompt.

»Das klärt ihr am besten mit ihm, ich halte mich da raus.«

»Danke für die Infos, Klara!«

»Gern geschehen. Wir sehen uns!«

Beim Öffnen der Tür wäre sie um ein Haar mit Peter Reimers zusammengestoßen.

»Hallo! Die Kollegin hat Sie informiert, nehme ich an?«, fragte er und wirkte regelrecht aufgekratzt.

»Ja, wir sind im Bilde«, gab Uwe zurück. »Halten Sie es wirklich für eine gute Idee, der Vernehmung beiwohnen zu wollen? Immerhin sind Sie in gewissem Maße befangen.«

Man konnte sehen, wie Reimers Gesichtsfarbe zu leichtem Rot wechselte. »Ich kann sehr wohl Dienstliches von Privatem trennen.« Dann blickte er auf seine Armbanduhr. »Wir sehen uns dann in 30 Minuten unten.«

»Das kann ja heiter werden.« Uwe stieß einen Seufzer aus. »Was hast du da?«

»Das ist der Obduktionsbericht von Martina Engelhorst. Demnach kommt Kreyzinger als Täter nicht infrage. Die Spuren an der Leiche stimmen nicht mit seinen überein.«

»Das bedeutet, der Mörder läuft weiterhin frei herum.«

»Ja. Kreyzinger wird sich für den Einbruchdiebstahl

und Körperverletzung verantworten müssen. Schließlich hat er den Hauseigentümer niedergeschlagen.«

»Hinzu kommt Hehlerei. Vergiss nicht, er wollte das Bild von Emil Nolde weiterverkaufen. Mich würde es nicht wundern, wenn er auch für weitere Einbruchdiebstähle in der Gegend verantwortlich ist.«

»Davon bin ich fest überzeugt«, pflichtete Nick seinem Freund bei.

»Glücklicherweise fällt das nicht in unseren Zuständigkeitsbereich.«

»Ich denke, wir sollten uns jetzt auf den Weg machen, sonst fängt Reimers ohne uns an. Ich bin gespannt, was er aus Lubowski herausbekommt.«

KAPITEL 65

Statt eines eingesperrten Tieres erblickte ich eine Frau, die mich aus geröteten Augen ansah. Sie saß mit dem Rücken an der Wand auf dem Boden. In einer Ecke häuften sich mehrere leere Wasserflaschen aus Plastik. Zusammengeknülltes Papier sowie ein leerer Pizzakarton lagen wahllos im Raum verteilt. Ihr Haar hing in langen Strähnen herab, sie sah zum Fürchten aus. Als ich mich ihr nähern wollte, drehte sie den Kopf zur Seite und hielt schützend die Hände vor das Gesicht.

»Ich tue Ihnen nichts«, versicherte ich. Als sie die Hände vom Gesicht nahm, erkannte ich sie. Leonie Mahnke. Die verschwundene Influencerin, nach der die Polizei fieberhaft suchte.

Erst jetzt erkannte ich das angetrocknete Blut, das sich in einer Spur vom Ohr bis zum Hals zog.

»Kommen Sie! Wir müssen uns beeilen. Können Sie aufstehen?«, sagte ich leise und wollte gerade einen Schritt nach vorne machen, als sie mich erschrocken ansah.

Im selben Moment traf mich ein harter Schlag in den Nacken und ich fiel zu Boden.

Als ich die Augen aufschlug, wusste ich im ersten Moment nicht, wo ich mich befand. Dann sah ich in Leonies Gesicht, und die Erinnerung kehrte schlagartig zurück.

»Geht's wieder?«, fragte sie und schenkte mir einen mitfühlenden Blick.

»So ein Mist«, stöhnte ich, während ich langsam eine aufrechte Sitzposition einnahm.

»Er stand plötzlich hinter dir. Magst du einen Schluck Wasser?« Sie streckte mir eine Wasserflasche entgegen.

Dankbar nahm ich das Angebot an und spürte die wohltuende Wirkung, als das Wasser meine Kehle hinablief. »Das tat gut.«

»Wer bist du und was wolltest du hier?«, fragte Leonie.

»Ich bin Anna. Neulich habe ich mit meinem Anhänger seinen Zaun beschädigt. Ich wollte für den Schaden aufkommen, aber ich habe niemanden angetroffen. Ich hatte gehofft, dieses Mal mehr Glück zu haben.«

»Na, angetroffen hast du ihn ja nun.«

»Weißt du, wer das ist?«, wollte ich wissen.

»Nein, er hat sein Gesicht immer hinter einer Maske versteckt. Eben auch wieder. Ich habe keine Ahnung, was er von mir will, aber ich habe Angst vor ihm. Zuletzt wollte er einen Ohrring von mir haben. Als ich mich gewehrt habe, hat er ihn einfach herausgerissen.« Sie schob das Haar beiseite, sodass ich die Verletzung sehen konnte. Schorf hatte sich an der Wunde gebildet.

»Au, das tat bestimmt weh.«

»Vor allem hat es furchtbar geblutet. Ich habe lange nachgedacht, wer hinter der Sache stecken könnte.«

»Hast du eine Idee?«

»Möglich, dass die Stiftungsleiterin dahintersteckt. Oder dieser Block, ihr Mitarbeiter. Ich habe das Gefühl, der konnte mich von Anfang an nicht leiden. Aber sicher weiß ich das nicht.« Sie sah mich ratlos an.

»Richtig, das kannst du ja nicht wissen, aber Frau Engelhorst ist ermordet worden.«

»Echt? Weiß man schon, wer es war?«

»Nein. Die Polizei ermittelt auf Hochtouren.«

»Das tut mir leid mit ihrem Tod, auch wenn ich sie nicht sonderlich gemocht habe«, sagte Leonie nach einer Weile.

»Warum denkst du, dass dieser Block dich hierher verschleppt haben könnte?«

»Ist nur so ein Gefühl. Ich finde, der hat etwas Verschlagenes. Er sagt nie, was er wirklich denkt. Der hat bestimmt Dreck am Stecken. Er hat mich auf dieser Veranstaltung dauernd komisch angesehen. Dann hat er mir angeboten, mich ins Hotel zu fahren. Lennard war schon eher gegangen, er hat sich nicht gut gefühlt. Ich wollte aber noch länger bleiben. Schließlich waren ich und Alina die Hauptpersonen an dem Abend.«

»Erinnerst du dich, wie du hierherkommen bist?«

»Leider nicht. Ich weiß noch, dass ich draußen ein paar Schritte gegangen bin. Die Luft war so stickig drinnen. Dann wollte ich mir ein Taxi rufen, als ich hinter mir ein Geräusch gehört habe. Ich wollte mich umdrehen und nachsehen, da habe ich einen Schlag in den Nacken bekommen. So ähnlich wie du. Ich bin erst hier aufgewacht.« Sie ließ den Blick durch den Raum wandern.

»Wir müssen hier raus«, beschloss ich und sah mich nach einer Fluchtmöglichkeit um.

»Wie willst du das anstellen? Das Fenster ist vergittert und die Tür verschlossen.

»Was ist hinter dem Vorhang?«

»Waschbecken und Klo. Ich habe keine Ahnung, was der Typ von mir will. Er gibt mir ständig so bekloppte Aufgaben.«

»Aufgaben?«

»Ja, liegen da auf dem Tisch.« Sie zeigte zu dem Tisch an der Wand.

Neugierig stand ich auf und begutachtete die Zettel. »Wer schrieb *Die Weber*?«, las ich laut vor und griff dann nach dem nächsten Zettel.

»Ja, und all so ein Scheiß! Das weiß doch kein Mensch!«

»*Die Weber* sind ein Werk von Gerhard Hauptmann«, erklärte ich, worauf sie mich komisch ansah. »Haben wir in der Schule gelesen«, setzte ich nach.

»Was überlegst du?«

»Dein Entführer versteckt überall am *Kampener Kunst- und Kulturpfad* Hinweise für die Polizei. Unter anderem eine Haarsträhne von dir.«

»What? Wie pervers ist das denn? Woher weißt du das?« Für einen kurzen Moment konnte ich Misstrauen in ihren Augen aufflackern sehen.

»Mein Mann ist bei der Kripo in Westerland.«

»Ich dachte schon …« Sie sprach den Gedanken nicht zu Ende.

»Was? Dachtest du etwa, ich stecke mit dem Typen unter einer Decke?« Leonie zuckte die Schultern. »Dann hätte ich mich wohl kaum niederschlagen lassen.«

Ein lautes Quietschen ließ uns aufhorchen.

»Das war das Garagentor. Er fährt weg«, vermutete ich. »Eine Nachbarin hat mir erzählt, dass das Haus nicht bewohnt ist. Der Neffe der verstorbenen Eigentümerin kümmert sich wohl hin und wieder um das Haus.«

Plötzlich fiel mir etwas ein, wie wir unserem Gefängnis mit etwas Glück und Geschick entkommen könnten. Ich nahm einen Zettel vom Schreibtisch und ging damit zur Tür.

»Was hast du vor?«, wollte Leonie wissen.

»Ich habe eine Idee. Hilf mir mal!«

KAPITEL 66

Als Uwe und Nick zum Vernehmungsraum kamen, hatte Peter Reimers bereits mit der Befragung des Tatverdächtigen begonnen.

»Warum wartet der nicht auf uns? Was soll das?« Uwe ließ seinem Zorn über das Vorpreschen des Dienststellenleiters freien Lauf.

Die Tür öffnete sich, und Reimers kam heraus. Die Unzufriedenheit war deutlich von seinem Gesicht abzulesen. »Da sind Sie ja endlich. Leider zu spät. Herr Lubowski hüllt sich ab sofort in Schweigen. Ohne rechtlichen Beistand ist er nicht gewillt, mit uns auch nur ein Wort zu reden.« Dann rauschte er ohne einen weiteren Kommentar an den beiden Kommissaren vorbei.

»Ist das vielleicht unsere Schuld oder was!«

»Reg dich nicht auf, Uwe. Ich habe nichts anderes erwartet. Für Lubowski ist das eine Art Spiel. Indem er uns an der Nase herumführt, beispielsweise die Sache mit dem Peilsender, fühlt er sich stark. Ich glaube nicht, dass er Leonies Entführer ist. Er will sie vor uns finden, um sie für sich zu haben. Deswegen hat er sich an Alina Tottmann herangemacht, in der Hoffnung, mehr über Leonie in Erfahrung zu bringen«, analysierte Nick.

»Wahrscheinlich hast du recht. Oh, Mann! Leonie bleibt verschwunden, und der Mörder der Engelhorst ist nach wie vor auf freiem Fuß.«

»Hallo ihr zwei! Ich suche euch schon im ganzen Haus.« Eine Streifenpolizistin kam über den Flur geeilt.

»Moin, Svantje! Was können wir für dich tun?« Uwe lächelte der Kollegin freundlich zu.

»Unten wartet eine Frau Mohn auf dich. Es geht um den Mord an der Frau am Strand.«

»Das klingt interessant. Den Namen habe ich schon einmal im Zusammenhang mit der Stiftung gehört.«

»Stimmt. Birte Mohn, sie war Engelhorsts Sekretärin und zur Tatzeit verreist. Das hatten wir gecheckt«, erinnerte sich Nick.

Nick und Uwe folgten der Kollegin ins Erdgeschoss, wo eine Frau auf sie wartete.

»Moin, Frau Mohn! Womit können wir Ihnen behilflich sein?«, wollte Uwe wissen.

»Ich arbeite in der Stiftung in Kampen. Frau Engelhorst war meine Chefin. Das mit ihrem Tod ist schrecklich. Ich habe erst aus der Zeitung erfahren, was passiert ist.«

»Hat Sie Herr Block nicht informiert?«, fragte Uwe.

»Doch, aber ich habe erst später gesehen, dass er angerufen hat. Wie gesagt, ich war zu der Zeit auf dem Festland in Eckernförde bei meiner Mutter. Ich bin erst gestern Abend spät zurückgekommen. Meine Mutter war schwer gestürzt, und Frau Engelhorst war so freundlich und hat mir sofort ein paar Tage freigegeben.«

»Und was können wir für Sie tun?«, hakte Uwe ungeduldig nach.

»Als ich heute früh ins Büro gegangen bin, habe ich mich gleich um die liegen gebliebenen Sachen gekümmert. Dabei habe ich in einer Unterschriftenmappe das hier entdeckt. Es muss versehentlich dazwischen gerutscht sein.« Sie holte ein Notizbuch aus ihrer Tasche hervor und reichte es Nick.

»Was ist das?«

»Das Notizbuch gehörte Martina. Sie war in manchen Dingen etwas altmodisch.« Ein Lächeln huschte bei der Erinnerung über das Gesicht der Frau. »In diesem Buch hat sie alles notiert, was ihr wichtig war. Sie hatte immer Angst davor, die EDV könnte eines Tages zusammenbrechen und alles wäre verloren. Wie gesagt, sie traute der modernen Technik nicht wirklich. Ich muss gestehen, ich habe einen Blick hineingeworfen. Das dürfte Sie interessieren. Und als ich dann noch gehört habe, dass die Polizei Martinas Büro durchsucht hat, dachte ich, dass ich es gleich vorbeibringe. Es könnte vielleicht bei der Auflösung des Falls helfen. Jedenfalls habe ich das mal im Fernsehen gesehen.«

Uwe lächelte gequält, während Nick in dem kleinen Buch blätterte. »Danke, dass Sie sich die Mühe gemacht haben und es vorbeigebracht haben, Frau Mohn. Wir werden es uns ansehen.«

»Keine Ursache. Ich hoffe, ich konnte dazu beitragen, dass Martinas Mörder gefunden wird. Oder haben Sie ihn schon?«

Uwe schüttelte den Kopf. »Nein, bislang nicht.«

Die Frau verabschiedete sich daraufhin. Die beiden Polizisten wollten gerade nach oben in den ersten Stock gehen, als sie Doktor Luhrmaiers Stimme erkannten.

»Hallo! Gut, dass ich Sie treffe.«

»Herr Doktor Luhrmaier, Sie werden noch unser Stammgast«, frotzelte Uwe, worauf der Rechtsmediziner ihn mit einem bohrenden Blick bedachte und sein Lachen schlagartig erlosch.

»Ich bin vorbeigekommen, da ich eine Entdeckung gemacht habe, die eventuell wichtig für Ihre Ermittlungen sein könnte. Am besten besprechen wir das in Ihrem Büro«, schlug er vor.

»Gerne.« Uwe marschierte vorneweg die Treppe nach oben in den ersten Stock des denkmalgeschützten Hauses.

»Ich muss gestehen, die Renovierung dieses Gebäudes ist sehr schön geworden. Man hat das Alte mit dem Modernen sehr gekonnt in Einklang gebracht. Ich interessiere mich in meiner Freizeit unter anderem für denkmalgeschützte Gebäude und deren Erhalt«, warf er zum Erstaunen der Kripobeamten ein.

»Was Sie nicht sagen. Ja, der Umbau hat zwar länger gedauert als geplant, aber uns gefällt das Ergebnis auch. Oder, Nick?«

»Stimmt.«

»Aber zurück zum Thema.« Luhrmaier nahm auf einem der Besucherstühle Platz. »Mir ist noch etwas aufgefallen.« Er zog eine dünne Mappe aus seinem Rucksack hervor und klappte sie auf. Ein ausgedrucktes Foto war zu sehen. »Achten Sie auf die Hand des Opfers.«

»Was ist außergewöhnlich daran?«, wollte Uwe wissen und setzte seine Lesebrille auf, um besser sehen zu können.

»Achten Sie insbesondere auf den Ring- und Mittelfinger.«

Nochmals beugten sich die beiden Kommissare dicht über das Foto.

»Die beiden dunklen Stellen sehen aus, als ob sich dort Ringe befunden hätten«, stellte Nick fest und zeigte auf die Stellen.

»Gut erkannt, Herr Scarren. Dem Opfer wurden nach Eintreten des Todes die beiden Ringe abgenommen. Nicht völlig gewaltfrei«, fügte Luhrmaier hinzu.

»Das ist ja geschmacklos«, bemerkte Uwe angewidert.

»Wenn wir die Ringe finden, haben wir unter Umständen auch den Mörder gefunden«, kombinierte Nick.

»Ich wünsche Ihnen viel Erfolg!« Luhrmaier erhob sich.

»Danke, dass Sie vorbeigekommen sind.«

»Keine Ursache. Ein paar Tage bin ich noch auf Sylt, falls Sie meine Expertise benötigen sollten«, sagte er und verließ das Büro.

»Der Luhrmaier. Selbst im Urlaub immer emsig, der Mann.« Uwe schüttelte amüsiert den Kopf. »Hast du dir das Notizbuch der Engelhorst näher angesehen?«

»Nicht komplett. Sie hat sich viele Notizen gemacht. Auf den ersten Blick geht es fast nur um Projekte der Stiftung. Der Name Falk taucht dabei immer wieder auf«, sagte Nick.

»Vielleicht hat Kreyzinger recht und die beiden haben doch etwas miteinander«, mutmaßte Uwe. »Auf jeden Fall sollten wir uns das genauer ansehen.«

»Hoppla, jetzt wird es interessant.« Nick war etwa in der Mitte des Büchleins angekommen.

»Was? Raus mit der Sprache«, bohrte Uwe nach.

»Ich glaube, das könnte eine heiße Spur sein. Ich informiere am besten gleich Achtermann.«

KAPITEL 67

»Moin! Ist Anna gar nicht da?«, erkundigte sich Piet, als er das Firmengebäude betrat. »Ihr Auto steht auf dem Hof, und die Hunde sind im Garten.«

»Sie wollte kurz weg«, erklärte Nora.

»Zu Fuß?«

»Nein, sie hat eines der Fahrräder genommen.«

»Weißt du, wohin sie wollte?«

»Ich glaube, sie wollte nach Kampen. Wohin genau, hat sie nicht gesagt. Allerdings ist das jetzt schon eine ganze Weile her. Bestimmt hat sie unterwegs jemanden getroffen und sich verquatscht.«

»Ich habe vorhin versucht, sie zu erreichen, aber ihr Handy ist ausgeschaltet. Das macht sie sonst nie.« Auf Piets Stirn zeichneten sich Sorgenfalten ab.

»Dann ist der Akku leer.«

»Ich weiß nicht. Hoffentlich ist ihr nichts zugestoßen.«

»Was soll ihr denn zugestoßen sein?«

»Anna ist schon des Öfteren in brenzlige Situationen gekommen«, betonte Piet.

»Du meinst die Sache mit dem Überfall im Geschäft deiner Freundin? Hagen hat mir davon erzählt. Das war lange vor meiner Zeit hier.«

»Das ist nur ein Beispiel.« Piet überlegte angestrengt. »Erinnerst du dich, was sie gesagt hat, bevor sie gefahren ist?«

»Sie hat unmittelbar vorher einen Anruf erhalten. Frag mich aber bitte nicht, von wem, das kann ich dir nicht sagen. Ich habe nur gehört, wie sie gesagt hat, danke für die Info oder so ähnlich. Dann hat sie mich gebeten, ein Auge auf die Hunde zu werfen, und ist losgefahren«, fasste Nora zusammen.

Plötzlich erhellte sich Piets Miene. »Ich glaube, ich weiß jetzt, wohin sie gefahren ist. Bestimmt hat sich der Eigentümer von dem Zaun gemeldet.«

»Zaun? Ich verstehe nur Bahnhof!« Sie blickte ihren Chef fragend an.

»Erzähl ich dir ein anderes Mal. Bist du noch eine halbe Stunde hier?«

»Ja, auch länger, wenn es nötig ist.«

»Gut, dann bis später!«

»He, wo willst du denn hin?«, rief sie ihm hinterher, doch Piet war längst über den Hof zu seinem Auto gelaufen. »Na, großartig. Ich erfahre mal wieder nichts.«

KAPITEL 68

Nick klingelte an der Wohnungstür, die kurz darauf geöffnet wurde.

»Sie?«

»Moin, Herr Block. Entschuldigen Sie die Störung, aber in der Stiftung sagte man uns, Sie hätten sich krankgemeldet.« Uwe versuchte, an Block vorbei einen Blick ins Wohnungsinnere zu erhaschen.

»Ja, ich fühle mich nicht gut. Vielleicht können wir uns ein anderes Mal unterhalten?«, fragte er und machte einen verunsicherten Eindruck.

»Das wird leider nicht gehen. Dürften wir reinkommen?«

Block zögerte, dann ließ er die beiden Kommissare eintreten. Schnell schloss er eine Zimmertür.

»Sie wollen verreisen? Oder wozu benötigen Sie die Koffer?«, fragte Nick, dem zuvor ein Blick in das Schlafzimmer gelungen war.

»Nein, ich miste bloß aus. Die Sachen bringe ich später zum Kleidercontainer.« Blocks Antwort wirkte wenig überzeugend. »Darf ich fragen, was Sie herführt?«

»Das dürfen Sie. Herr Block, es gibt Hinweise, dass Sie Geld unterschlagen haben sollen«, verkündete Nick.

Blocks Blick flackerte für den Bruchteil von Sekunden. Nervös zog er mit der Hand an seinem Ohr. »Ich? Wer behauptet das? Herr von Bergedorf? Das ist absolut lächerlich.«

»Wie kommen Sie auf den?«, hakte Uwe nach.

»Wer denn sonst? Ihm ist seine Stiftung heilig.« Spott lag in seiner Antwort.

»Unsere Kollegen sind gerade dabei, Ihr Büro auf den Kopf zu stellen.« Nick legte bewusst eine Pause ein, um Blocks Reaktion abzuwarten. »Ich wette mit Ihnen, dass wir Unterlagen finden werden, die unsere Annahme belegen. Sie sind doch der Verantwortliche für die Buchhaltung?«

»Das stimmt, aber von Unterschlagungen weiß ich nichts. Hätte es Unregelmäßigkeiten gegeben, wäre mir das sofort aufgefallen. Dann hätte ich selbstverständlich umgehend Martina darüber informiert. Ihre Unterstellung ist unerhört«, erwiderte er, sichtlich um Fassung bemüht.

»Ich erinnere mich, Sie haben ja stets vertrauensvoll zusammengearbeitet.« Der Sarkasmus in Nicks Stimme war unüberhörbar.

»Korrekt, so ist es gewesen, auch wenn Sie daran Zweifel haben sollten«, bekräftigte Block noch einmal.

»Wissen Sie, was wir glauben, Herr Block?« Nick ließ sein Gegenüber nicht aus den Augen. »Sie haben Spendengelder abgezweigt. Frau Engelhorst ist Ihnen auf die Schliche gekommen und hat Sie zur Rede gestellt. Womöglich wollte sie Sie sogar anzeigen. Das mussten Sie um jeden Preis verhindern. Deshalb haben Sie sie unter einem Vorwand an den Strand gelockt, betäubt und anschließend erwürgt.«

»War es so?«, wollte Uwe wissen.

Thorsten Block starrte die beiden für einen Moment emotionslos an. Dann begann er zu grinsen. »Schöne Geschichte, die Sie sich da zusammengereimt haben. Alle Achtung! Das Problem ist nur, das können Sie mir niemals beweisen.«

»Doch, das können wir, denn wir haben das Notizbuch von Frau Engelhorst gefunden, in dem sie alles akribisch aufgelistet hat«, ließ Uwe ihn wissen.

Blocks Grinsen gefror von einer auf die andere Sekunde.

»Ich bin außerdem sicher, dass wir in Ihrer Wohnung genügend Spuren finden werden, die zweifelsfrei belegen werden, dass Sie für den Tod von Frau Engelhorst verantwortlich sind. Vielleicht finden wir beispielsweise Ringe.« Die Polizisten tauschten Blicke. »Irgendwelche Spuren hinterlässt jeder. Das perfekte Verbrechen gibt es nicht, Herr Block.« Uwe zog sein Telefon hervor. »Ihr könnt jetzt hochkommen«, wies er die Kollegen der Spurensicherung an. Dann hielt er Block den Durchsuchungsbeschluss vor die Nase. »Es hat alles seine Ordnung.«

»Kommen Sie bitte mit uns, Herr Block. Sie sind vorläufig festgenommen, weil Sie in dringendem Tatverdacht stehen, Martina Engelhorst ermordet zu haben«, forderte Nick den Mann auf, der der Aufforderung widerstandslos folgte.

KAPITEL 69

»Ich glaube nicht, dass das klappt«, sagte Leonie und beobachtete mein Vorhaben mit skeptischer Miene.

»Wir müssen es wenigstens versuchen, wenn wir nicht ewig hierbleiben wollen.« Vorsichtig schob ich das Stück Papier auf Höhe des Schlosses unter dem breiten Türspalt hindurch. »Gib mir mal den Kugelschreiber!«

Den Stift steckte ich in das Schlüsselloch und versuchte, den Schlüssel im Schloss zu drehen.

»Ich sage doch, das funktioniert nicht«, kommentierte Leonie meine Bemühungen.

»Hast du eine bessere Idee?«, fuhr ich sie an.

Dann probierte ich es erneut, allerdings ohne Erfolg. Ich änderte meine Strategie und begann, den Schlüssel aus dem Schloss zu schieben.

»He, was machst du denn? Wenn der runterfällt, ist er weg!«

»Warum meinst du wohl, habe ich das Papier darunter geschoben?«

Ihre Miene erhellte sich augenblicklich, als sie verstand. »Cool!«

»Wir werden sehen«, brummte ich vor mich hin.

Dann hatte ich mein Ziel erreicht, und der Schlüssel fiel auf der anderen Seite der Tür runter. Ich legte mich flach auf den Boden und schielte durch den Türspalt. Glück gehabt. Der Schlüssel lag zur Hälfte auf dem Papier. Behutsam zog ich es zu mir heran. Der Schlüssel passte gerade so durch den Spalt. Leonie klatschte begeistert in die Hände, als ich ihn sicher in der Hand hielt.

»Genial, Anna!«

»So, jetzt nichts wie weg hier.«

Ich steckte den Schlüssel ins Schloss und drehte ihn. Die Tür ließ sich problemlos öffnen. Wir rannten den Gang entlang zur Garage. Im schwachen Licht suchte ich nach dem Schalter, um das Tor zu öffnen. Als ich ihn gefunden hatte und betätigen wollte, hörte ich das Motorengeräusch eines Autos. Gleich darauf setzte sich das große Tor behäbig und mit einem Quietschen in Bewegung.

»Schnell zurück!«

»Wo sollen wir hin?« Leonie sah mich verzweifelt an.

»Oben durchs Haus! Los, los, los!« Ich griff nach ihrer Hand und zog sie mit mir.

KAPITEL 70

»Guten Tag, die Herren! Wie ich erfahren habe, ist der Mordfall gelöst.« Achtermann wirkte äußerst zufrieden, als er Nick und Uwe gegenüberstand.

»Dank des Notizbuches von Frau Engelhorst, das uns eine Mitarbeiterin der Stiftung vorbeigebracht hat, und einem Hinweis von Herrn Doktor Luhrmaier kann bewiesen werden, dass Herr Block der Täter ist«, berichtete Uwe.

»Das freut mich zu hören.«

»Die Kollegen der Spurensicherung haben in Blocks Wohnung zwei sehr wertvolle Ringe sicherstellen können, die zweifelsfrei dem Opfer gehört haben. Der Täter hat sie nach der Tat an sich genommen. Dabei ist er nicht gerade zimperlich vorgegangen«, ergänzte Nick.

»Manche Menschen schrecken vor nichts zurück.« Achtermann schüttelte den Kopf. »Wissen Sie, warum er die Frau getötet hat?«

»Er hat über einen längeren Zeitraum Geld unterschlagen. Als er zu gierig wurde, ist es aufgefallen. Frau Engelhorst hat es bemerkt und wollte ihn anzeigen. Nach Aussage von Herrn Block ließ sie sich nicht von ihrem Vorhaben abbringen.«

»Aber weshalb hat sie sich mit ihm am Strand getroffen?«, wollte der Staatsanwalt wissen.

»Das haben wir uns zunächst auch gefragt. Block hat angegeben, sie unter einem Vorwand an den Strand gelockt zu haben. Den Rest kennen wir«, erklärte Nick. »Zuvor hatte sie eine anonyme Nachricht mit einer Lösegeldforderung erhalten und war davon ausgegangen, dass sie von Leonies Entführer stammt.«

»Block ist unser Entführer?«

»Nein, Herr Achtermann. Er war im Grunde nur ein Trittbrettfahrer und hat die Gelegenheit für seine eigenen Zwecke genutzt. In puncto Entführung weist nichts darauf hin, dass er für Leonies Verschwinden verantwortlich ist«, bremste Uwe ihn ein.

»Warum hat Frau Engelhorst nicht umgehend die Polizei eingeschaltet, als sie die Nachricht erhalten hat? Das verstehe ich nicht. Sie hat doch gewusst, dass wir längst in dem Fall ermitteln.« Achtermanns Miene drückte pures Unverständnis aus.

»Das können wir sie leider nicht mehr fragen. Eine Annahme ist, dass sie die Angelegenheit schnell und ohne viel Aufsehen aus der Welt schaffen wollte. Das Ansehen der Stiftung hat ihr offenbar sehr am Herzen gelegen. Wir nehmen außerdem an, dass sie Bargeld bei sich hatte, denn die Kollegen haben in Blocks Wohnung 25.000 Euro in bar sicherstellen können. Wir haben mit Frau Engelhorsts Bank Kontakt aufgenommen und die Kontoauszüge angefordert. Sobald sie uns vorliegen, wissen wir, ob das Geld tatsächlich von ihr stammt.«

Achtermann stieß einen leisen Pfiff aus. »Wozu brauchte der Mann so viel Geld?«

»Er ist ein Spieler. Besser gesagt, er hat nach eigenen Angaben im Internet Sportwetten abgeschlossen. Anfangs handelte es sich nur um kleine Beträge. Im Laufe der Zeit ist es mehr und mehr zur Sucht geworden. Dadurch hat er sich hoch verschuldet.«

»Von welcher Höhe sprechen wir?«, fragte Achtermann nach.

»Knapp 150.000 Euro«, bestätigte Nick, worauf der Staatsanwalt beinahe einen Hustenanfall bekam.

»Wie bitte?«

»Tja, er kam aus dieser Schuldenspirale nicht mehr heraus.«

»Tragisch. Trotz allem, nichts rechtfertigt einen Mord. Wie verzweifelt jemand ist, spielt dabei keine Rolle. Aber hervorragende Arbeit, meine Herren! Jetzt müssen wir nur noch Frau Mahnke finden. Wie ich Herrn Reimers verstanden habe, handelt es sich bei dem festgenommenen Mann vom Campingplatz nicht um den Entführer.«

»Es sieht danach aus«, musste Uwe gestehen. »Leider verweigert Herr Lubowski weiter die Aussage. Wir müssen wohl oder übel auf seinen Pflichtverteidiger warten.« Uwe schenkte Nick einen vielsagenden Blick.

»Herr Reimers berichtete mir davon.« Näher ging der Staatsanwalt nicht auf den Sachverhalt ein.

Auch Uwe riss sich zusammen und schluckte einen weiteren Kommentar herunter.

»Wie werden Sie weiter vorgehen?«, hakte Achtermann nach.

»Wir werden nochmals Leonies Umfeld unter die Lupe nehmen. Herr Ferrara und Frau Westermann überprüfen die Social-Media-Kanäle auf Hinweise«, erläuterte Nick.

»Sehr gut. Ach, Herr Wilmsen«, Achtermanns Mundwinkel zuckten belustigt, »Sie sollten in Zukunft Ihren Wagen besser abschließen.« Damit verließ er das Büro.

»Hätte ich mir ja denken können, dass das schnell die Runde macht.«

»Ach, Uwe, in ein paar Tagen spricht kein Mensch mehr darüber«, versuchte Nick, ihn aufzumuntern.

»Das glaubst auch nur du.«

KAPITEL 71

Wir hechteten die steile Treppe nach oben ins Erdgeschoss des Hauses. Dabei nahm ich immer gleich zwei Stufen auf einmal. Mein Herz klopfte heftig gegen meinen Brustkorb.

»Und jetzt?«, hörte ich Leonie hinter mir keuchen. Um ihre Kondition war es offensichtlich um einiges schlechter bestellt als um meine.

»Wir nehmen die Haustür. Da entlang!«

Wir eilten auf die Eingangstür zu. Hastig drückte ich Klinke herunter.

»Abgeschlossen.«

»Shit! Und was machen wir jetzt?« In Leonies Augen flackerte Panik auf.

Zeitgleich waren eilige Schritte zu hören, die die Kellertreppe nach oben kamen. Jeden Augenblick würden sie den Treppenabsatz erreichen.

»Da hinten rein!«, entschied ich.

Da keine Zeit zum Überlegen blieb, flüchteten wir uns in eines der Zimmer und lehnten die Tür einen Spalt an. Kurz sah ich mich in dem Zimmer um. Dieser Raum diente augenscheinlich als Bibliothek. In einer Ecke stand ein Sessel, der mit einem weißen Tuch vor Staub geschützt wurde. Eine Flucht durch das Fenster war unmöglich. Zudem war es mit Fensterläden gesichert, durch die schwaches Sonnenlicht hereinfiel. Unter dem Fenster stand ein Schreibtisch aus dunklem Holz mit geschwungenen Beinen mit einem Stuhl aus ähnlichem Holz mit einer geschnitzten Rückenlehne. An den Wänden waren hohe Regale angebracht, die voller Bücher steckten. Ich spähte vorsichtig durch den Türspalt, um besser hören zu können, was im Haus vorging.

»Wir sitzen in der Falle«, jammerte Leonie, die dicht hinter mir stand.

»Psst«, ermahnte ich sie, ruhig zu sein.

Unser Verfolger war mittlerweile im Haus angekommen. Man konnte hören, wie er herumlief und offenbar nach uns suchte, denn er ging von Raum zu Raum. Das Geräusch seiner Schuhe auf dem Fliesenboden verriet, dass er sich uns näherte. Mein Puls schnellte mit jedem lauter werdenden Schritt mehr in die Höhe. Wir pressten uns fest an die Wand hinter der Tür und mussten jeden Augenblick damit rechnen, entdeckt zu werden. Da erklang die Türglocke. Kurz regte sich nichts. Es schien, als müsse der Mann überlegen. Dann entfernte er sich, und ich versuchte zu verstehen, was gesprochen wurde. Doch Leonie funkte dazwischen.

»Wer ist das?«, fragte sie so laut, dass ich befürchten musste, man könnte uns gehört haben.

»Geht's vielleicht noch lauter?«, flüsterte ich und warf ihr einen verärgerten Blick zu.

»Sorry. Vielleicht kann er uns helfen?«

»Solange wir nicht wissen, wer das ist, machen wir besser nicht auf uns aufmerksam. Womöglich ist das ein Komplize.«

»Stimmt«, flüsterte Leonie nun. »Doof, dass wir kein Handy haben.«

»Ja, aber nicht zu ändern. Wir müssen uns etwas anderes einfallen lassen.«

Die Schritte hatten sich entfernt. Scheinbar waren die Männer in einen anderen Raum gegangen, denn man konnte ihre Stimmen kaum noch hören.

»Sie sind außer Hörweite. Wir schleichen jetzt zur Haustür. Sobald wir draußen sind, rennen wir zur Straße. Verstanden?«, vergewisserte ich mich bei Leonie, weil ich befürchtete, sie könnte meinen Plan mit einer unüberlegten Aktion durchkreuzen.

»Jaaa«, erwiderte sie genervt und zog dabei das Wort in die Länge.

»Und keinen Mucks!«

Ich wollte gerade in den Flur treten, als es abermals an der Haustür klingelte.

»Moin! Ich hätte gern mit dem Hausbesitzer gesprochen«, konnten wir kurz darauf eine Männerstimme sagen hören.

KAPITEL 72

»Komisch, ich kann Anna nicht erreichen. Sie hat ihr Handy ausgeschaltet«, wunderte sich Nick, als er und Uwe auf dem Parkplatz des Westerländer Polizeireviers standen.

»Vielleicht will sie nicht gestört werden?«, mutmaßte Uwe und biss genussvoll in einen *Bürgermeister*, eines seiner Lieblingsgebäcke mit Zuckerguss und Mandeln.

»Das macht sie nie.«

»Dann ruf sie doch in der Firma an«, schlug Uwe vor, während er kaute.

»Das hatte ich als Nächstes vor, denn zu Hause ist sie scheinbar auch nicht.« Nick hielt das Handy ans Ohr.

»Und? Konntest du sie erreichen?«

»Anna wollte nur kurz etwas erledigen, ist aber schon seit über zwei Stunden weg, hat Nora gesagt«, berichtete Nick, nachdem das Telefonat beendet war.

»Wohin sie wollte, hat sie nicht gesagt?«

»Nein. Sie ist mit dem Rad gefahren.«

»Mit dem Rad? Dann muss es in der Nähe sein.«

»Das glaube ich auch. Die Hunde hat sie in der Firma gelassen. Piet sucht nach ihr.«

»Woher weiß er, wo sie steckt?« Uwe wischte die klebrigen Reste mit einer Serviette von den Fingern. »Das Zeug klebt wie Affendreck.«

»Das geht am besten mit Wasser und Seife.«

»Dann muss ich extra noch mal rein. Das mache ich zu Hause.«

»Wenn du das Lenkrad vollkleben willst?«

»Ja, Papa!«, witzelte Uwe.

»Sorry, das war nicht so gemeint.«

»Schon gut. Aber zurück zu Anna. Hat Piet wenigstens gesagt, wohin er wollte?«

»Eben nicht.«

»Ich glaube, du machst dir viel zu viele Gedanken. Sicher gibt es eine einfache Erklärung für ihr Verhalten. Sie kann gut auf sich aufpassen. Okay, meistens jedenfalls.« Uwe klopfte Nick freundschaftlich auf die Schulter.

»Wahrscheinlich hast du recht.«

»Weißt du was? Du hast doch gesagt, ihr seid heute Abend kinderlos. Wie wäre es, wenn du deine Anna mit einem Picknick am Strand überraschst. Das Wetter ist wie dafür gemacht«, schlug Uwe vor.

»Ich wusste gar nicht, was für ein Romantiker in dir steckt.« Nick lachte.

»Tja, mein Lieber, da staunst du.«

»Ich freue mich heute Abend auf mein Bierchen im Garten. Das habe ich mir nach diesem Tag redlich verdient.«

»Dann schönen Feierabend! Bis morgen!«

KAPITEL 73

Die Stimme an der Tür gehörte Piet Sanders. Die Gedanken in meinem Kopf überschlugen sich. Was sollte ich tun? Laut um Hilfe rufen? Abwarten, was als Nächstes geschah? Und wenn er gehen würde, ohne zu wissen, dass wir hier sind? Das durfte unter keinen Umständen passieren. Leonie, die meine Anspannung bemerkte, sah mich fragend an. »Was ist?«

»Mein Geschäftspartner ist an der Tür«, flüsterte ich so leise wie möglich.

»Worauf warten wir dann!« Sie drängte sich an mir vorbei.

Noch bevor ich sie zurückhalten konnte, stürmte sie zur Tür. »Hilfe! Wir werden festgehalten!«

Ich folgte ihr. Im Eingangsbereich stoppte ich abrupt und starrte den Mann an, der Piet gegenüberstand.

»Herr Windling?«

Er sagte kein Wort, doch ich konnte sehen, wie es hinter seiner Stirn arbeitete.

»Anna, was geht hier vor?«, fragte Piet und ging auf mich zu.

Ich zuckte zusammen, als die Haustür unerwartet laut zugestoßen wurde. Axel Windling hatte sich davor positioniert und versperrte somit den Ausgang. Durch den Lärm alarmiert, tauchte nun eine weitere Person auf.

»Falk! Was machen Sie hier? Was hat das alles zu bedeuten?«, fragte ich ihn.

»Das hätte ich auch gerne gewusst. Axel? Kannst du das erklären?«, wandte sich von Bergedorf an seinen Freund, der plötzlich wie aus dem Nichts eine Pistole in der Hand hielt und sie auf uns richtete. Leonie stand neben mir und krallte ihre Finger so fest in meinen Arm, dass es schmerzte.

»Ich habe das für uns getan«, sagte Axel Windling mit bebender Stimme. Er stand sichtlich unter Stress.

»Für uns getan? Entschuldige bitte, aber ich verstehe kein Wort. Willst du damit sagen, du hast Leonie entführt? Warum?«

»Leonie ist keine echte Künstlerin. Sie kann weder malen noch hat sie den blassesten Schimmer von Kultur. Nicht die einfachsten kulturgeschichtlichen Dinge weiß sie! Sie hat es nicht verdient, dass man sie unterstützt. Leute wie sie ziehen das Erbe wahrer Künstler in den Dreck«, erwiderte Windling voller Abscheu und wedelte drohend mit der Waffe. »Sollte ich tatenlos dabei zusehen, wie sie das Ansehen der Stiftung beschädigt? Die Stiftung, die du und wir alle über Jahre zu dem gemacht haben, was sie heute ist?« Seine Stimme drohte zu kippen.

Falk sah seinen Freund mit einer Mischung aus Verständnislosigkeit und Entsetzen an. Erst jetzt sah ich die Mappe auf dem Tisch liegen. Es war genau die Mappe, die ich in seinem Haus versehentlich heruntergeworfen hatte.

»Hast du deshalb diese Rätsel verfasst?« Falk deutete auf die Unterlagen. »Du hast die Unterlagen bei mir liegen lassen. Ich habe dir nachgerufen, aber du hast mich nicht gehört. Deshalb bin ich dir bis hierher gefolgt, und nun muss ich feststellen, dass du Menschen in deine Gewalt gebracht hast? Ich kann nicht begreifen, dass du das getan hast. Und Anna? Warum sie?«

»Sie taucht hier einfach auf und schnüffelt herum. Was hätte ich denn tun sollen? Außerdem hat sie dir auch noch den Kopf verdreht. Glaubst du, ich habe das nicht gemerkt, wie du ständig von ihr erzählst und schwärmst? Sie mag vielleicht Klavierspielen können, aber das ist lange nicht genug, um ihr einen Platz in der Stiftung anzubieten.« Er bedachte mich mit einem abfälligen Seitenblick, während er sich zunehmend in Rage redete.

»So, das reicht jetzt. Am besten rufen wir die Polizei«, meldete sich Piet zu Wort.

»Nein!« Axel Windling zielte mit der Pistole auf Piet.

Leonie stieß einen spitzen Schrei aus, dann krachte ein Schuss.

KAPITEL 74

Nick hatte Uwes Idee in die Tat umgesetzt und diverse Einkäufe für ein Picknick am Strand getätigt. Mittlerweile freute er sich darauf, Anna überraschen zu können. Im Urlaub hatte er viel nachgedacht. Dabei war ihm klar geworden, dass seine Familie wieder mehr Raum in seinem Leben bekommen sollte. Dazu zählte auch Zeit allein für Anna und ihn. Christopher wurde in vielerlei Hinsicht selbstständiger, was nicht bedeutete, dass man sich weniger um ihn kümmern musste. Der Fokus hatte sich bloß verlagert. Er kam in Kürze in die Schule, was sie vor neue Aufgaben und Herausforderungen stellen würde. Zu Hause angekommen, stellte er den Wein kalt und suchte nach dem Picknickkorb. Als er alles beisammenhatte, fiel sein Blick auf die Küchenuhr. Schon so spät, und von Anna war weit und breit nichts zu sehen. Langsam machte er sich doch Sorgen. Da hörte er ein Auto vor dem Haus halten und verspürte große Erleichterung.

KAPITEL 75

Hubsy hielt direkt vor dem Grundstück, von dem Schüsse gemeldet worden waren. Maurizio und sie stiegen aus, als ihnen eine ältere Dame mit einem Dackel an der Leine zuwinkte.

»Hallo, Herr Wachtmeister!«, begrüßte sie Maurizio, der sich ein Grinsen verkneifen musste.

»Guten Tag, haben Sie uns gerufen?«

»Ja. Dort im Haus habe ich einen Schuss gehört. Gerade als Helmut und ich vorbeigekommen sind, hat es geknallt«, erklärte sie.

»Sie sind sicher, dass es ein Schuss war und nicht vielleicht etwas anderes?«, fragte Maurizio.

»Hören Sie, junger Mann, ich bin vielleicht alt, aber nicht senil. Das war eindeutig ein Schuss. Ich war früher viele Jahre im Schützenverein und weiß, wovon ich spreche.«

»Das glauben wir Ihnen. Danke, dass Sie uns verständigt haben. Wir gehen der Sache auf jeden Fall nach«, eilte Hubsy dem Kollegen zu Hilfe. »Wissen Sie, wer der Hauseigentümer ist?«

»Da die Eigentümerin verstorben ist, soll ihr Neffe das Haus geerbt haben. Mehr weiß ich nicht.«

»Danke, wir kümmern uns.«

Hubsy und Maurizio betraten das Grundstück.

»Alles ruhig«, stellte Hubsy fest. »Ich schlage vor, wir klingeln erst mal, bevor wir durch den Garten gehen.«

»Sehe ich auch so. Vielleicht hat sich die Omi doch geirrt.«

Gerade als Hubsy klingeln wollte, krachte im Haus ein Schuss.

»Hast du das gehört?«

»Die Frau hat sich doch nicht getäuscht. Das war eindeutig ein Schuss.«

»Komm, lass uns ums Haus herumgehen. Von der Terrassenseite sieht man bestimmt mehr.«

Die beiden Polizisten gingen zur Rückseite des Hauses. Plötzlich stoppte Hubsy und zog ihren Kollegen hinter einen üppigen Rhododendronstrauch.

»He, was ist denn?«, fragte er verwundert.

»Er steht mit dem Rücken zum Fenster!«

»Wer?«

»Der Schütze«, erwiderte Hubsy.

»Wie viele Personen siehst du noch?«

»Einen Mann und eine Frau. Wenn ich mich nicht täusche, ist das Nicks Frau.«

»Was macht die denn da?«

»Das weiß ich nicht. Wir müssen auf jeden Fall schleunigst Verstärkung anfordern.«

»Okay.«

KAPITEL 76

Der Lärm dröhnte noch in meinen Ohren. Axel Windling hatte an Piet vorbei in eine Vitrine geschossen, deren Scheiben klirrend zu Boden fielen.

»Hast du den Verstand verloren?«, schrie Falk seinen Freund an. »Axel, hör sofort auf damit!«

»Es ist ohnehin zu spät.«

»Lassen Sie uns reden«, versuchte ich, ihn zu beruhigen. »Bitte legen Sie die Waffe beiseite.«

Er sah mich mit einem Gesichtsausdruck an, den ich nicht zu deuten vermochte.

»Sie hat recht. So machst du doch alles nur schlimmer«, redete Falk auf ihn ein. »Bislang ist niemand ernsthaft zu Schaden gekommen.«

»Ach ja? Und was ist das?« Leonie deutete auf ihr verletztes Ohr. »Wenn ich das meinen Followern erzähle, bist du ein für alle Mal geliefert.«

»Versteht ihr nun, was ich meine.« Voller Verachtung deutete Windling auf die junge Frau.

Es klingelte an der Tür. Einem ersten Impuls folgend, machte ich einen Schritt nach vorne, um zu öffnen.

»Halt! Weg von der Tür!« Axel Windling richtete die Pistole auf mich.

»Okay, aber bitte schießen Sie nicht!« Ich hob die Hände.

»Ins Wohnzimmer!«, befahl er.

Gehorsam folgten wir seiner Anweisung.

»Axel, was hast du vor? Willst du uns denn alle umbringen?«, fand Falk von Bergedorf als Erster seine Sprache wieder. Als Windling nicht antwortete, fuhr er fort. »Das hätte ich nie von dir gedacht. Du warst für mich stets ein verlässlicher und enger Freund über all die Jahre. Warum hast du nicht mit mir gesprochen? Stattdessen wirst du zum Kidnapper. Leg dieses Ding weg, bevor jemand ernsthaft verletzt wird.« Falk sprach betont ruhig, um seinen Freund nicht zusätzlich unter Druck zu setzen.

Ich konnte sehen, wie Axel Windlings Unterlippe zu zittern begann. Nervös warteten wir auf seine Reaktion. Doch er behielt die Waffe weiterhin in seiner Hand.

»Herr von Bergedorf hat recht. Lassen Sie uns das friedlich beenden. Sie können sicher sein, dass ich niemals vorhatte, Sie in irgendeiner Weise zu verdrängen oder Ihnen etwas wegzunehmen. Weder die Stiftung noch Ihre Freundschaft zu Falk betreffend«, sagte ich in sanftem Tonfall. »Bitte, Herr Windling, geben Sie auf.«

»Dafür ist es zu spät.« Axel Windling trat einen Schritt zurück und hielt sich die Waffe an die Schläfe.

»Nein! Tu das nicht!«, schrie Falk entsetzt.

Leonie presste sich die Hand vor den Mund und drehte den Kopf zur Seite, während Piet und ich uns hilflos ansahen.

»Tun Sie das nicht, bitte! Das ist keine Lösung!«, versuchte Piet, ihn von seinem Vorhaben abzubringen.

Windling hielt nach wie vor die Pistole auf sich selbst gerichtet, in seinen Augen schimmerten Tränen. Er schluckte. »Für mich gibt es keinen Ausweg mehr. Ich habe es für dich getan, weil ich dich liebe, Falk.« Er hauchte die Worte mehr, als er sie aussprach.

Plötzlich waren draußen Stimmen zu hören. Auf der Terrasse tauchten wie aus heiterem Himmel mehrere Polizisten auf. Windling war für den Bruchteil einer Sekunde abgelenkt und sah hinaus. Diesen kurzen Moment der Unaufmerksamkeit nutzte Piet und stürzte sich auf ihn. Die Waffe fiel zu Boden und schlitterte auf dem glatten Boden direkt vor meine Füße. Ich bückte mich, hob sie auf und entsicherte sie.

»Alles okay!«, rief ich, dann öffnete ich die Terrassentür für die Polizisten, die sogleich hereinstürmten.

Falk von Bergedorf saß auf dem Sofa, die Ellenbogen auf den Oberschenkeln abgestützt, das Gesicht in den Händen verborgen. Leonie, die zusammengekauert auf dem Boden saß und schützend die Hände vor das Gesicht hielt, wurde von einem Rettungssanitäter versorgt.

»Ist jemand verletzt? Eine Nachbarin hat einen Schuss gehört«, fragte Hubsy Westermann.

»Nein, es wurde niemand verletzt. Das war nur ein Warnschuss.« Ich übergab ihr die Waffe.

Im gesamten Haus wimmelte es plötzlich von Menschen. Neben den Einsatzkräften von Polizei und Rettungsdienst waren Staatsanwalt Achtermann sowie Dienststellenleiter Peter Reimers in Begleitung von Leonies Mutter und ihrem Freund Lennard anwesend.

»Das war sehr mutig von dir, Piet. Du hast ihm wahrscheinlich das Leben gerettet«, sagte ich, als wir zusammen draußen auf der Terrasse standen.

»Obwohl er es beenden wollte.« Er machte eine Pause. »Glaubst du, er hätte tatsächlich abgedrückt?«

»Schwer zu sagen. Er schien vollkommen verzweifelt zu sein, da wäre es nicht verwunderlich, wenn er es getan hätte.«

»Ob er geahnt hat, dass sein Freund solche Gefühle für ihn hegte?« Piet sah zu Falk von Bergedorf, der noch immer reglos dasaß und vor sich hinstarrte.

»Vermutlich nicht. Ich werde mal zu ihm gehen.«

»Ja, mach das. Langsam scheint sich das Chaos da drin etwas zu legen. Ich werde fragen, ob die mich noch brauchen, sonst würde ich gern nach Hause fahren. Soll ich dich mitnehmen?«

»Danke, aber ich bleibe noch einen Moment. Ich bin außerdem mit dem Rad da.«

»Dich haut so schnell echt nichts um, Anna.« Ein wohlwollender Ausdruck lag auf Piets Gesicht.

»Glaub bloß nicht, dass das spurlos an mir vorbeigeht.«

»Hallo? Ich würde jetzt gern gehen, wenn Sie mich nicht länger brauchen«, wandte sich Piet an Hubsy Westermann, die gerade an uns vorbeiging.

»Ich denke, momentan gibt es keine Fragen. Wenn Sie mir bitte noch Ihre Adresse geben würden?«, fragte sie und zog ein Notizbuch hervor.

»Ich gebe Ihnen am besten gleich meine neue Anschrift«, sagte Piet und zwinkerte mir zu.

»Ah, Sie ziehen um. Mir ist auch meine Wohnung gekündigt worden, deshalb muss ich Sylt demnächst verlassen.« Ein bedauernder Tonfall schwang in ihrer Stimme mit.

»Nein, ich ziehe bloß mit meiner Freundin zusammen. Aber vielleicht kann ich Ihnen helfen. Meine Wohnung wäre dann frei.«

Hubsy sah ihn perplex an. »Meinen Sie, Ihr Vermieter würde da mitmachen?«

Piet lachte. »Ganz bestimmt sogar. Das Haus gehört mir. Allerdings liegt die Wohnung über den Firmenbüros, wenn Sie das nicht stört.«

»Und einen Garten gibt es auch«, fügte ich hinzu.

Hubsy wusste im ersten Moment nicht, was sie sagen sollte. »Das ist kein Scherz, oder?«

»Ich führe doch die Polizei nicht hinters Licht.« Piet griente, sodass seine Grübchen deutlich in Erscheinung traten. »Sie können sich die Wohnung gerne ansehen. Kommen Sie einfach in den nächsten Tagen vorbei. Alles andere klären wir dann.«

»Das mache ich. Vielen, vielen Dank!« Die junge Frau strahlte vor Freude.

»Anna! Bist du okay? Was ist passiert?« Nick kam schnurstracks auf mich zugelaufen.

»Mir geht es gut.«

Ohne ein weiteres Wort schloss er mich in die Arme und presste mich fest an sich. »Wo bist du da bloß wieder reingeraten?«, murmelte er in mein Haar, bevor er mich losließ.

»Deine Frau ist ziemlich tough, das muss ich sagen«, bescheinigte Piet ihm.

»Ich weiß, und sie steckt gerne ihre Nase in Dinge, die sie nichts angehen«, gab Nick zurück.

»Dieses Mal konnte ich wirklich nichts dafür. Das war purer Zufall. Ich hatte keine Ahnung, wem das Haus gehört und dass Leonie hier gefangen gehalten wurde«, bekräftigte ich.

»Also, ich geh dann mal!«, sagte Piet und verabschiedete sich.

»Herr Scarren!« Staatsanwalt Achtermann hatte Nick erspäht und kam mit langen Schritten auf uns zu. »Leonie ist in Sicherheit. Dank Ihrer Frau und Ihrem Geschäftspartner konnte der mutmaßliche Entführer gefasst werden.«

»Frau Westermann hat mich informiert, deshalb bin ich sofort hierhergekommen.«

»Damit wären alle Fälle gelöst. Leonie Mahnke konnte befreit werden, der Mörder von Frau Engelhorst wird für seine Tat zur Rechenschaft gezogen, und auch der Bilderdiebstahl konnte aufgeklärt werden. Sie und Ihr Team haben mich wie immer nicht enttäuscht. Wo ist eigentlich Herr Wilmsen? Ich habe ihn nirgends gesehen«, stellte Achtermann fest und drehte sich einmal um die eigene Achse.

»Der Kollege ist anderweitig beschäftigt«, erklärte Nick mit ernster Miene.

»Gut. Es ist beruhigend zu wissen, dass ich mich jederzeit auf ein so engagiertes Team verlassen kann. Jetzt entschuldigen Sie mich bitte, ich muss weiter.«

»Kein Problem«, erwiderte Nick und sah ihm nach, wie er zu Reimers zurück ins Haus ging.

»Und jetzt zu dir: Wieso bist du überhaupt hier? Wessen Haus ist das?«

»Ich habe dir doch von dem Malheur mit dem Zaun erzählt. Die Nachbarin hat mich angerufen und gesagt, der Neffe wäre jetzt da. Daraufhin bin ich gleich losgefahren.«

»Du bist dann einfach hineinspaziert und hast Leonie gefunden?«

»Das war eher zufällig. Das Garagentor stand offen«, begann ich. »Ich habe mehrmals gerufen.«

»Oh Mann! Das war wieder typisch Anna. Du kannst froh sein, dass dir nichts passiert ist.«

»Ich glaube nicht, dass Axel Windling mir ernsthaft schaden wollte. Und Leonie im Übrigen auch nicht.«

»Das sehe ich ein bisschen anders. Er hat euch immerhin mit einer Schusswaffe bedroht, sie benutzt und Leonie über mehrere Tage gefangen gehalten. Das ist kein Spaß.« Nick sah mich ernst an.

»Ist ja gut gegangen. Bist du sauer auf mich?«

»Nein, ich bin nicht sauer auf dich, aber besorgt. Allein der Gedanke, dir hätte etwas zustoßen können, ist schwer zu ertragen. Bitte sei in Zukunft vorsichtiger.«

»Ich gebe mir Mühe.«

Nick musste lachen. »Ich hatte eigentlich für heute Abend eine Überraschung für dich geplant.«

»Und uneigentlich?« Meine Neugierde war geweckt.

»Da Christopher mit deinen Eltern in Hamburg ist, habe ich ein Picknick am Strand für uns vorbereitet.«

»Wie romantisch!« Ich drückte ihm einen Kuss auf die Wange.

»Hast du Lust? Ich meine, ich könnte verstehen, wenn dir nicht danach ist, nach allem, was vorgefallen ist.«

»Ein bisschen Abwechslung könnte ich jetzt gut gebrauchen.«

»Dann lass uns gehen. Momentan werde ich hier nicht gebraucht. Die nächsten Tage gibt es noch genügend Arbeit für uns.«

»Gut, aber ich möchte noch kurz mit Falk sprechen. Die Sache mit seinem Freund hat ihn sehr mitgenommen. Und anschließend müssen wir noch die Hunde abholen.«

»Okay. Ich warte vor dem Haus auf dich.«

KAPITEL 77

Nick breitete die Decke aus, und wir nahmen darauf Platz. Die Hunde lagen neben uns im Sand und hielten ihre Nasen in den leichten Westwind. Nick begann, nach und nach die mitgebrachten Sachen auszupacken. Zuletzt waren Teller und Besteck an der Reihe.

»So, ich glaube, jetzt haben wir alles«, sagte er mit prüfendem Blick.

»Das sieht alles ganz schön lecker aus!«, stellte ich beim Anblick der vielen Köstlichkeiten fest.

»Hoffentlich schmeckt es auch so, wie es aussieht.«

»Bestimmt!« Blitzschnell ließ ich eine glänzend schwarze Olive in meinem Mund verschwinden.

Zuletzt öffnete Nick eine Weinflasche und schenkte uns in die mitgebrachten Gläser ein.

»Auf uns!« Er prostete mir zu.

»Und auf die schönste Insel der Welt!« Ich hielt mein Glas gegen die untergehende Sonne, deren Strahlen den Weißwein in flüssiges Gold verwandelten.

»Ich bin froh, dass die Entführung ein glimpfliches Ende genommen hat«, sagte Nick, der es sich auf der Decke bequem gemacht hatte.

»Zunächst sah es eher nicht danach aus. Ich möchte gar nicht dran denken, wenn Axel Windling wirklich ernst gemacht hätte.« Bei dem Gedanken überrieselte mich eine Gänsehaut.

Nick strich mir sanft über den Unterarm. »Hat er aber nicht. Nur das zählt.«

»Er hat Falk geliebt und sich ihm nie anvertraut, obwohl sie sich schon so lange kennen. Er hat Leonie aus dem einzigen Grund entführt, um die Stiftung vor Schaden zu bewahren, weil er wusste, dass sie Falk alles bedeutet.«

»Wusstest du, dass von Bergedorf ein Verhältnis mit der Engelhorst hatte?«, fragte Nick zu meinem Erstaunen.

»Nein, das wusste ich nicht. Das muss für Windling doppelt schmerzlich gewesen sein.« Nachdenklich nippte ich an meinem Weinglas.

»Wir hatten heute Besuch«, riss mich Nick aus meinen Gedanken.

»Von wem?«

»Das errätst du nicht.«

»Nun mach es nicht unnötig spannend.«

»Mum und Dad.«

»Was? Sie sind hier auf Sylt?«

»Ja. Ich dachte erst, du kommst nach Hause. Aber als ich die Haustür aufgemacht habe, stiegen sie gerade aus dem Taxi.«

»Und das sagst du mir erst jetzt? Wo wohnen sie und wie lange bleiben sie?«, sprudelten die Fragen aus mir heraus.

»Sie wohnen selbstverständlich in Mums Haus. Wie ich meine Eltern verstanden habe, wollen sie auf unbestimmte Zeit hierbleiben. Dad muss sich erholen.«

»Wer kümmert sich um die Restaurants in Kanada?«

»Sein Chefkoch Louis wird eines übernehmen, das andere wird verkauft. Es gibt bereits einen Käufer.«

»Dann macht er tatsächlich Nägel mit Köpfen.«

»Ja, nicht ganz freiwillig, aber er hat eingesehen, dass die Gesundheit vorgeht. Außerdem freuen sie sich schon, ihr Enkelkind öfter zu sehen. Sie haben ihn richtig in ihr Herz geschlossen.«

»Dann bleibt zu hoffen, dass meine Mutter nicht eifersüchtig wird«, gab ich mit einem Lachen zu bedenken. »Wo wird Jill künftig wohnen, wenn deine Eltern jetzt in dem Haus wohnen werden?«

»Bei Frank, denke ich.« Nick zuckte die Schultern.

»Na, das kann was geben.« Ich bestrich ein Stück Baguette mit einer Frischkäsecreme und biss hinein. »Das ist lecker! Das musst du unbedingt probieren!« Genüsslich schloss ich die Augen. »Ich finde, so ein Picknick am Strand sollten wir zukünftig viel öfter machen.«

EPILOG

Heute war Christophers großer Tag. Bereits um 6 Uhr morgens stand er an meinem Bett, da er Angst hatte, wir würden verschlafen. Ich war ähnlich aufgeregt wie er, ließ es mir jedoch nicht anmerken. Nach dem Frühstück trafen wir uns mit den angehenden Schulkindern vor der Schule. Neben meinen Eltern waren auch Anke und Matthew Scarren sowie Nicks Schwester Jill und Doktor Frank Gustafson anwesend. Die beiden waren einen Abend zuvor von ihrer Reise zurückgekehrt. Im Anschluss an die offizielle Einschulungsfeier fuhren wir direkt in Brittas Café. Sie wartete bereits mit einem wunderschön eingedeckten Tisch auf das frisch gebackene Schulkind.

»Herzlichen Glückwunsch, Christopher, und herzlich willkommen!« Sie breitete die Arme aus und drückte ihr Patenkind an sich.

»Jetzt bist du ein richtig großer Junge.« Hastig wischte sie sich eine Träne aus dem Augenwinkel.

»Gestern war ich genauso groß«, erwiderte er trocken, worauf wir herzlich lachen mussten.

Nach und nach trafen unsere Freunde ein. Unter ihnen Uwe mit seiner Tina sowie unsere Nachbarn Ava und Carsten Carstensen. Auch Brittas Mann Jan sowie die Zwillinge Ben und Tim waren selbstverständlich mit von der Partie.

»Ich kann mich noch gut an euren ersten Schultag erinnern«, sagte Britta mit einer Portion Wehmut in der Stimme.

»Ach, Mama, das ist ewig her«, winkte Tim ab und verdrehte die Augen. Ben grinste.

»Na und? Deswegen darf ich mich trotzdem gern an diesen Tag erinnern. Wartet mal ab, bis ihr eigene Kinder habt. Dann werdet ihr das ähnlich sehen«, entgegnete sie.

»Na, das wird hoffentlich noch eine Weile dauern, bis es so weit ist. Erst mal wird die Schule fertiggemacht und was gelernt, bevor an die Familienplanung gedacht wird«, schaltete sich Jan ein.

»Ist diese Influencerin eigentlich noch auf Sylt?«, erkundigte sich Britta, als wir später auf der Terrasse des Cafés gemütlich zusammensaßen.

»Nein, sie hat die Insel unmittelbar nach ihrer Befreiung verlassen und auch das Stipendium zurückgegeben. Sie will sich ausschließlich auf ihre Internetkarriere konzentrieren. Das hat Reimers gesagt, und der muss es ja wissen«, konnte Uwe berichten.

»Jedenfalls hat sich ihre Anzahl an Followern aufgrund der Sache mit der Entführung mehr als verdoppelt«, ergänzte Ben. »Sie hat echt krasse Beiträge gepostet.«

»Wahrscheinlich muss ihr Freund sie ab sofort wieder rund um die Uhr filmen und fotografieren«, nahm ich an.

»Nee, der hat sich noch auf Sylt von ihr getrennt. Er ist jetzt mit dieser Cellistin zusammen.«

»Alina Tottmann?«

»Ja, kann sein, dass sie so heißt. Damit hat sich dieser Lennard jedenfalls einen riesigen Shitstorm eingefangen.«

»Und Leonie hat es ordentlich Zulauf gebracht«, vermutete ich.

»Tja, offenbar stehen die Leute auf so etwas. Für mich ist das nix, dafür bin ich eindeutig zu alt.«

»Uwe, du übertreibst! Man könnte meinen, es spricht ein Hundertjähriger«, erwiderte Britta mit einem Schmunzeln. »Mich würde interessieren, wie es jetzt mit der Stiftung weitergeht, nachdem die Vorsitzende tot und zwei weitere maßgebliche Personen im Gefängnis sitzen.«

»Ich habe gestern mit Falk von Bergedorf telefoniert. Er wird das Erbe von Martina Engelhorst antreten und die Stiftung weiterführen, das ist so gut wie sicher. Allerdings soll sich einiges ändern. Auf nähere Details ist er nicht eingegangen. Es bleibt also abzuwarten, worauf der Fokus künftig gelegt wird.«

»Ich könnte mir gut vorstellen, dass er dir einen Posten anbietet. Das wäre doch wunderbar. Du wärst eine Bereicherung für die Stiftung. Darüber hinaus wäre Herr von Bergedorf bestimmt dankbar, dich an seiner Seite zu haben, nicht wahr?« Meine Mutter blickte zufrieden in die Runde. »Selbstverständlich nur in geschäftlicher Hinsicht«, schob sie schnell nach, als sie in unsere teils fragenden, teils irritierten Gesichter blickte.

»Oh nein, Mama! Das wird auf keinen Fall passieren.«

»Woher weißt du das?«, gab sie erstaunt zurück.

»Weil ich ihm bereits mehrfach gesagt habe, dass eine Aufgabe in der Stiftung für mich nicht infrage kommt. Ich habe eine Familie und einen Job, was mich beides ausfüllt und mir viel bedeutet. Daher möchte ich lieber mehr Zeit für Sonnenuntergänge haben!«, sagte ich und sah zu Nick.

ENDE

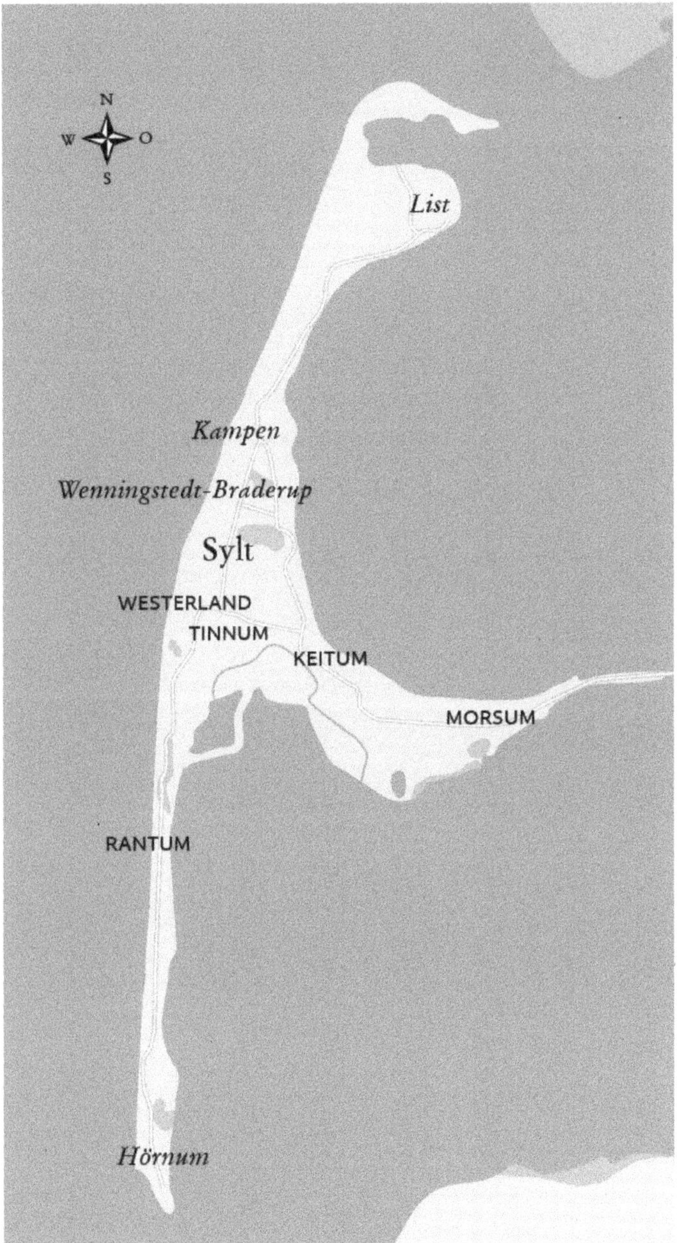
N
W
O
S
List
Kampen
Wenningstedt-Braderup
Sylt
WESTERLAND
TINNUM
KEITUM
MORSUM
RANTUM
Hörnum

Sibylle Narberhaus im Gmeiner-Verlag:

Anna Bergmann ermittelt:

1. Fall: Syltleuchten
ISBN 978-3-8392-2039-9

2. Fall: Syltstille
ISBN 978-3-8392-2343-7

3. Fall: Syltfeuer
ISBN 978-3-8392-2507-3

4. Fall: Syltwind
ISBN 978-3-8392-2757-2

5. Fall: Syltmond
ISBN 978-3-8392-0081-0

6. Fall: Syltsterne
ISBN 978-3-8392-0305-7

7. Fall: Syltschwur
ISBN 978-3-8392-0513-6

8. Fall: Syltgold
ISBN 978-3-8392-0735-2

9. Fall: Sylterbe
ISBN 978-3-8392-0908-0